Carta para você

ALFAGUARA

Carta para você

Declarações de amor em tempos modernos

Joshua Knelman &
Rosalind Porter (orgs.)

Tradução
Ângela Pessoa

ALFAGUARA

Publicado originalmente por Chatto & Windus em 2007

Editora Objetiva Ltda.
Rua Cosme Velho, 103
Rio de Janeiro — RJ — Cep: 22241-090
Tel.: (21) 2199-7824 — Fax: (21) 2199-7825
www.objetiva.com.br

Título original
Four Letter Word — New Love Letters

Capa
Kelly Hill, para Vintage Canada

Imagem de capa
© Clearviewstock/Dreamstime.com

Revisão
Diogo Henriques
Tamara Sender
Rodrigo Rosa

Editoração eletrônica
Abreu's System Ltda.

CIP-BRASIL. CATALOGAÇÃO-NA-FONTE
SINDICATO NACIONAL DOS EDITORES DE LIVROS, RJ

C314

Carta para você : declarações de amor em tempos modernos / Joshua Knelman & Rosalind Porter (orgs.) ; tradução Ângela Pessoa. - Rio de Janeiro : Objetiva, 2009.

271p. ISBN 978-85-60281-82-4
Tradução de: *Four letter word : new love letters*

1. Cartas de amor - Ficção. 2. Ficção inglesa. I. Knelman, Joshua. II. Porter, Rosalind. III. Pessoa, Ângela

09-1751. CDD: 823
CDU: 821.111-3

Para Jess

Sumário

Introdução

Em 4 de maio de 2000, fui uma das milhares de pessoas a abrir um e-mail cujo assunto era "Te Amo", contendo o anexo "Uma Carta de Amor para Você". Enviado por um *hacker* filipino, o vírus da carta de amor, o "Vírus do Amor", apareceu pela primeira vez em Hong Kong, antes de se propagar rapidamente para a Europa e em seguida para os Estados Unidos, infectando servidores e custando às empresas aproximadamente um bilhão de dólares em tempo perdido e reparos.

No Reino Unido, tanto a Câmara dos Comuns como a Câmara dos Lordes foram atingidas, o que interrompeu o correio eletrônico durante algumas horas. "A mensagem foi detectada antes do almoço. Enviava amor às pessoas, que é o tipo de mensagem que muitos de nós aqui não esperam receber", declarou o oficial encarregado da Câmara dos Comuns na ocasião. O que levanta a seguinte questão: quais pessoas esperariam receber uma mensagem como essa?

A maioria de nós não verifica o correio na expectativa de receber envelopes perfumados com cachos de cabelo, ainda que muitos tenham recebido um cartão apaixonado, um e-mail com uma cantada ou um texto insinuante. Muitas vezes os guardamos e relemos para recordar um momento ou uma fase da vida, mesmo no caso de relacionamentos que já morreram há muito tempo.

Aos poucos, desenvolveu-se uma hierarquia para esse tipo de galanteio semântico, com o texto ambíguo na base e o e-mail apenas um pouco mais acima. Um cartão pode mostrar o exemplo comovente de alguém disposto a dedicar seu tempo para encontrar um selo, buscar um endereço e localizar uma caixa de correio, mas a carta — com todos os nobres atributos do cartão e sem restrições de espaço — talvez seja o melhor veículo para conter a mensagem de amor. Ela remete, igualmente, a uma época cavalheiresca, repleta de homens prendendo pergaminhos em pombos ou arremessando garrafas ao mar, e alia o autor da carta de amor a toda uma tradição de sedução literária.

Escrita sobre material altamente inflamável e precariamente enviada por correio ou deslizada por baixo de uma porta, sempre houve algum risco associado à carta de amor. Alguém que a entregava à pessoa errada, que então adquiria noções erradas; cartas que se perdiam e, portanto, nunca eram respondidas.

"Como é que acabo de receber sua sétima carta", escreve Denis Diderot a sua jovem amante Sophie Voland em 1762, "quando você tem apenas quatro das nove que lhe escrevi, incluindo esta?" É possível observar como a margem para falhas de comunicação aqui pode se tornar tão grande que esta, e não a declaração de amor em si, corre o risco de transformar-se no principal assunto das cartas.

O e-mail pode ter afastado o perigo de incêndio, mas encerra seu próprio grupo de contingências potencialmente catastróficas. Ao que parece, qualquer forma de escrita exige que a pessoa se preocupe com aspectos práticos. A velocidade do correio ou da conexão banda larga tem o poder de lançar o amante em um ataque de raiva quando nenhuma resposta chega ou, pior ainda, a palavra escrita pode ficar vagando para sempre. Muito depois de a chama haver se extinguido, aquelas declarações apaixonadas que você rabiscou ainda poderiam estar na gaveta de roupas íntimas dela. E se você de repente se tornasse famoso? O que fazer para impedi-lo de vender suas cartas para a biblioteca que comprou o resto de seus documentos?

O recluso escritor J.D. Salinger processou o poeta e crítico Ian Hamilton quando este tentou fazer citações de várias de suas cartas depositadas em bibliotecas e arquivos. Hamilton argumentou que, uma vez que as cartas estavam à disposição do público, era razoável que recebesse permissão para reproduzi-las. E embora tenha perdido o caso e precisado lançar mão de paráfrases, qualquer um pode examinar as cartas de Salinger na íntegra nas bibliotecas e arquivos. Ao que parece, nada é sagrado.

Ao contrário do telefonema ou de uma conversa, a declaração de amor escrita é um objeto: um objeto que existe no mundo (com freqüência por tempo bastante longo), com poder para suscitar uma disposição emotiva, razão pela qual às vezes as pedimos de volta, destruímo-las, impedimos que sejam publicadas ou guardadas.

Um bilhete de Dia dos Namorados que recebi aos cinco anos sobreviveu a treze mudanças de residência. "Querida R", diz a nota (a mãe dele, ou possivelmente nosso professor, criou este trecho, embora a frase em si tenha sido redigida pelas próprias mãos do meu admirador). "Quero amar você. Feliz Dia dos Namorados, de P."

Adoro esse cartão. Lembro-me bem de P, talvez por ter guardado seu cartão do Dia dos Namorados durante todos estes anos. Às vezes, quando me deparo com a mensagem, tenho vontade de responder — quero esclarecer a ambigüidade, uma ambigüidade intrínseca à maioria das cartas de amor. "Querido P, isto significa que você não me ama? Que você quer, mas não pode, por algum motivo em particular? Ou você está pedindo minha permissão para tal e, se for este o caso, bem, então sim. Sim. Sim. Sim."

Além dessa recordação, tenho pastas contendo centenas de correspondências de amigos e familiares, colegas e tutores. Uma pasta intitulada "aleatórios" contém papéis de pessoas de quem nunca fui particularmente próxima. A maioria são cartões de aniversário, mas há também umas poucas cartas de amor (algumas das quais intencionalmente anônimas).

Os membros importantes da minha família, os bons amigos e os "ex", todos possuem pastas personalizadas, assim como as pessoas que se incluem na designação geral de "paqueras", desde que eu de alguma forma sinta que valha a pena guardar objetos de relacionamentos que nunca de fato existiram. Por que tenho girado em torno de cada expressão até mesmo do mais acanhado dos sentimentos esclarece em parte o quanto sou sentimental, mas também como, nesta era de namoros rápidos, os métodos tradicionais de paquera ainda têm valor.

As razões para guardar toda sorte de objetos de relacionamentos que de fato ocorreram são mais claras. Sem a pilha de lixo na pasta de A, estou certa de que teria esquecido, em lugar de recordações mais impressionantes, que ele me enviou um cartão-postal todos os dias (na verdade, o mesmo cartão-postal) durante um mês, depois que nos vimos pela primeira vez.

"Este é o terceiro", escreveu ele, "no que está rapidamente se tornando uma série de cartões-postais". Alguns dias mais tarde, depois que viajei em férias, "Foi INCRÍVEL falar com você ontem à noite. Tenho de admitir que estou sentindo saudades, especialmente quando caminho pelas ruas" (?). Mais tarde ainda, "Comecei a cruzar os dedos para simular sua presença" (??) e, por fim, "Acho que é bastante óbvio que sinto sua falta... Neste momento me sinto emocionalmente morto".

Uma vez que não tenho cópias do que respondi, examinar esses cartões-postais envolve uma reconstrução criativa dos primeiros dias de nosso relacionamento. O que fazia com que andar pelas ruas comigo fosse tão incrível? O que me lembro é de me apaixonar por essa pessoa não quando a conheci, mas logo depois que os cartões-postais começaram a chegar.

"Querida R", diz um cartão dentro de um grande envelope. "Desejo-lhe um aniversário muito feliz, Com amor, G." No envelope há um disquete com todos os e-mails que eu e G trocamos — algo considerado apropriado para um presente de aniversário muito tempo depois que havíamos terminado. Ao que parece, queríamos provas que confirmassem que aqueles felizes dias de namoro haviam realmente existido, mas elas também servem — muito por acaso — como um lembrete da realidade cotidiana que se seguiu à medida que a fase da paixão desapareceu, o que se manifestou por e-mails irados e por outros inquestionavelmente maçantes. "Eis o endereço de F", lê-se em um deles. O e-mail que contém nada mais que o link de uma página de internet que efetuava câmbio de moeda (embora nunca tenhamos ido a lugar nenhum juntos) é outro.

A pasta à qual voltei com mais freqüência inclui uma pilha de e-mails impressos, cartões-postais e cartas de amor sinceras de L, com quem mantive um relacionamento de idas e vindas.

"Querida R. Foi maravilhoso encontrá-la ontem à noite." E depois, um longo e sedutor preâmbulo, que terminava com: "Estamos quase completando quarenta e oito horas desde que nos conhecemos. Como vamos comemorar?"

Mesmo durante as fases que passamos separados, cada carta de L era cuidadosamente arquivada — todos os e-mails, impressos — porque de alguma forma eu sabia que um registro material de nossa comunicação escrita seria valioso para mim. Voltei com freqüência à pasta de L porque às vezes acho que ela contém pistas de por que tantas coisas se resolveram, embora, no geral, não a coisa toda. Mais do que dissemos de passagem, nossas cartas e e-mails contêm um grau de autenticidade a respeito de como nos sentíamos porque pensávamos um pouco a respeito do que queríamos dizer antes de colocar no papel (antes de lançar no ciberespaço), oferecendo nossas palavras um ao outro com a consciência de que dá-las a alguém significava abrir mão de sua posse.

Como qualquer autor publicado, o autor da carta de amor nunca pode voltar atrás. As palavras — ao contrário dos sentimentos reais que representam — não podem simplesmente ser emprestadas. L era jornalista, bastante ciente da permanência da palavra escrita e pago para usar a linguagem para tornar uma história atraente. E ele era bom. Aquelas cartas nunca falharam em me arrancar de algum humor sombrio ou de um período de tédio, ainda que eu suspeitasse que continham certo grau de artimanha. Porque toda a escrita é uma forma de arte afetiva — a manifestação de uma voz que tenciona mover o leitor em uma direção premeditada —, motivo pelo qual as cartas de amor podem ser tão estimulantes e tão convincentes; motivo pelo qual tantas pessoas abriram o e-mail do "Vírus do Amor".

Embora tenha sido pego, o hacker filipino não era nem um pouco idiota. Observou nossa fome coletiva pela demonstração de algo tão etéreo que nem sempre é possível demonstrar e, com intuição, atraiu-nos com uma falsa promessa de palavras. Porque com palavras, qualquer coisa é possível. Através das palavras, mesmo nossos desejos mais ardentes podem se realizar.

No ano passado, Joshua Knelman e eu convidamos alguns de nossos mais admirados escritores a aplicar seus dons à carta de amor — a ressuscitar esse costume agonizante e nos lembrar de quão sedutoras são as palavras. As instruções foram propositalmente simples. Cada carta tinha de ser endereçada a alguém (ou alguma coisa) e envolver emoções intensas. O resultado é uma montagem de formas — um painel do que se assemelha ao amor no século XXI; uma colagem de métodos e disposições de ânimo.

Você não encontrará muito romance aqui, embora certamente não o tenhamos desencorajado. Há um bocado de humor, boa dose de sarcasmo e montes de tristeza. Ficamos impressionados com o grau de escuridão em algumas das cartas, mas nos supreendemos por tantas caracterizarem o amor como um sentimento que se desenvolve através da ausência, da rejeição ou da morte. Algumas nem sequer se relacionam a outra pessoa; outras assumem a forma de apologia.

O que todas têm em comum é o fato de serem obras de ficção, embora algumas possam ter se inspirado em acontecimentos reais. Cada carta é única, evidência não apenas da incrível diversidade criativa dos principais autores contemporâneos, mas também da intricada sofisticação do amor, e — desconfio — cada uma terá o poder de comover você.

Rosalind Porter
Abril de 2007

Cartas de amor

JONATHAN LETHEM

Cara T(erra),

Escrevo para pedir que desista. Você pode já ser vencedora, o tipo de vencedora que vence perdendo, caindo de barriga para cima e mostrando suas partes moles, deixando-me coçar, lamber e bufar sobre seus órgãos vitais suplicantes. Talvez eu deva colocar isto em tom mais convincente: DESISTA. Você não tem a mínima chance. Resistência é fútil, futilidade é resistente, relutância é patética, renúncia é liberdade. Amo você e sou melhor que você em todos os sentidos — sou maior, mais importante, mais brilhoso, mais glorioso, mais ridículo, dinâmico, mais rápido nas corridas a pé e na velocidade de conexão à Internet, mais faminto, mais cheio de sexo e fogo, mais bem equipado, com inteligência e armamento. Sou mais alto que você e consigo envolvê-la com minha língua lasciva. Admita isso e me admita. Ao abrir este envelope, você foi selecionada; dentre bilhões e trilhões de entidades amébicas, foi colhida da praia da galáxia como uma concha por um deus. Algo em você faiscou por um instante (é muito pouco provável que tenha alguma importância no esquema das coisas); é um absurdo que o fato de reparar em você tenha de alguma forma espremido a agenda de alguém como eu. Mas eu me distraí — não me pergunte por quê, é praticamente aleatório, como uma loteria. Ainda assim, você nunca será capaz de consumir a riqueza do meu amor, esgotá-la e desperdiçá-la como a deplorável ganhadora de loteria que é. Embora tente, nunca a esgotará, nem em dezenas de vidas perdulárias. Meus olhos pousaram sobre você em um momento de fraqueza, e você nunca mais verá outros. Não, sou um monumento, um enigma; para alguém como você, minha ciência é como mágica.

Não protele, aja agora, desista. Você foi escolhida por um ser superior de outra esfera para ser sugada das proximidades da sua laia para se juntar a mim, sentar-se no trono vazio ao meu lado (apenas porque antes nunca me preocupei em olhar para o lado para perceber que ali existia um assento — não, até que de alguma forma meu olhar caiu sobre você), onde nenhum de seus companheiros humildemente servis jamais residiu. Você é indigna, mas se tornará digna pelo reconhecimento do meu olhar. Torno a dizer, sou superior a você. Você é superficial, estática, destrambelhada, uma bolha de champanhe que me subiu à cabeça e estourou; nem sequer sei por que a desejo e é melhor não me dar a chance de pensar duas vezes. Você vai descobrir que previ suas reações e anexei-as abaixo (ver anexos, abaixo). São débeis e ridículas, inúteis e ternas, e você já murmurou sim se apodere de mim sim como posso resistir sim me entrego sim. Então, faça agora o que estou dizendo. Você já o fez, está em meus braços como um bebê, uma pupila, um cisne. Desista, você já desistiu, você é minha.

Com amor,
M(arte)

CHIMAMANDA NGOZI ADICHIE

Emeka,

Aquela boquinha redonda de surpresa que uma mulher demonstra (ou deveria demonstrar?) quando um homem a pede em casamento sempre me desconcertou. Com certeza, um casal que tem um relacionamento sólido deve ter conversado sobre casamento, em vez de seguir o script da tola "pergunta-surpresa" por parte do homem e a reação de grata surpresa da mulher, como se recebesse um presente que nunca imaginou que seria seu. Você está rindo ao ler isto? Não é nada engraçado! Então por que fiquei espantada quando você me enviou aquele texto ridículo? Tínhamos conversado a respeito de casamento, não tínhamos? Bem, *você* principalmente. Ainda assim, quando li o seu — *você acha que podemos começar a discutir a possibilidade de nos casarmos em breve?* —, primeiro fiquei surpresa, depois achei divertido, depois fiquei assustada e então veio esta estúpida e louca alegria que ainda sinto.

Sabe, você está enganado quando diz que é incrível o quanto somos parecidos. Claro que somos parecidos — a não ser pelo pequeno detalhe de que sou consideravelmente mais atraente —, mas isto não é nada extraordinário. Muitas outras crianças das instituições acadêmicas nigerianas leram Enid Blyton e se perguntaram que diabos era cerveja de gengibre; leram todos os livros da série *Pacesetters*; e leram cada James Hadley Chase. Isso não prova de modo algum o quanto somos feitos um para o outro — se provasse, então você seria perfeito para uma em cada duas mulheres educadas no campus que conheço. Seu pai se formou em Ibadan apenas dois anos antes do meu. Se sua família não tivesse deixado a Nigéria pouco antes da guerra, poderíamos até mesmo ter crescido juntos em Nsukka e talvez toda esta conversa de casamento não estivesse acontecendo porque conheceríamos um ao outro bem demais, você seria amigo do ensino médio de meu irmão Okey e sempre me veria como a irmã mais nova e esquelética de Okey. Portanto, não, não há nada de extraordinário em nossos interesses comuns. Mas no dia em que me contou que sua parte preferida da missa, o único motivo por que ainda vai à missa às vezes, é quando o padre diz "enquanto aguardamos em alegre expectativa", fiquei surpresa. Não lhe contei na ocasião porque a coincidência parecia um pouco oportuna demais, mas essa também é minha parte preferida da missa. *O di egwu!*

Então, desde ontem, quando sua mensagem chegou, tenho me lembrado de como somos diferentes, como você gosta de feijões, de romances machistas e da estação das chuvas e eu não. De repente, é importante para mim que não sejamos muito parecidos. Você sabe que sempre desconfiei de qualquer coisa próxima da perfeição, qualquer coisa muito organizada. Sempre querendo encontrar calombos em superfícies lisas, como você costuma dizer. Mas me assusta o fato de eu agora me exprimir tão facilmente na primeira pessoa do plural. Ontem, pouco antes de sua mensagem chegar, tia Adaeze me telefonou e perguntou se eu teria licença no Natal para ir à aldeia. Eu disse que esperávamos estar de folga até depois do ano-novo para podermos ir à festa do dote de Uche e voltar para Lagos em janeiro. Ela começou a rir e disse: "Ah, eu perguntei sobre você e você está me dizendo 'nós'." Depois que desliguei, comecei a pensar no quanto estou acostumada com você e a me perguntar quantas outras vezes disse "nós" sem sequer perceber.

Ontem, também, me dei conta de que nunca lhe disse o quanto gosto de você — isto antes do seu texto, aliás. O amor é diferente. O amor é ridículo. O amor pode simplesmente surgir, como aconteceu com você quando me viu e pediu a Ifeanyi para nos apresentar (há exatos dezessete meses e três dias), e comigo quando você tentou me seduzir com seu insípido conhecimento sobre o trabalho de Achebe, mas gostar exige motivos. E ontem me surpreendi com o quanto vim a gostar de você. Gosto que você saiba a hora de ir embora e feche silenciosamente a porta do meu quarto e, quando faz isso, eu nunca me preocupo se você vai voltar. Gosto da sua comida (nunca o elogiei porque fico imaginando aquelas mulheres idiotas que elogiam demais os homens por cozinhar, e aquelas mães idiotas que gostam de dizer: "Ah, meu filho sabe cozinhar, assim nenhuma mulher vai usar a comida para seduzi-lo"). Gosto do seu traseiro dentro dos jeans, daquela elegância simples para a qual você não gosta que eu chame atenção, gosto que você faça tentativas inúteis na academia de ginástica para desenvolver músculos que ambos sabemos que nunca desenvolverá e gosto que sublinhe frases nos livros para me mostrar. Gosto que você goste de mim e que o seu gostar de mim me faça gostar de mim mesma.

A propósito, nunca mais vou lhe escrever nada semelhante a isto. Por isso, sorria o quanto quiser agora, *atulu*. Lembro-me de que, quando criança, lia livros na pequena e poeirenta Nsukka, e muitas vezes encontrava personagens comendo *bagels*. Era uma palavra elegante, *bagel*. Eu queria um desesperadamente. Anos mais tarde, na cidade de Nova York (em nossa primeira visita aos Estados Unidos como uma família), fiquei decepcionada ao descobrir que um *bagel* nada mais é do que uma espécie de rosquinha. Enquanto lê isto, imagino-o perguntando: "Aonde você quer chegar com esta história?" Bem, a questão é que eu nunca quis casar, então talvez o casamento se revele uma coisa boa, ao contrário do *bagel* que eu desejava e que se revelou totalmente desinteressante.

Li várias vezes sua mensagem desde ontem e nunca me senti tão viva. Portanto, sim, acho que deveríamos começar a falar na possibilidade de nos casarmos em breve.

Chioma

ADAM THORPE

Excelentíssimo senhor, eu agora proponho que seja lida uma carta do falecido Colin Stock-Tremlett, datada de 29 de maio do mesmo ano. Vossa Senhoria a encontrará na relação 3 do maço de material escrito no qual se baseou a defesa. Eu gostaria de frisar que o acusado, na verdade, não dispõe de fornecimento de gás em casa e, portanto — com a curiosidade estimulada —, interceptou a carta antes que esta chegasse à pessoa a quem se destinava.

Marilynne,

Você comentou que seu marido nunca abre contas. Daí o disfarce. Esta não é da British Gas, de algum encarregado louco ou equivocado (eles ainda têm encarregados?). Esta é do homem que você conheceu no sábado, na festa do bufê particular do Festival de Artes. O advogado. O advogado chamado Colin, embora você tenha dito que não possui memória para nomes. O advogado que detestava ser advogado, que foi forçado pelo pai e pelo avô, guardiães da firma da família desde 1928, como revelará o exame atento da casinha arruinada em Northcombe Lane e sua placa de metal polido. Lembra-se?

Espero que você esteja lendo isto sozinha, ou pelo menos a alguma distância de seu marido. Imagino que tenha um tremendo autocontrole por baixo do seu exterior vivaz, de forma que mesmo que esta conta de gás falsificada com carinho tenha magicamente se transformado em uma carta de amor, digamos, à mesa do café-da-manhã — com seu marido sentado à frente, forçando um sorriso por cima da torrada —, sei que você não vai parecer assustada e entregar tudo. Sei que vai continuar a ler em silêncio, como se examinasse o consumo computado, a TVA,[1] as bobagens pomposas que sempre acompanham o prejuízo financeiro (mera espetadela para você, eu sei). Ou talvez me dobre com cuidado, para ler atentamente mais tarde, na privacidade de seu quarto.

Porque você já sabe o que estou prestes a dizer.

Quantas horas passamos juntos? Intermitentemente juntos, quero dizer? Quatro, calculo. O chalé de Derek Bintwell é pequeno, ainda que encantador (encarreguei-me das primeiras negociações e ele pagou os olhos da cara por isso), e a mesa da cozinha, grande demais. De modo que estávamos todos espremidos em torno da comida quando a avistei pela primeira vez. Eu havia me servido da ignorada salada de arroz, é evidente. Lembra que eu disse isso, logo no começo? Fez você rir. Meu coração deu um salto. Minha mulher nunca ri de nada que digo. Mas você riu, mostrando os dentes perfeitos.

Você tentava encontrar lugar para sua esplêndida musse de abacate, o que me lembrou uma delicada casa ameaçada por cotovelos e facas; abri espaço para ela e ajudei-a a baixá-la sobre a parte limpa. Nossos dedos se tocaram. A primeira coisa decente que lhe disse, à medida que juntos baixávamos o prato em meio a todas aquelas mãos ávidas, foi: "Isso tem cara de estar muito melhor do que o meu esforço." Você perguntou qual havia sido o meu esforço. Apontei para ela e declarei: "O que alguém amanhã vai chamar de 'a impopular salada de arroz'." Foi quando você riu. Estávamos praticamente gritando, claro, porque o barulho na cozinha era atroz. As pessoas falam demais. Falam o tempo todo. As que estão envolvidas com o festival são particularmente tagarelas. Em uma palavra, são chatas. Na verdade, a maioria é horripilante. Esnobes da cultura. Parecem foragidos de Ascot,[2] a não ser pelo fato de os cavalos possuírem mais cérebro. Eu poderia lhe contar uma ou duas coisas sobre isso.

Os advogados tendem a ver o pior lado das pessoas. Eu nunca quis ser um deles.

O que percebi, assim que fugimos para a relativa paz do jardim, foi que você era diferente.

Que era linda e exótica, é claro, e é desnecessário dizer. Mas sua beleza combinava com sua voz, seu riso, sua "atitude", como os jovens dizem. Resplandecia em seus olhos à medida que você me olhava, prestando atenção à minha tagarelice nervosa, da qual parecia gostar. Eu estava nervoso porque você exercia um sério efeito sobre minha compostura de meia-idade. Anoitecia, os mosquitos estavam ocupados, a lua erguia-se imensa e orgulhosa acima do milho farfalhante (a localização do chalé de Derek, embora invejável, não é para vítimas de rinite alérgica como eu), e eu experimentava o mais intenso jorro de felicidade de que consigo me lembrar. Desejava atirar para longe a gravata e os sapatos e percorrer o jardim de mãos dadas com você. Desejava tomá-la nos braços — não com violência, claro, mas ternamente — e dançar durante horas em meio ao ar perfumado. Em vez disso, falei: principalmente sobre mim mesmo, sobre minha vida ah-tão-emocionante, fornecendo informações sobre a área local, o Rotary Club, minhas caminhadas solitárias de fim de semana, a forma como nossa respeitável firma familiar fora persuadida a patrocinar a instalação de arte moderna do festival — aqueles ridículos baldes de borracha para apagar incêndios em High Street, que haviam sido inevitável motivo de cartas furiosas ao *Chronicle*.

Fiz piadas que você achou divertidas. Achou divertidos até mesmo meus espirros — ou o modo como os transformei em algo comicamente autodepreciativo. Chamou meu senso de humor de "inglês, realmente árido". Eu tinha a sensação de que você havia por fim encontrado alguém que não era um chato bem-educado dos arredores de Londres. Enchi seu copo com o tinto chileno ordinário do festival e conversei sobre vinhos. Cada comentário que você fazia, ainda que breve, valia seu peso em ouro: a inteligência brilhava através de cada um de seus poros dourados de sol.

Graças a Deus a maioria dos convidados enchia a cara dentro de casa.

Então, quando perguntei o que você fazia, você respondeu: "Nada." "Nada?" "Zero. Meu marido é muito rico.

É mais velho do que eu. É gordo e velho. Fica bêbado. Lá está ele."

Vocês americanos têm um jeito tão franco com as palavras. Olhei e lá estava ele, explodindo. Fiquei bem satisfeito ao verificar que ele era, na verdade, asquerosamente gordo. Vestia um terno branco amarrotado e conversava com Sarah, a mulher de quem Derek havia se separado — o festival arruinou o casamento dos dois e me rendeu, ainda por cima, um novo processo, mas isso foi um acaso. E eu podia ver que ele era bem velho, embora as dobras de gordura com barba por fazer em seu rosto impossibilitassem qualquer cálculo preciso. Ele berrou alguma coisa e então soltou uma gargalhada profunda e arquejante (Sarah deslumbrava-o com sua conversa, em benefício do festival do ano que vem).

Virei-me para você e disse: "É ele ou o urso polar." Você franziu as sobrancelhas, lembra? Não entendendo, não de primeira. Elaborei: "O direito de nossa espécie de ser rica e gorda, versus a sobrevivência do urso polar. Sem discussão, certo?"

"Não diga isto tão perto dele", você sussurrou, inclinando-se na minha direção e erguendo as sobrancelhas atraentes; "ele fica perigoso quando se aborrece. É sério. É por isso que é milionário. *Tem pelo menos uns três revólveres*".

Envolto em seu perfume, mal consegui evocar uma resposta coerente.

Contudo, minha cara Marilynne, não quero que pense que sou propenso a insultar pessoas, milionárias ou não. Nem sequer estou particularmente preocupado com o urso polar: no final das contas, será apenas mais uma extinção espalhafatosa em uma história planetária de extinções que, na grande maioria, passaram despercebidas, desimpedidas.

Deixe-me explicar. Na noite anterior, eu andara assistindo a *Planet Earth* na televisão e me sentindo particularmente deprimido. No fundo do poço. Sem objetivo e pessimista. Eu não havia estado em nenhum daqueles lugares extraordinários que passavam diante de mim na tela. Nem iria a nenhum deles no futuro, ainda que eu (ou eles) permanecesse intacto por tempo o bastante para isso. Minha mulher Jane detesta viajar, e sempre terminamos no País de Gales, onde brigamos diante da lareira. Naquele momento eu estava jogado no sofá, enquanto ela examinava suas planilhas na sala de jantar (ela trabalha com serviço social e tem pouco tempo para qualquer outra coisa). Eu me sentia pesado e medonho, vendo aquelas criaturas e habitats condenados. Como você sabe, estou no lado magro: a sensação era puramente psicológica. Assim, quando vi seu marido gargalhando no gramado na noite seguinte, minha aversão deveu-se a algo que havia sentido apenas dentro de mim mesmo. Mas — e este é o ponto importante — agora se achava fora de mim. Fugira de mim como um espírito diabólico de um corpo possuído. Isto porque *você* estava ali na minha frente, enchendo-me de uma sensação de frescor e euforia. Eu já não detestava a mim — ou à espécie humana!

Penso que talvez estivesse evitando a palavra que começa com A. Em geral sou cuidadoso. Enxergo as situações sob a ótica legal. Curta e grossa, prós e contras. Objetivamente. Nós, advogados locais, precisamos nos conservar acima de qualquer censura. Nem todos fazemos isso. Mas este aqui faz. É no que se fundamenta nossa reputação nesta região. Honestidade, honestidade — e absoluto sigilo.

Aos 18 anos, entretanto, eu tinha cabelos compridos e sujos e tocava bateria. Queria ser baterista de rock, um astro como Phil Collins. Usava drogas, fazia longas caminhadas e até escrevia poesia. Então cresci. Na verdade, minha mãe morreu, passei por um episódio grave de herpes e, ao me recuperar, era outra pessoa. Estudei Direito e segui os passos de meu avô e meu pai. Conheci Jane em um acampamento em Derbyshire: ela tinha exatamente a cor e as características de uma mochila. Como vocês, não temos filhos, para grande consternação de meu pai — a sucessão da firma será interrompida, o sangue na tinta secará.

Não temos filhos devido a uma incompatibilidade química.

Enquanto conversava com você no jardim de Derek, senti o baterista dentro de mim se agitar. Nunca senti isso com mulher nenhuma, nem mesmo com Jane. Vai muito além do físico. Ah, sim, achei-a extremamente atraente, com sua cabeleira muito escura e exuberante, os grandes olhos verdes, o queixo delicado, a simetria geral do corpo (extrema e deliciosamente destacando a plenitude e as formas arredondadas naquele vestido amarelo longo e decotado, com seus babados espanhóis, bastante diferente de qualquer coisa que aquelas garotas desbotadas do comitê do festival usavam), mas estou falando de elementos de atração muito mais profundos que a carne.

E então veio o momento decisivo.

Você se recorda do que disse? Provavelmente não: o vinho estava correndo solto no final. Você havia contado rapidamente sua infância difícil numa cidade pequena em Nebraska, mencionado seus tios agressivos e sua mãe solteira bêbada metade comanche, a tentativa de seu primeiro marido de iniciar um vinhedo na Califórnia, a violenta separação e em seguida a morte suspeita dele em um acidente de carro, o breve período como dançarina de boate em Las Vegas, seus dois (ou foram três?) abortos, a reconciliação com sua mãe, os cinco anos perambulando pela América do Sul, a trégua nos pampas como gaúcha gringa, onde acha que conheceu um famoso ex-nazista alemão cujo nome esqueço — apesar de tudo ter me parecido fascinante, colocando minha própria e breve fase rebelde em cruel perspectiva, foi algo que você disse pouco antes de Helen Dipley (Tesoureira do Festival) juntar-se a nós que me atirou no estado em que permaneci desde então — de completa e absoluta adoração.

Perguntei se, enquanto se encontrava nos pampas (tentando entender as intermináveis e solitárias pastagens que havia descrito), você não esteve perto de nenhuma cidade de tamanho razoável.

E sua resposta veio sem hesitação: "Querido, estávamos *tão* não perto de qualquer cidade, do tamanho que fosse, que era surreal!"

Registrei mentalmente a frase, como estou habituado a fazer em minha profissão. Em primeiro lugar, ninguém nunca havia me chamado de "querido", a não ser por uma produção amadora no colégio, quando fiz o papel de garçonete em *Annie Get Your Gun*. Em segundo lugar, a frase fora concebida sutilmente de forma completamente natural. Caso você se lembre, fiquei boquiaberto, como que deslumbrado, e então ri. Nossos olhos se encontraram — de verdade, quero dizer — na crescente penumbra.

E então você disse: "Gosto de você."

Eu estava abrindo a boca para responder de forma semelhante, ainda que mais impetuosa, quando Helen Dipley chegou trotando, muito preocupada com algum problema relativo aos patrocinadores do programa impresso para o concerto de harpa no Methodist Hall. E depois, como você sabe, não ficamos mais sozinhos por todo o resto da noite.

Portanto, esta é minha resposta ao seu "Gosto de você".

Poderia reduzir-se a apenas três palavras. Você é capaz de adivinhar quais são essas três palavras.

Não, não consegui parar de pensar em você nos últimos dias, mesmo em meio à mais atroz, opressiva e maçante dose de tolices legais. A maior parte de meu trabalho diz respeito a divórcios, bens, pequenos delitos, muitas vezes simultaneamente. Não sou popular com a polícia local, que me espera atrás de cercas vivas, tentando me pegar em excesso de velocidade. Isto porque sou honesto e saio em defesa das vítimas da injustiça local, não importa o quão grosseiras pareçam ser essas vítimas. Portanto, como vê, tenho meus momentos.

O cavaleiro silencioso.

Devo ir galopando até você, minha cara Marilynne? Devo nos seqüestrar de nossa infelicidade mútua?

Em suma, você tem alguma desculpa para encontrar-se com um advogado?

Consumido de esperança e expectativa — e, claro, no mais completo sigilo,
Colin

ADRIANA LISBOA

Manuel,

Acabo de receber a nova edição das suas crônicas. A capa dura parece que envergou um pouco, o que não estranho, aqui minhas mãos estão quase sempre embaçadas com uma camada de ruço, ficam meio cinzentas, e as unhas desfolham, e o rosto acorda sem um vestígio de suor pela manhã. No inverno é sempre pior. A umidade relativa do ar está pouco acima dos trinta por cento. O papel crestado, a pele.

Aqui às vezes também é o beco, sabe. Aquele que você cantou num dístico cheio de elipses mentais. Talvez noutro momento eu chamasse de sertão. O beco e o sertão podem estar num mesmo campo associativo? Atravessar um deserto é como dar de cara num muro? Cada passo a mais é um mesmo passo, a repetição de uma reza sobre os vestígios do templo em Jerusalém?

A nova edição das suas crônicas foi um presente inesperado e veio de longe. Junto com os primeiros cantos de pássaros que estão se antecipando à primavera. Mas a primavera é já-já. Talvez traga as chuvas de que sentimos falta — minhas mãos, o chão, a capa do seu livro. Flores nas janelas do beco, as flores doloridas do deserto, do sertão. A cor que se impõe ao seco. A flor é sempre um esforço, você não acha?

Reencontrar um amor antigo é como consertar essa primavera rota que ficou suspensa, inacabada, pendurada no ar, é como remendar a paleta da flor pisada e machucada, às vezes a flor está tão gasta que nem a mão mais cuidadosa e o olhar mais compreensivo podem fazê-la sarar. E aí a saudação é o desencontro, e deixemos para lá a flor logo de uma vez — o passado muitas vezes só existe no divã da psicanálise, ficção *à la carte*.

Mas neste caso é diferente.

Eu te conheci através do porquinho-da-índia que só queria ficar debaixo do fogão, e ainda me lembro de como o porquinho-da-índia parecia ser a sua primeira namorada. Eu era muito nova ainda, mas já tinha idade suficiente para me apaixonar pelos heróis de capa-e-espada em sua edição de século quase-vinte-e-um — e por poetas. Mais tarde, outros poetas (outros amores) me confessaram sua sensação de total inutilidade aos olhos do mundo. E não se envergonhavam disso. Muito pelo contrário: um deles até gostava da companhia de uma bananeira que não produzia bananas, por achar que ela espelhava, com sua existência, a existência dele, poeta.

Essa mesma inutilidade que sinto, na travessia deste beco-sertão, mas que procuro sentir com um sorriso. Pois se nem poeta eu sou. Olho para os lados, vejo os outros homens e mulheres rezando com fúria sobre os vestígios do templo em Jerusalém. Às vezes tenho medo deles. Mas às vezes alguém pisca os olhos de um jeito engraçado ou faz uma careta para mim, e as coisas voltam a aceitar alguma salvação.

Seja como for, um dia você abriu a porta e me recebeu — ironicamente, sarcasticamente tísico. Ou, como quis o Mário (e concordo com ele), amorosamente tísico. Se os poetas são da turma dos heróis de capa-e-espada, cavaleiros inexistentes num mundo que no entanto não consegue prescindir deles, não deixa de evocá-los em sonhos, e em seus sonhos de Quixote, e em seus filmes sobre guerreiros interestelares, pouco me importa. São muitas as falhas onde enxergo a vitória. Muitas as derrotas onde vejo o eixo do mundo se deslocar um pouquinho mais para perto do centro justo.

Por isso não tenho medo de te reencontrar dentro desta capa (-e-espada?) de livro meio torta e me lembrar daquele dia, daquele evento, e do seu olhar amorosamente tísico, e do porquinho-da-índia debaixo do fogão.

Que foi o instante em que, com a sua ajuda, meu corpo e minha alma começaram a aprender a dançar juntos. Então é isso!, pensei. Ou mais ou menos isso. Ou algo parecido com isso. Você me fazia tanta falta, e eu nem sequer sabia. Hoje sei que certas faltas são intransitivas, e que a própria poesia é esse grande oco de sentido, esse grande vão que ela procura respeitar com as palavras. Ao contrário do que muitos pensam, a poesia está justamente ali, naquele lugar que ela própria delineia sem tocar. Na terceira margem do rio. Naquilo que ela não diz. Na divergência e na dúvida.

Do mesmo modo, acredito que você vá saber ler aqui tudo aquilo que eu não pude, ou não soube, escrever. Da janela é possível ver o balãozinho de papel (lembro-me bem: quem fez foi o filho da lavadeira) — e ele vai subindo muito serenamente, para muito longe.

Da sua leitora

LIONEL SHRIVER

De: Alisha Garrison [mailto: Alisha.Garrison@gmail.com]
Enviado em: 12 de agosto de 2006
Para: Kaminsky, Seymour <skaminski2@aol.com>
Assunto: Sem Jogos

Seymour,

Sei que todos os manuais sobre o amor — que também me alertariam para nunca deixar escapar a palavra que começa com A nem mesmo por alto em uma união tão recente — me instruiriam a esperar para entrar em contato com você até que dias, talvez mesmo semanas se passassem desde nossa relutante separação. Eu não deveria parecer muito ansiosa, muito desesperada, muito "carente". E depois de não dormir absolutamente nada na noite passada, deveria realmente estar tirando um bom e longo cochilo! Mas, quando voltei para casa em Shepherd's Bush, estava tão agitada, tão excitada, tão intoxicada pela súbita grandeza da vida em geral, que dormir estava fora de questão. Abrimos mão de tanta coisa tão rápido; certamente já superamos os jogos românticos infantis. Não posso, não serei recatada. Agir politicamente e me fazer de difícil seria não apenas uma mentira, mas mancharia com maquinações e cálculos a clareza, a honestidade e o mútuo reconhecimento instantâneo que descobrimos por sorte. Assim, embora tenham se passado apenas poucas horas, elas já parecem desperdiçadas. Todo este tempo eu poderia estar escrevendo para você!

Vamos por partes: você disse que este endereço era a melhor forma de entrar em contato com você, já que seu celular tinha acabado de ser roubado. (Ser atacado na South Bank por um bando de agressores menores de dez anos deve ter sido, bem, terrível! Mas admirei o fato de você ter contado a história honestamente. A maioria dos homens teria acrescentado quinze anos aos assaltantes apenas para salvar as aparências.) Prometi enviar meu número de telefone ao responder o seu e-mail, uma vez que tudo que conseguimos encontrar na festa de Mandy foi aquele guardanapo nojento em que você rabiscou skaminsky@aol.com. Fico comovida em ver que você já estava preocupado com números tão frágeis e insignificantes, que poderiam entretanto revelar a senha de tanta felicidade, para armazená-los em lugar seguro. Portanto, anote isto na agenda do seu celular quando você arranjar um novo. Aliás, faça com que o tatuem em certo local secreto, sobre um pedaço de pele em que nunca mais vou querer que outra mulher ponha os olhos novamente! (020) 7274-6738. (Eu sei, devo ser a única mulher que resta em Londres sem celular. Veja bem — antes de ontem à noite! —, eu gostava da minha solidão e, caminhando pela cidade, não tinha a menor vontade de ser alcançada — talvez em nenhum sentido.) Por favor, ligue, meu bem. Sei que você não tem telefone fixo, mas um homem tão maravilhoso deve ter muitos amigos com telefone! Mal posso esperar para ouvir sua voz outra vez. Este é um meio de comunicação tão frio e frustrante comparado ao calor do seu toque, à calidez do seu sorriso, à paixão do seu olhar quando captura o meu.

Claro, a desvantagem de escrever tão cedo é que tenho pouco a dizer — ainda que tudo a dizer! Depois de uma única noite, você transformou completamente minha perspectiva. Mesmo no metrô indo para casa, todos os passageiros pareciam tão fascinantes, palpitantes de histórias comoventes que me partiam o coração. Sabe que eles ficaram me olhando? Sei que eu parecia uma criança desgrenhada (culpa sua!), mas não acho que tenha sido por isso que chamei tanta atenção. Acho que eu estava atraente. Eu estava explodindo de saciedade, com uma auto-satisfação muito irritante! Eles todos pareciam tão infelizes, em comparação. E até mesmo as cores mudaram. Sabe aquele poema de A.A. Milne,[3] em *When We Were Six*, acho — O frio está muito frio; e o quente parece tão quente? (Não é engraçado termos crescido com o mesmo entusiasmo pelo ursinho Puff — embora eu espere que você não identifique na palavra uma escatologia.[4] Como você verificou, minhas tendências sexuais são deliciosamente normais!) Era assim. O amarelo é tão amarelo e o negro tão negro!

Ah, e não consigo me obrigar a tomar banho. Não suporto a idéia de lavar o seu cheiro, que me deixa tonta, como cheirar cola. (Não que eu cheire cola! Não é engraçado que se possa escrever "como cheirar cola" sem ter a menor idéia do que é isso, e ainda assim estar certa de ter encontrado uma imagem absolutamente perfeita?)

Estou dividida entre contar tudo o que você precisa saber a meu respeito por páginas e páginas, e sair dessa para que possamos conversar e combinar nosso próximo encontro. Por não me envergonhar de admitir que estou livre esta mesma noite, vou me afastar deste e-mail e enviá-lo correndo para o seu computador. Vou ficar em casa esta tarde e esperar seu telefonema.

Já consumida de desejo,
Alisha

De: Alisha Garrison [mailto: Alisha.Garrison@gmail.com]
Enviado em: 14 de agosto de 2006
Para: Kaminsky, Seymour <skaminski2@aol.com>
Assunto: Reconferindo

Seymour (e andei pensando a respeito de seu nome — *See more*, veja mais, é metafórico, não é? Você me faz *ver mais*, pois a vivacidade das cores não diminuiu. E "mour" lembra "amore", como em "Isto é amore!" Você me faz ver amore!)

Espero que você não se importe com o fato de eu ter reenviado aquele primeiro e-mail mais algumas vezes no final de semana. Tive problemas com o Google nas últimas semanas; quase não recebi e-mail nenhum, o que é completamente impossível. Na verdade, no ano passado vários outros cavalheiros — que permanecerão anônimos, já que não sou o tipo de garota manipuladora que tentaria deixá-lo com ciúmes! — me informaram que nunca receberam e-mails que certamente enviei. Pelo seu lado, a AOL tampouco possui credibilidade. Não dizem que a empresa vai falir? Em parte porque clientes como você ficam tão irritados com a prestação de serviços irregulares? A Internet não é nem de perto uma forma de comunicação segura, como fomos levados a crer! E eu deveria nos detestar por cedermos a uma questão tão imprevisível e arbitrária quanto uma falha técnica.

Mesmo que você tenha recebido um dos bilhetes em garrafas que lancei no oceano do espaço cibernético, talvez haja algo em especial naquela mensagem que não será enviada corretamente. Não posso dizer que eu seja nenhum tipo de garota-prodígio da informática, mas não seria simplesmente uma sorte que aquele e-mail, de todos os e-mails, tenha sido amaldiçoado, marcado como Caim para a destruição! Então pensei em enviar um novo. Caso você não tenha recebido o anterior, meu telefone é **(020) 7274-6738**. Grave-o na sua memória, recite-o enquanto pega no sono! (Olhe para mim, já lhe dando ordens como uma mulher casada há vinte anos. Que atrevimento!)

Claro que você ainda não deve ter tido tempo para comprar um celular novo, e sei o quanto é difícil hoje em dia encontrar uma cabine telefônica que funcione. Dizem que é questão de tempo até que a BT[5] acabe com todas elas. E você pode muito bem ter tentado ligar, pedindo o celular de um amigo emprestado ou algo parecido. (Eu *realmente* acho que é melhor ter telefone fixo exatamente para emergências como esta, mesmo que você alegue que com um plano de bom preço é desnecessário. Ops! Lá vou eu, dando ordens em você novamente!) Olhe, apesar de não ter saído no fim de semana para esperar sua ligação, a comida por aqui acabou, e tive que dar uma fugida ao supermercado para comprar algumas coisas no domingo à tarde. Ainda que minha operadora telefônica devesse ter registrado qualquer mensagem, simplesmente tive uma experiência terrível com o serviço de correio de voz da One.Tel. Você não acreditaria quantas vezes fui informada tempos depois de que alguém havia deixado *com certeza* uma mensagem, e nunca recebi aquele sinal de discagem interrompido indicando que havia uma mensagem me esperando, muito menos ouvi qualquer tipo de gravação. O sistema simplesmente come mensagens no café-da-manhã! Honestamente, Seymour — *See*, veja, amor, meu novo apelido carinhoso para você! —, nada parece funcionar da maneira confiável necessária quando tanto depende da reunião bem-sucedida dos fios elétricos, do entrelaçamento de meros cabos!

Por outro lado, talvez você esteja apenas terrivelmente ocupado. Eu poderia dizer o quanto você foi responsável, e por mais que você queira se distrair, o trabalho tem de vir primeiro. Talvez você esteja se poupando de me ligar como um pequeno deleite para si mesmo. Se for isto, pense em mim como um caramelo em seu bolso, que vai ficar todo pegajoso e grudento se você o deixar lá por muito tempo. Desembrulhe o seu docinho, querido! Não posso receber ligações particulares no trabalho, portanto hoje tirei o dia de folga. E trouxe tanta comida que você pensaria que sou uma mórmon aguardando o dia do Juízo Final! (Confesso: tinha esperanças de chamá-lo para jantar, e queria ter certeza de que teria tudo pronto para o caso de você ligar e aparecer no último minuto. Não é engraçado como é preciso planejar, mesmo para ser espontâneo?) Assim eu não teria de sair do apartamento de jeito nenhum. Assim não preciso depender da One.Tel!

Espero que você goste de salmão defumado. Com pão irlandês, gotas de limão, alcaparras e cebola vermelha em fatias finas. Quanto à cebola vermelha, tenho duas opiniões. Proporciona um contraste maravilhosamente picante com o salmão, mas eu não gostaria de estragar nosso hálito. Por outro lado, se ambos comermos cebola crua, isto de certa forma não eliminaria o efeito desagradável? Meu Deus, hoje em dia para ter sorte no amor uma garota precisa ser bioquímica!

Tentando ser paciente com as investidas do acaso às quais a tecnologia está sujeita,

Alisha

De: Alisha Garrison [mailto: Alisha.Garrison@gmail.com]
Enviado em: 26 de agosto de 2006
Para: Kaminsky, Seymour <skaminski2@aol.com>
Assunto: Morra

Seymour — ou que tal *See-mort*?

Quem você pensa que é? Ou, indo mais direto ao assunto, quem você pensa que eu sou? Uma prostituta que não é nem inteligente o bastante para cobrar? Algum recipiente insípido para os seus fluidos seminais, como um vaso sanitário? Você não reconheceu que estava lidando com uma mulher de certa sofisticação cultural, de forma que, quando ela deixa escapar um clichê como "Eu normalmente não faço isto", está dizendo a verdade?

Presumo que você também ficará feliz em saber que guardei o salmão defumado por tanto tempo que ele estragou, o que considerei metafórico. Uma coisa que começou fresca, deliciosa e estimulante, aos poucos tornou-se nojenta, patética e venenosa! Então dei o salmão para o lulu-da-pomerânia da minha vizinha — nosso precioso jantar literalmente lançado aos cães!

Já se passaram duas semanas! E não venha me dizer que também não recebeu meu último e-mail, porque eu o enviei pelo menos uma dúzia de vezes, e do computador da minha vizinha para garantir. (Caso você pense que uso cruelmente as pessoas, como certo alguém cujo nome não vamos dizer, eu a estava consolando por causa de seu cachorro.) Meus dias de folga se esgotaram, e precisei telefonar dizendo que estava doente — um desgosto para mim, já que sou conhecida por minha integridade. Por isso o chefe de departamento nunca duvidou que eu estivesse realmente doente. Na verdade, ao contrário de *certas* pessoas, ele pareceu bastante compreensivo! O que, de fato, ele deveria ter sido. Porque estou doente. De você!

Você presumiu que, porque eu estava querendo escapar para o quarto de hóspedes de Mandy, eu era vulgar? Como você pôde imaginar que daria meu coração daquele jeito por causa de uma única noite, simplesmente para qualquer um? Sou uma pessoa muito reservada! E agora sinto que confiei meus pensamentos mais íntimos, meus anseios mais profundos e paixões mais duradouras, como meu amor pelo ursinho Puff — seu cretino de mente suja! —, para um libertino e um charlatão, como se jogasse minhas jóias no esgoto!

Por isso, esta manhã finalmente tomei uma chuveirada, e digo que fiz isso alegremente, fiz isso cantando! "Vou arrancar esse homem dos meus cabelos!" Berrei, o mais alto possível! Lavei cada floco de caspa seu, cada rastro rançoso de suor, cada gota amarga das suas asquerosas emanações testiculares.

Você seria imprudente ao extremo se fizesse uso do número de telefone que lhe dei com tanta confiança. Por favor, destrua-o. Asseguro-lhe que, se ligasse agora, eu não só bateria o fone no gancho, mas ordenaria à One.Tel que mudasse meu número em seguida!

Friamente,
Alisha

De: Alisha Garrison [mailto: Alisha.Garrison@gmail.com]
Enviado em: 31 de agosto de 2006
Para: Kaminsky, Seymour <skaminski2@aol.com>
Assunto: Por favor, me perdoe

See-more, meu amado,

Sinto terrivelmente pelo último e-mail. Receio ter bebido um pouco demais da última vez que escrevi, e você sabe como a mente de uma pessoa pode perder o controle num vazio de informações.

Podemos simplesmente concordar em traçar uma linha e começar do zero? Não estou dizendo que você goste de fazer joguinhos mais do que eu. Ainda assim, mesmo que nossas almas tenham se encontrado naquela noite, que em um sentido cotidiano nos conheçamos tão bem, você pode ter adquirido uma impressão errada a meu respeito. Em geral sou muito comedida, na verdade muito cortês e educada, tanto que as pessoas levam muito tempo para me conhecer, e às vezes me tomam por fria. Você deveria saber em primeira mão que sou qualquer coisa menos fria! Acho que foi um alívio tão grande baixar a guarda e mostrar quem eu realmente sou — aqueles amarelos tão amarelos, e aqueles pretos tão pretos! — que posso ter me atropelado.

Vou lhe pedir uma coisa: vamos fingir que nunca escrevi absolutamente nada. Desta vez, podemos ir devagar. Talvez não devêssemos ter deixado que nossas paixões nos dominassem naquela noite. O que você diria de atrasarmos o relógio e nos encontrarmos para almoçar, ou para um drinque, ou até mesmo uma inocente xícara de café? Talvez precisemos nos conhecer em um plano normal, antes de nos preocuparmos com a parte mais profunda. Não é engraçado que eu conheça sua natureza mais autêntica, mais profunda, mas nem sequer saiba seu nome do meio, que línguas você fala ou se toca piano?

Esperando vê-lo em breve — e totalmente bem-comportada!

Alisha

De: Alisha Garrison [mailto: Alisha.Garrison@gmail.com]
Enviado em: 31 de agosto de 2006
Para: Kaminsky, Seymour <skaminski2@aol.com>
Assunto: Estou ficando assustada

Seymore — à medida que vejo menos...

Sei que não deveria estar escrevendo para você, mas não sei a quem mais recorrer. Mal consigo me arrastar para fora da cama e, depois de ter tirado aquelas duas semanas de folga do trabalho, o gerente de departamento da Asda[6] ligou para informar que "meus serviços não seriam mais necessários". Não tenho nenhum apetite e, quando olhei no espelho ainda há pouco, quase não me reconheci. Nos dois últimos dias, não comi mais do que os dois últimos potes de meio litro do Häagen-Dazs de Banana Split, e minhas faces estão fundas como as de um cadáver.

Lá fora o sol está castigando, brilhante e zombeteiro, mas minha cabeça está girando de escuridão e medo. Quando me inclino na janela, sinto o ar de verão me puxando para fora; olho para baixo e sou loucamente atraída para a queda vertiginosa em direção à calçada da minha janela no primeiro andar. As facas em minha cozinha brilham sedutoramente como jóias. Não consigo contemplar meu lençol sem imaginá-lo torcido e laçado na luminária do teto, balançando, me seduzindo com sua libertação. A porta do forno escancarada oferece seu ventre de hálito quente — se bem que li em algum lugar que hoje em dia o componente letal do gás natural foi removido, o que complicou o rumo de Sylvia Plath. Isso é uma falta de consideração, você não acha? Só porque uma pessoa trabalha na Asda — ou trabalhava na Asda — não quer dizer que não mereça uma partida poética.

Antes eu era feliz, ou, como dizem, não sabia o que estava perdendo. Eu vivia a pão e água, e uma noite provei torta. Ah, *See-more*, não posso retornar a uma dieta de presídio. Então, caso leia a meu respeito nos jornais, saiba apenas que você abençoou esta pobre prisioneira com uma gloriosa noite de liberdade e fuga. Se eu ao menos vivi verdadeiramente apenas por uma noite, tantas de nós, tristes mariposas à procura da luz, nunca vivem em absoluto. Acho que tenho sorte. Mas se tenho tanta sorte, por que me sinto tão triste, tão deprimida, tão distante do carinho?

Desculpe-me por perturbá-lo,
Alisha

De: Sam Kaminski [mailto: skaminski2@aol.com]
Enviado em: 31 de agosto de 2006
Para: Garrison, Alisha <alisha.garrison@gmail.com>
Assunto: Re: Estou ficando assustada

olha, senhora, naum sei c esse cara pra quem vc tá escrevendo sacaneou vc c/ e-mail falso ou c vc é completamente pancada e ele é um fantasma da sua imaginação (rsrs) mas sou um garoto nascido e criado em nova jersey e vc e eu nunca passamos nenhuma noite juntos comendo torta nenhuma. pra começar nunk abri seus emails com os alertas de vírus e tudo + só q o assunto do 1º. me confundiu e pensei q tinha a ver com o videogame q eu tava disputando no ebay (dark messiah of might and magic e um merdão me venceu). então naum enfie a cabeça no forno por minha causa principalmente c isso naum funciona. e c vc naum c importa que eu meta meu nariz nesse troço c o seu amiguinho "seemore" te enganou dando um e-mail papo-furado e pelo visto c escafedeu da cena do crime o cara é um puta esperto (ou fantasma rsrs) sam

DAVID BEZMOZGIS

Lubianka, 2 de setembro de 1918

Meu querido Mika,

Ainda que você tenha deixado claro que não se importa comigo, meu coração insiste em que eu me dirija a você como "meu querido". Sei que isto vai apenas irritá-lo. Irrita a mim também. Meu amor não trouxe qualquer felicidade a nenhum de nós dois. Mas não pense que me arrependo disso. Pelo contrário, sou grata. Em época de revolução, o amor é uma indulgência burguesa. Ao rejeitar meu afeto, você se lembrou disso. Sinto vergonha da mulher que eu era em Kharkov. Estava tão desesperada por um romance que me esqueci de mim mesma. Durante aqueles dois dias, consenti em me imaginar mais uma vez como uma garota de dezesseis anos. Quando o vi, vi o último homem que me havia tratado com ternura, me dirigido palavras de amor e me feito sentir como mais do que um trapo arrastado pela imundície. Ver você foi como se os doze anos de prisão e solidão houvessem se evaporado.

Você nunca irá entender, mas vivi durante doze anos em permanente escuridão. Mesmo nos raros momentos em que minha visão clareava, via diante de mim apenas minha vida sombria no campo de prisioneiros. Muitas vezes desejei ter forças para provocar minha própria morte. Muitas vezes me amaldiçoei por ter sobrevivido à explosão no quarto de hotel. O que minha sobrevivência me trouxe? Apenas sofrimento. Uma garota de dezesseis anos, quase cega, presa, sem esperança de clemência. Mas então veio a Revolução de Fevereiro, a anistia, e os médicos que restauraram minha visão. E então, como que por força do destino, lá estava você, na rua, comprando um jornal. De que outra forma explicar sua presença em Kharkov, na rua onde eu passeava à tarde?

Sei que isto é mero sentimentalismo, mas ser anistiada da prisão e aliviada da cegueira nos torna bobos e otimistas. Tremo ao pensar na imagem que devo ter projetado ao correr em sua direção. Sentia-me uma jovem beldade, mas que aparência devia ser a minha! Histérica, desvairada, o casaco se agitando, os cabelos desgrenhados, pálida e descarnada. Como as bruxas nos contos que assustam crianças. Vi a verdade em seus olhos, mas me recusei a admiti-la. Agora, no entanto, sentada em minha cela, vejo de forma bastante clara a repulsa em seu rosto. Vi-a muito mais nestes últimos dias. Já não me importo. Aceito o fato de não ser uma mulher que inspire entusiasmo nos homens, e nunca mais implorarei como um cão por um pouco de carinho.

Não tenho ilusões, Mika. Sei o que me aguarda. Sei o que esperar dos bolcheviques. Sverdlov, o chacal de estimação de Lênin, veio testemunhar meu interrogatório. Evidentemente, recusei-me a falar na presença dele. Eles enviaram seus lacaios uns atrás dos outros para arrancar de mim alguma informação. Eles não acreditam que eu tenha sido capaz de agir sozinha. Talvez você também não acredite nisto? Mas é verdade. Antes que esta carta o alcance, você terá lido nos jornais que atirei em Lênin. Acho que não consegui matá-lo. Se me arrependo de alguma coisa, esta é a única. Ele é um traidor da Revolução. Deposito aos pés dele a responsabilidade pela paz traiçoeira com a Alemanha e a dissolução da Assembléia Constituinte. Eu disse isto a meus interrogadores e espero que eles não censurem isto na carta. Encarreguei Iakov Peters de fazer com que esta carta chegue até você de alguma forma. Ele foi o único dentre eles que me tratou ao menos com um pouco de decência. Em sua juventude, assim como você e eu, ele foi anarquista. A história o encaminhou em uma direção, a mim em outra, e você em outra ainda. O que resultará disso tudo posso apenas especular. Mas quando os médicos endireitaram meus olhos, eu tinha esperanças de ver um mundo melhor. Nos primeiros dias, via a beleza por toda parte à minha volta.

Via potencial em todas as coisas, inclusive em mim. Claro que essa sensação não durou. Não demorou muito para que o mundo afirmasse sua verdadeira natureza. A Revolução foi traída e você confirmou minha incompetência como mulher.

Durante anos consolei a mim mesma dizendo que, na prisão, a cegueira era uma espécie de bênção. Afinal de contas, o que vale a pena ver na prisão? Mas, mesmo libertada da prisão do czar, reconheci que eu não era livre. Para os trabalhadores do mundo, a liberdade permanece como uma promessa não cumprida. Continuamos prisioneiros da burguesia e dos falsos profetas da Revolução. Assim sendo, não estou triste por dizer adeus a este mundo. Fiz o que pude para apoiar a Revolução. Morrerei da forma que vivi, como marxista e revolucionária socialista.

Terminarei por aqui, mas faço um pedido. Mika, sei que não posso cobrar nada de você e que não tenho motivos para fazer exigências, mas, como esta é a única carta que tenho permissão para enviar, peço-lhe que escreva a meu irmão Berl em Nova York. Diga-lhe que ele estava certo, não fui feita para uma vida longa. Diga-lhe também que não quero que nosso pai reze por mim.

Sua,

Fanny

Esta carta foi descoberta entre os papéis de Iakov Peters por ocasião de sua prisão e execução pelo NKVD em 1938.

CHRIS BACHELDER

A quem interessar possa:

Escrevo para recomendar Charles Valentine para qualquer colocação relacionada ao amor — profissional, acadêmica ou pessoal — que ele porventura solicite ou para a qual seja cogitado. Fui pedagoga do amor no ensino médio por mais tempo do que me interessaria revelar, e posso afirmar sem hesitação que Charles é o mais dotado aprendiz do amor que já vi. Comparados a ele, todos os alunos que ensinei e todos os que ainda ensinarei em meu lento e vagaroso deslizar para a aposentadoria — a despeito de minhas cartas de recomendação anteriores e subseqüentes — são o que chamamos, no Palácio do Amor, de Corações de Passa. Nas demais avaliações um estudante mediano e carente de inspiração (veja transcrição), Charles é, na disciplina do amor, um prodígio e um gênio.

Seja paciente enquanto crio uma analogia baseada no campeão de ciclismo Lance Armstrong. Muito foi gerado pelos dons naturais ou genéticos de Armstrong; ele possui, segundo deduzo, *três pulmões*, sem dúvida uma considerável vantagem nos Alpes. Mas todos sabemos que um pulmão extra por si só não explica a supremacia de Armstrong. Ele também passou um bom tempo em sua bicicleta, tornando-se melhor do que todos os demais. Sem ética no trabalho, uma mutação genética caprichosa nada mais é do que uma mutação genética caprichosa. Para alcançar status de elite em qualquer ocupação, é preciso uma combinação de habilidade inata e determinação, e o que estou tentando comunicar agora é que o jovem Charlie Valentine, da Perlis High School, turma de 07, possui essa exata combinação na esfera do amor. Mesmo como aluno do segundo ano em Amor Principiante, Charlie instintivamente entendeu o que muitos — meu ex-marido Dennis, por exemplo — jamais, *jamais* entenderão a respeito de intimidade e afeto. Além disso, aperfeiçoou seus dons com verdadeira iniciativa e autodisciplina, dedicando-se aos estudos, devorando os cânones do amor.

Nunca me esquecerei do instante em que entrei na turma de Amor Principiante há quase três anos e vi o mirrado Charlie sentado na última fila com seu caderno aberto em uma página em branco. Eu e todos na cidade sabíamos que seu pai havia empurrado sua mãe escada abaixo quando Charlie era apenas um bebê, e que Charlie havia passado a adolescência em uma série de lares adotivos, alguns dos quais eram estudos de caso em amor pernicioso. Eu certamente esperava que ele fosse um típico jovem de Perlis; isto é, esperava que tratasse seu próprio coração, e o coração de todos ao seu redor, como um brinquedo velho, surrado, destroçado, despojado de toda a doçura. E ainda assim, Charlie provou que eu estava errada e quase de imediato distinguiu-se como um sábio em termos afetivos. Embora carecesse do arcabouço conceitual, do vocabulário básico e da familiaridade com o cânone que mais tarde aperfeiçoaria, ele de alguma forma possuía uma empatia natural e uma verdadeira intuição para a arte do amor. Na segunda semana de aula, meses antes da Unidade Comunicação, Charlie contestou respeitosamente J.T., um dentre cerca de uma dezena de alunos que rivalizavam pela posição de palhaço da classe, explicando que os comentários indisciplinados de J.T. em aula eram, como qualquer tipo de sarcasmo, "corrosivos para a verdadeira confiança e intimidade". O período de silêncio que se seguiu — quebrado finalmente pelo soluçar de uma líder de torcida rejeitada no corredor — foram os seis ou oito segundos mais eficazes de minha carreira pedagógica. E ainda que eu possa parecer fatalista, não considero mero fatalismo dizer que nunca experimentarei outro momento como aquele, dentro ou fora de classe.

Enquanto a maioria de seus colegas abandona sem reservas a educação amorosa formal depois do obrigatório Amor

Principiante, Charlie matriculou-se em Amor Intermediário, minha eletiva, durante seu penúltimo ano de estudos. Amor Intermediário, como vocês devem saber, é basicamente um curso sobre limites, responsabilidades e necessidades. Para começar a Unidade Necessidades, apliquei, como faço quase todos os anos, o Exame Diagnóstico Mortenson do Vetor Paixão (popularmente, o Gráfico da Paixão), que mede a curva relativa dos desejos, interesses e objetivos amorosos do sujeito. Os estudantes respondem a 234 perguntas e, com o auxílio do software Gráfico da Paixão (que tumulto), suas respostas são convertidas em um gráfico dos vetores da paixão. Quanto mais retas as linhas, mais saudável o amante. Provavelmente não preciso dizer que os Gráficos da Paixão que produzimos em Perlis High em geral parecem bonsais — o vetor típico do penúltimo ano fará uma curva para trás para cruzar sobre si mesmo ou desviar desenfreadamente para longe, para o canto da página. A versão do *software* que utilizamos em Perlis é sem dúvida antiquada, mas, ainda assim, tivemos alunos cujas coordenadas das paixões eram literalmente irrepresentáveis no espaço bidimensional. Há necessidades distorcidas e *necessidades distorcidas.* Mas as paixões de Charlie? Explosões fortes, encantadoras, sublimes, exatamente no meio das tendências diagnósticas. Os vetores pareciam traçados a régua. (Prova de sua circunspecção romântica — muitas vezes confundida aqui com timidez — foi o fato de Charlie não ter arranjado uma namorada na PHS.) Enviei os resultados ao próprio Dr. Mortensen, e ele respondeu, seis meses mais tarde, recriminandome e à minha "brincadeira de mau gosto". Ninguém tem desejos íntegros a tal ponto, escreveu ele, muito menos um garoto adotado de dezesseis anos saído do meio do mato.

O projeto final em Amor Intermediário é uma História de Amor Pessoal. A HAP exige que os alunos analisem os tipos de amor familiar e romântico que experimentaram — as forças que configuraram suas predileções e habilidades — desde a infância. O objetivo é entender o coração das pessoas como o produto de circunstâncias específicas. (A lógica implícita de que uma vez que os alunos entendam seu próprio coração passarão a agir em benefício dele sempre me impressionou como uma forma de otimismo que beira a doença mental, mas o currículo se vê de cima para baixo.) O alcance e o tom da HAP de Charlie foram de tirar o fôlego; ele cobriu quatro gerações de sua família, e o tratamento que deu às paixões vacilantes e distorcidas de seus ancestrais em 53 páginas — explicando mais de duas dúzias de crimes induzidos pelo amor ao longo de um século — foi igualmente firme e empático. Sempre judiciosa, a HAP alternava crítica perspicaz e biografia afetuosa. Um dos textos que vocês encontrarão no arquivo de Charlie é um pequeno trecho dessa obra-prima.

Vocês perceberão pela transcrição de Charlie que ele não cursou Amor Avançado, mas levem em conta, por favor, que o nosso município não oferece Amor Avançado. A explicação oficial é que não há interesse por parte dos alunos, mas o verdadeiro motivo é que Amor Avançado provavelmente incluiria a Unidade Sexo, e o conselho escolar proibiu educação sexual nas escolas do município. Entretanto, no último ano, Charlie, por iniciativa própria, planejou um estudo independente comigo que estendeu e expandiu sua intensa exploração do amor. Elaborou sua própria lista de leitura, enorme e diversificada, que inclui obras de muitos gêneros e disciplinas — poesia, ficção, religião, filosofia, psicologia e até mesmo biologia e química (embora ele permaneça veemente em sua posição de que as ciências nunca serão completamente capazes de explicar o amor). No final do outono passado, Charlie criou um núcleo de ensino do amor na escola, cujo pessoal é composto de voluntários treinados por ele. Em poucas semanas, Charlie inaugurou um segundo núcleo no porão da Igreja Batista Perlis, aberto à noite e nos fins de semana. Ainda é muito cedo para determinar a repercussão desses núcleos na escola e na comunidade, mas o serviço social informou uma ligeira queda em maus-tratos, negligência e abandono durante o feriado de Natal, em geral a alta estação para as desordens amorosas.

Hesito em mencionar um último ponto a respeito dos estudos recentes de Charlie, pois temo que afete de forma negativa a avaliação de sua candidatura. Mas se for este o caso, seu cérebro é tão frágil quanto seu coração. Nos últimos tempos, o interesse de Charlie expandiu-se consideravelmente, incluindo política, economia, governo e história. Em nossos encontros semanais nos últimos meses, ele começou a falar de forma muito mais ampla a respeito de amor e justiça. Não sei ao certo no que está envolvido, mas, se tivesse de arriscar um palpite, eu diria que ele está desenvolvendo uma teoria sobre o amor e a revolução. Há muitos anos renunciei a toda e qualquer esperança de mudança significativa no mundo, mas o interesse de Charlie no entrecruzamento de amor e economia política despertou uma parte havia muito adormecida de meu coração.

É verdade que quase todas as minhas alunas riem e dão soquinhos em alguma colega de classe sempre que menciono o *cânone do amor*. É também verdade que muitas delas pensam que *Eros* é o plural do tipo de projétil que seus pais camuflados disparam contra animais de grande porte. Muitas estão grávidas, muitas possuem olhos roxos; muitas estão tão prejudicadas que nunca se entregarão completamente; muitas estão tão prejudicadas que nunca desistirão de se entregar completamente; a maioria é imprudente, cega, encolerizada e transtornada por desejos lunáticos. A solidão e a carência de amor de muitas delas é tão irreversível que elas são inacessíveis ao amor. Os talentos de Charlie parecem inevitavelmente miraculosos em uma cidade como Perlis. Ainda assim, estou certa de que Charles Valentine seria, mesmo na comunidade mais esclarecida em termos amorosos (e por favor me informem onde seria isso), um estudante excepcionalmente dotado e promissor. Charlie tem meu respeito, minha inveja, minha bênção e minha mais alta recomendação.

Ele também possui meu coração. Imagino que a esta altura seja evidente que estou muito, muito apaixonada por Charles Valentine. Certa noite no inverno passado, vi-o no estacionamento do teatro do shopping. É bem verdade que eu havia tomado umas vodcas com tônica duplas, e perguntei a Charlie, fora do alcance da escuta de sua tia adotiva viciada em drogas, se ele gostaria de ir ao meu apartamento em algum momento ("ou agora") para beber licor de limão e conversar em frente à minha lareira a gás. Claro que foi errado — deixe-me explicar por quê: ele tem 18 anos (na verdade 17 na ocasião) e sou décadas mais velha, ele é meu aluno, e todos os barcos nesta cidade possuem quilha envidraçada. Mas ele é um rapaz extraordinário, ventava frio e meu telefone às vezes passa semanas sem tocar. Gosto de acreditar que Charlie hesitou apenas por um instante antes de recusar minha proposta, permitindo que eu mantivesse minhas parcas reservas de esperança, dignidade e profissionalismo. Na realidade, sua resposta foi dada de forma tão afetuosa que me fez sentir, apenas por um momento, merecedora de um amor experiente. Lembro-me de que seu rosto estava vermelho como se prestes a explodir por causa do vento, e seu cabelo erguia-se de um jeito engraçado na frente. Como sempre, ele não usava roupas de inverno apropriadas e tremia de frio ligeiramente quando salientou que poderia comprometer sua nota no trabalho individual se fosse ao meu apartamento. Acrescentou — e aqui sua entonação foi elegante, rica e complexa — que eu provavelmente o acharia muito menos interessante e desejável no instante em que deixasse de ser tão cuidadoso em suas paixões. Isso, admito, é provavelmente verdade. Essa é a dimensão de sua empatia e compreensão dos paradoxos do amor!

Esta recomendação conclui o Arquivo de Credenciais Amorosas de Charles Valentine. Vocês, de posse desta carta, vocês com suas cicatrizes e bisturis enferrujados, vocês não merecem Charles Valentine, pois ninguém o merece. Se, por um feliz acaso, alguma de vocês estiver com ele por perto, imploro-lhes que o recebam com gratidão e reverência.

Aí vem ele, Corações de Passa. Aí vem meu Charlie, que não é meu, não é meu, não é meu.

Atenciosamente,

Paula Gates
Diretora de Educação Amorosa
Perlis High School

XICO SÁ

São Paulo, Distrito da Consolação, 29 de novembro do ano da graça de 2008

Estimada B., saudações astrológicas,

como tens passado? Espero que mui bem, o que não é o meu caso, *por supuesto*, ao contrário do que imaginas e tens previsto nas derradeiras luas deste ano.

Nada bem, aliás, nadíssima, minha senhora.

Não gastaria minha língua para salivar os patrióticos selos desta missiva, dona astróloga, caso não fosse grave, gravíssimo, à vera.

Não me acharia o último dos librianos (balança com balança, aliás) da face da Terra caso tu não tivesses me viciado, nas últimas duas décadas e meia, com a granola matinal da imperdível coluna.

Como assim AMOR EM ALTA, se acabam de sujar o meu traseiro com um bom, lindo e delicado pezinho número 36?!

Cá ainda vê-se a mancha negra de tal miserável despedida nitidamente impressa na calça cáqui que me acompanha há seis primaveras. Não mandei à lavanderia para guardar como prova material do crime — é uma mania, digamos assim, excêntrica, de construir um particularíssimo museu dos pés-na-bunda.

Amor subindo ao telhado, isso sim, minha respeitável senhora. Amor na cumeeira, amor no penhasco, amor no cânion de todas as desgraças, amor pulando de um edifício em chamas.

O motivo desta, estimada astróloga, é tão-somente para prestar minhas mais veementes queixas em relação às suas previsões para os últimos dias deste novembro, um mês, aliás, que não me teria feito falta alguma caso fosse jogado no lixão universal dos calendários, no lixão universal dos calendários de todos os católicos, de todos os judeus, de todos os árabes, de todos os chineses, de todos os esquimós, de todos os ninjas que vivem nos esgotos e em todas as cloacas do amor e da sorte.

Novembro dos astros mais vagabundos, senhora B., novembro de humilhações na casa de Vênus, novembro de humilhações por terra, fogo e ar, redemoinhos em todas as camadas e terreiros.

Até parece que a nobilíssima senhora, que tenho em altíssima conta, esqueceste dos dons artísticos, dos dons estéticos e, pasmem, dos delicadíssimos dons dos corações que ao mundo vieram entre 23 de setembro e 22 de outubro.

Nem o astrólogo Alberto Lezin, amiga, foi capaz de tanto infortúnio, ele que guiou, com as suas forças, o barco do argentino Roberto Arlt em uma travessia incerta e não-sabida que se tornou célebre no rio da Prata como a "Viagem Terrível".

Agora não adianta bajular-me com o anúncio de Vênus em Aquário e a promessa de amor e encanto para este dezembro que começa, a partir de 7/12.

"Clima mágico" a partir desta data?

Não, não ficarei atento, como indicas.

Netuno na área, tudo bem, me encanta, mas sem essa de que, caso não ocorra no 7/12 a tal magia, a dita-cuja possa retornar triunfante nos dias 26 ou 27. A essa altura quero apenas estar tranqüilo e ainda arrotando lindamente a ceia natalina da casa materna. Sim, amor só de mãe, recordo o mantra dos pára-choques dos caminhões de outrora.

Não me venhas com esperanças depois que pisaste distraída nas cascas de bananas deixadas pelos cosmonautas.

Se você já tem um amor, sugerias tu, uma boa época para viajar com ele começa na semana que sucede a Lua cheia em Gêmeos (12/12). Busque novos ares, um ambiente leve e divertido, em que possa espairecer.

Se tem um amor uma ova, tinha, e o perdi justamente no dia em que relaxei e abri um sorriso indecoroso com aquele teu AMOR EM ALTA.

No réveillon, trânsitos de Vênus, Mercúrio e Marte, reparo aqui nas tuas previsões mensais, amiga, em um renomado sítio astrológico, o libriano conhecerá alguém, ou, se tem uma relação estável, passará ótimos momentos a dois.

Como assim, conhecer alguém para depois me deparar outra vez, justo no bem-bom da história, com um assassino AMOR EM ALTA?!

Prefiro não conhecê-la nem bordada a ouro, nem vestida de bonequinha de luxo, nem com o bocão de Bardot no auge, nem mesmo.

E não me venhas com outras adulações a respeito das finanças. Desde já, aviso, querida madame dos signos: não tentarei incorporar as oscilações do mercado e o lado inesperado da vida adaptando planos à realidade, especialmente no dia 10/12.

Tampouco vou me lixar para Marte e Plutão que alcançam Capricórnio em 27/12, inaugurando uma fase importante para pensar em investimentos familiares e gerenciamento de bens de raiz.

Danem-se os negócios imobiliários, a casa caiu, estimada senhora!

Que me importa a sorte no dinheiro se os cupins do amor festejam a minha ruína?!

Sem mais para o momento, carecia de tal desabafo sincero, me despeço carinhosamente, com um beijo de um admirador, ainda que desiludido, Francisco.

P.S. A desalmada criatura que me levou ao pântano amoroso é de Áries, seja lá que diabos isso represente na minha peleja contra as atuais leis do cosmo.

A. L. KENNEDY

Outro quarto. Ao menos ainda temos isto em comum: sem dúvida, os muitos quartos. Não exatamente vazios, dificilmente cheios, e nosso pequeno peso disparatado e frágil dentro deles enquanto observamos a distância entre a janela e o guarda-roupa, o banheiro e a mesa, a cômoda e a cama necessária — se nada mais nos dão, há sempre uma cama. As cidades lá fora não importam. Estou em meus quartos e você está nos seus e a distância entre nós é profunda demais para ser percebida.

E as viagens. Ambos entendemos disso — uma solidão que persegue enquanto corremos para nos esconder um do outro —, nosso tipo de fuga.

Lembro-me de que o caminho para Norwich era muito frio. Os trens vacilavam, perdiam-se e paravam no campo úmido e monótono, e a chuva congelada continuava a cair, nada a impedia, e meu casaco ainda recendia ao seu abraço, em outras palavras, àquela despedida que a duras penas parecia definitiva e além disso era como cair por cima de nada, de ninguém.

Embora eu seja adulta, sejamos ambos adultos, e estejamos bastante cientes de que podemos viver sem ninguém, sem nada. São muito poucas as perdas às quais não sobreviveremos depois de nosso costume: evitar os pensamentos que preferiríamos não ter e respirar, piscar e engolir como se deve. Nós nos parecemos muito com outros adultos, dignos de crédito.

De qualquer forma, foi uma viagem tão ruim para Norwich que eu quis telefonar para lhe dizer quantas horas a mais do que o previsto ela havia durado, quantos banhos tomei para tentar esquentar minhas mãos, meu corpo, lavar o que não vai mudar.

Um pequeno móvel de fórmica naquele quarto, uma bíblia e um tapete pelado, uma televisão presa à parede, uma chaleira, três pudins de leite que não comi e aquele espaço que eu quase conseguia tocar, que poderia ter ocupado um mês antes, uma semana antes: o formato do meu corpo na cama ligando para você, sentindo-se melhor, compreendida.

Como estar em Londres e voltar àquele lugar para o qual não posso mais ir — onde os quartos possuem paredes grossas em boas condições e cozinhas pequenas, lençóis decentes — e nos encontrarmos da forma como o fizemos: com pressa e delicadeza, completamente enlouquecidos. Jantar quando eu não conseguia encontrar o restaurante, dopada e com a boca costurada, e você saiu me procurando quando telefonei e então fiquei andando em círculos, retendo sua voz no fone, e vigiei até que o vi caminhando em minha direção, me convencendo a entrar.

Falando de como eu não havia feito, não faça, não fiz — sobre ovos de pingüins, odontologia, óleo de lampião, crueldade, roubo, perdão, chegando devagar, a possibilidade de perder tudo, a possibilidade de escrever no escuro. E dissemos que estávamos felizes por estarmos vivos: mais precisamente, que estávamos felizes pela vida um do outro, para não falar da nossa própria. Que é a forma pela qual a alegria chega — silenciosa e escrita na escuridão.

Os quartos sempre vêm com suas diferentes formas de escuridão: lintéis e superfícies sombreadas onde tropeçamos tarde da noite e não conseguimos achar o copo, o interruptor, a maçaneta da porta, o que quer que estejamos procurando e de que pensemos ter necessidade. Sentar talvez naquele quarto em Colônia para além da ampla janela e da sensação de confinamento caro é um poste de iluminação e o muro do cemitério, a vista das sepulturas antigas, e acho que preciso tentar fazê-lo rir — bem difícil, mas sempre vale a pena — e acho que preciso fazer isto e acho que preciso ver a chama negra do seu cabelo — que evoca a chama negra em sua cabeça — e acho que preciso ver de que forma sua barba cresce quando você deixa — como se ela quisesse que você parecesse ridículo — e acho que preciso sentir o jeito como seu estômago se contrai sob o toque — aquela linda timidez — e acho que preciso ver você sorrir e preciso do seu cheiro quando você não toma banho e preciso ver você sorrir. Preciso ver você sorrir.

Mas estou errada, claro: não preciso disso. O que possuo deve ser suficiente. Ninguém sobrevive sem ter o suficiente. Tenho a luz do detector de fumaça no teto, a pequena luz vermelha ligando e desligando, e tenho este cansaço e este medo de que tudo que resta é esperar sozinha enquanto a morte se aproxima, viaja. Você disse que sentia medo o tempo todo. Agora é também como me sinto, mas não posso lhe contar.

E nada fiz para ajudá-lo quando, desde a primeira vez, você me ajudou. Morrer em um acidente de avião, nunca concluir outra frase, ser feia, ser egoísta, ser imprestável, ser magoada — os medos estúpidos que tem uma pessoa estúpida — você os afastou definitivamente, como se soubesse o que estava fazendo e me conhecesse. Nunca demonstrei verdadeiramente o bem que encontrei em você. Não fui convincente.

Agora estou neste quarto, em Nova York — uma chuva grossa tamborilando na clarabóia e é meu fim de tarde no meio da sua noite: até mesmo nossos dias separados, apartados. Minha bagagem se perdeu e seria divertido se eu conseguisse fazer disso uma história para você — outra viagem desastrosa que não importaria muito porque estamos bem e nos preocupamos que estejamos bem. Só que não tenho história nenhuma, porque você não quer.

Tenho isto, que você não lerá. Qualquer que seja a forma que eu encontre para as palavras, não fará a mínima diferença — você não vai me deixar dizer mais nada. Trabalho com tinta invisível, contradigo-me em quartos que não quero e não conheço e continuo na estrada para ir além de tanto silêncio, para estar a seu lado nesta via de mão única, viajando já que sei que você está viajando, fugindo.

Nunca tive certeza quanto ao que acreditávamos, a não ser um no outro, mas, uma vez que estou desprotegida e você talvez também esteja, faço por nós todas as noites uma prece, pedindo que você esteja feliz, que esteja seguro. Então eu teria quase o suficiente.

Meu amor nunca foi melhor do que isto.

JEFF PARKER

De: WheelerDealer@yahoo.com[7]
Data: Quarta-feira, 22 de novembro de 2006, 11:42 AM
Para: jnotice@moose-mail.com
Assunto: colocando o papo em dia

Cara Jana,

Oi, descobri seu endereço on-line. Deve ser estranho receber um e-mail meu depois de tanto tempo.

Honestamente, não sei por onde começar. Muitas vezes me lembro daqueles dias em 94 e 95: você e eu, dois codificadores de HTML jovens e ágeis que não enjoavam um do outro. O que de fato fez isto comigo foi você levar o trabalho para o quarto. Sério. Eu adorei. Se você fosse uma daquelas garotas do tipo "Me fode com esse teu pau grande", acho que não teríamos ficado juntos tanto quanto ficamos. Mas você gritava aquele negócio — posso ouvir sua voz neste exato momento: "Open carrot, div, align equals right, close carrot, indent, open carrot, image, space, source equals harder dot harder dot harder dot jpeg, close carrot, outdent, open carrot, backslash, div, close carrot." Eu não conseguia me controlar. E você não precisava se preocupar em apelar para javascripts externos, *style sheets* ou séries de questões de banco de dados, que é o que interessa hoje em dia. Naquela época, no começo da internet, era muito mais simples. Pode me dar uma linguagem básica de programação orientada a objetos a qualquer hora.

Não é esse o motivo por que estou escrevendo. Na verdade ainda não contei nada a meu respeito, contei? Caso esteja interessada, continuei com a codificação, avançando para lá e para cá à medida que a tecnologia mudava. Por fim comprei um livro sobre Linguagem de Consulta Estruturada e aprendi base de dados. Da perspectiva profissional, foi uma boa mudança, em boa hora. Nos últimos cinco anos, fiz projetos de banco de dados. É interessante, sabe, quando desenvolve banco de dados o dia todo, você se concentra em uma coisa, a chave primária. Tudo mais é relação, relação, relação. Será que esta outra coisa está relacionada com minha chave primária? Se está, como? Se não, como estabelecer a relação?

Voltando finalmente ao assunto, minha mulher — é, eu sou casado — quer ter um bebê. Tentamos por algum tempo, sem nenhum resultado. Sugeri que ela fizesse um exame de fertilidade e ela ficou meio ofendida. Ah, isso não é verdade. Lisa não fica ofendida. Tudo com ela é irônico. Mas ela ficou ofendida e irônica e disse que eu precisava fazer um exame de fertilidade também. Eu disse: "Olhe, não sou eu, ok? Fui responsável por dois abortos em minha vida." Lisa acha que isso é uma viagem. Está me acusando de me vangloriar dos meus abortos. Mas levei na esportiva e me masturbei num troço parecido com uma xícara. Os resultados voltaram mostrando que o reservatório dela estava completamente provido. Eu? Baixa motilidade dos espermatozóides, o que significa a percentagem dos espermatozóides que se movimentam e a qualidade de seu movimento. Estou dizendo a eles que os resultados devem estar errados, pedindo que testem novamente, e eles dizem: não é a primeira vez que um sujeito incapaz de fazer bebês conta sobre uma história com uma mulher que alegava que eles haviam feito um bebê. Na verdade, quase bati nele por duvidar da sua reputação — você sabe o quanto sempre gostei de você, Jana, mesmo depois que terminamos. Verifiquei na internet e a motilidade dos espermatozóides de certas pessoas diminui com o tempo, principalmente se praticam *mountain bike,* e alguns estudos recentes mostram que os telefones celulares na verdade influenciam. Mas não pedalo e não falo tanto assim no celular, com certeza não o bastante para isso. Muito pelo contrário. Fico sentado dez horas por dia em uma cadeira de escritório de mil dólares ergonomicamente ereta, descansando confortavelmente meus testículos em uma reentrância que os mantém, conforme programo, quentes e em equilíbrio.

Às vezes as coisas parecem tão distantes que é como se você, na verdade, mal se lembrasse delas. Você começa a ficar maluco porque uma parte sua tem absoluta certeza de que sua vida transcorreu de certa maneira e outra parte se sente em pânico porque talvez você tenha interpretado mal alguma coisa durante todos esses anos. Na realidade, não sei aonde estou tentando chegar. Simplesmente às vezes penso em você, sobretudo quando acontece algo assim. Espero que isto não gere más lembranças ou coisa parecida. Em que parte do mundo você está?

Tudo de bom,
-Dealer

De: jnotice@moose-mail.com
Data: Quarta-feira, 22 de novembro de 2006 12:14 PM
Para: WheelerDealer@yahoo.com
Assunto: Re: colocando o papo em dia

Dealer,

Em princípio, seria legal saber notícias suas. Mas você precisa ser tão pornográfico? Não sou mais desse jeito. Vamos manter nosso encontro eletrônico estritamente profissional. Você me escreveu por um motivo e vou discutir este assunto com você porque está tendo certa influência em sua vida, com a qual não me sinto completamente à vontade. (Mas não vou aceitar seu convite no MySpace, e na verdade você deveria escrever às pessoas antes de simplesmente adicioná-las.)

Nunca lhe contei isto, mas contraí uma doença enquanto estávamos juntos. É um tanto rara, muitas vezes mal diagnosticada, provoca separações, divórcios, filhos de pais separados e fobias sexuais crônicas. De modo que, se compararmos, as repercussões em nossa situação perdem a importância. Nós mal nos conhecíamos.

Nunca fiquei grávida. Aquilo foi uma desculpa para evitar as relações sexuais porque comecei a sentir dores de cabeça. A princípio achei que o que estava causando as dores era a gritaria. Sempre detestei HTML. Fazia aquilo por você, porque eu sabia muito bem que você gostava. Se tenho um dom, é saber do que as pessoas gostam. Mas logo era como se houvesse trovões em minha cabeça. Chama-se Cefaléia Sexual. Significa uma dor de cabeça repentina e intolerável quando a pessoa se aproxima do orgasmo ou logo em seguida, também conhecida como Cefaléia Orgásmica. Acredita-se que a causa seja vascular e pode levar à súbita ruptura de um vaso sangüíneo cerebral. Portanto, é perigosa.

Eu era estúpida e insegura. Não queria lhe contar que estava tendo dores de cabeça. Achei que você ia me detestar. Ainda por cima, havia o velho clichê da dor de cabeça para fugir do sexo. Então eu disse que estava grávida. Inventei a história do aborto, que sustentei durante meses. Naquela época eu chorava porque estava desequilibrada. Comecei a me odiar e a odiar você. O médico me informou que era impossível saber o que causava a Cefaléia Sexual, mas tinha certeza de que o problema estaria resolvido se eu não mantivesse relações. A história do aborto me deu tempo. Quando você me deu carona naquele dia e lhe pedi que não entrasse comigo, foi porque tinha marcado um exame, uma consulta de controle de natalidade. Nada mais. A consulta durou cerca de vinte minutos, e me sentei na sala de espera enquanto você aguardava no estacionamento, para dar a impressão de ter demorado mais tempo.

As bobagens que gritei, coisas do tipo, "Não consigo viver com o que fizemos", alimentavam a culpa. Na verdade, eu não conseguia era viver com a dor de cabeça que sentia enquanto transávamos. E a questão é que sou grata a tudo aquilo. De outra forma eu não teria forças para terminar o namoro com você. Não tive relações com ninguém por mais de um ano, mas quando tive, foi ótimo, incrível mesmo — e nada de dor de cabeça. A causa da minha Cefaléia Sexual era você.

Não quero parecer cruel, Dealer. Tenho ótimas lembranças suas. Mas, honestamente, só de estar enviando este e-mail, os capilares em meu cérebro se contraem, como os efeitos de uma ressaca. Lamento saber a respeito da sua motilidade e desejo boa sorte a você e a seja ela quem for, mas não torne a me escrever.

Jana

De: WheelerDealer@yahoo.com
Data: Quarta-feira, 22 de novembro de 2006 12:16 PM
Para: jnotice@moose-mail.com
Assunto: Re: Re: colocando o papo em dia

Você sempre foi uma cadela neurótica. Obrigado por foder com a minha vida.

De: WheelerDealer@yahoo.com
Data: Quarta-feira, 22 de novembro de 2006 12:20 PM
Para: KkrazychickK@gmail.com
Assunto: pergunta rápida

Cara KkrazychickK,[8]

Ei. Legal o seu e-mail. Tem uma simetria incrível. É isso mesmo, é o Dealer. Já faz um tempo, hein? Encontrei você online. Parece que você está trabalhando em um curso de ioga — deve ser ótimo!

Para ser honesto, estou meio que em pânico. Vou lhe dar a versão resumida: minha nova mulher — é, estou casado — quer ter filhos. Na verdade, não usamos proteção há anos, pois pode-se dizer que nunca deixamos de tentar. Imaginei que nada acontecia quanto a gerar uma criança porque ela não podia ter filhos. Isso fazia sentido para mim em termos de carma, que eu me apaixonasse por uma mulher incapaz de engravidar. Eu acreditava que havia abortado minhas chances com as crianças e que, agora, pelas leis naturais do universo, não as teria. Lembro-me do aborto que você fez quando estávamos juntos. Aquilo realmente acabou comigo. O engraçado é que recebi um diagnóstico de baixa motilidade dos espermatozóides. Em outras palavras, meus garotos não sabem nadar. Não têm energia. Mas estou tentando entender se isso foi algo que aconteceu com o passar do tempo ou se sempre foi assim. Obviamente, a última opção não é possível porque você engravidou quando estávamos juntos. Certo? Bem, claro que engravidou. Bem, tivemos aquele pequeno susto depois, com o sangue no vaso sanitário. E você chamou o médico e era apenas um coágulo normal. Sei que isto deve parecer estranho e provavelmente desagradável. Estou apenas tentando esclarecer. Recentemente tive algumas revelações preocupantes.

Espero que esteja tudo correndo bem em sua vida.

Tudo de bom,
-Dealer

De: KkrazychickK@gmail.com
Data: Quarta-feira, 22 de novembro de 2006 01:07 PM
Para: WheelerDealer@yahoo.com
Assunto: Re: pergunta rápida

E aí? Isso é muito estranho. Eu estava justamente pensando em você outro dia. A dona do estúdio onde trabalho estava interessada em construir um banco de dados de seus clientes e me perguntou se eu conhecia alguém que fazia esse negócio. Eu disse que conhecia, mas que não falava com ele havia alguns anos.

Estou dando aulas de Pilates e Bikram Ioga em alguns locais em Oakland. Você sabe o que é Bikram? É uma espécie de ioga quente. Portanto, é quente. Cerca de quarenta graus, para ser exata. As posições são projetadas para melhorar a circulação com alongamentos de baixo impacto, que você mantém, interrompendo o fluxo sangüíneo, então relaxa, e o sangue se agita dentro do corpo outra vez, arrastando oxigênio para todos os tecidos. É a vida. Só boas sensações de minha parte. Provavelmente você está certo quanto ao carma. Não quero filhos.

Escute, a respeito do aborto lá atrás, tenho de ser honesta. Eu gostaria de ter feito contato antes, pois precisei falar com você durante algum tempo, exatamente por causa disso. Acabei seguindo um programa de doze passos pouco depois que terminamos. Eu merecia um castigo, mesmo naquela época. Um dos passos era pedir desculpas a todos a quem eu havia magoado ou a quem havia mentido de um jeito ou de outro. Você estava no topo da minha lista de "Pessoas a Quem Menti". Eu o estava traindo com quatro ou cinco caras. Você costumava usar camisinha, eles não. Portanto, duvido que fosse seu. Sei de quem era. Lembro exatamente quando aconteceu. Você devia estar no trabalho, que era quando eu me encontrava com esse alguém em especial. Aconteceu como sempre imaginei que aconteceria, magicamente, sob uma árvore, na chuva. Mas não foi você. No entanto, você foi o único que assumiu a responsabilidade. Imaginei que, pelo fato de ter experiência com aquela outra garota, a que você engravidou antes de mim, você saberia como lidar com as coisas. Foi bom porque eu não queria ter nada a ver com aquele cara. Você foi realmente carinhoso durante tudo aquilo. Eu gostaria de lhe enviar o dinheiro que gastou. Quanto foi, uns quatrocentos dólares? Qual o seu endereço?

Beijos,
Kim

De: WheelerDealer@yahoo.com
Data: Quarta-feira, 22 de novembro de 2006 01:09 PM
Para: KkrazychickK@gmail.com
Assunto: Re: Re: pergunta rápida

Você só pode estar brincando. Quatro ou cinco caras? Debaixo de uma árvore? Na chuva? Tem certeza de que não foi um filme? Ou talvez você não se lembre bem. Às vezes o tempo faz isso. Especialmente com todas as bolinhas que você toma.

O negócio do banco de dados não é difícil de aprender. Bem, retiro o que disse, as linguagens de consulta levam algum tempo, mas o projeto do banco de dados em si é bastante simples. Existem várias entidades com grupos diferentes de dados, mas todas elas têm algo em comum. Esta é a sua chave primária, que reforça a integridade da entidade unicamente identificando ocorrências dela. Depois há a sua chave estrangeira, que reforça a integridade de referência completando uma associação entre duas entidades. Essas chaves podem ser tão insignificantes quanto um número de identidade ou tão significativas quanto um sobrenome.

Ainda estou tentando visualizar isto: você debaixo de uma árvore na chuva, sendo magicamente fecundada por um dos quatro ou cinco homens com quem está dormindo enquanto estou no escritório aprendendo o princípio da chave primária. Pode-se dizer que me sinto neste exato momento como se as chaves que conectam as associações de minha vida tivessem acabado de ser apagadas. É a regra *numero uno* da chave primária, que cada ocorrência de sua entidade deve ter valor não-nulo. Quando ela é arrancada de debaixo de você, é um impacto.

Pilates e Ioga? Você deve estar em ótima forma. Pode me mandar uma foto? Agora você renasceu e tudo o mais?

Tudo de bom,
Wheeler

De: KkrazychickK@gmail.com
Data: Quarta-feira, 22 de novembro de 2006 01:35 PM
Para: WheelerDealer@yahoo.com
Assunto: Re: Re: Re: pergunta rápida

Sim, foi o que aconteceu. Tenho muita clareza quanto ao tempo. Os erros se somam rápido.

No fundo sei que há algo lá fora, Wheeler, alguma coisa que governa o universo. Mas não acredito em Deus. Não me deixei seduzir por essa parte. Só fui seduzida pela parte que podia me ajudar. Embora não seja egoísmo. No fundo sei que me ajudando vou ajudar o resto do mundo também. Antes eu era corrosiva. Agora sou de aço.

Não entendi nada do que você disse a respeito de chaves.

Sério, mande o seu endereço. Estou esperando. Finalmente, a reparação...

Kim

ps: Aí vai uma foto que tiraram para meu currículo de instrutora. É a posição Dandayamana Dhanurasana. Consigo fazer esta merda o dia inteiro.

De: WheelerDealer@yahoo.com
Data: Quarta-feira, 22 de novembro de 2006 01:38 PM
Para: KkrazychickK@gmail.com
Assunto: Ainda me recuperando

Você parece ter desabado completamente sobre o próprio corpo. Quer dizer, você está realmente bem sobre um pé só, torcida ao redor de si mesma. Acho que posso dizer com segurança que você foi a mulher mais quente com quem já saí. Você provavelmente foi minha melhor chance em termos de seleção natural. Claro que naquela época você estava tão ferrada que provavelmente tinha alguns defeitos ou algo assim. Mas, incluindo a atual mulher, você é definitivamente a mais quente. Isso não é nenhuma crítica a Lisa. Lisa é incrível. É completamente irônica, e apenas sabe como escapar das coisas. Ela pode experimentar de tudo, desde que seja com moderação. Acho que ela sabia desde o começo que era eu, que eu era o problema. E me deixou dizer besteiras sobre meus abortos e sobre o fato de que tinha de ser ela. Ainda me sinto um imbecil com tudo isso. Você às vezes sonha com a criança, Kim? Sonho com ela o tempo todo, e não só com esta. Sonho com a outra que supostamente (longa história) abortei com aquela cadela neurótica. Tive sonhos tão nítidos que acordei de manhã e pensei ter ouvido dois meninos tagarelando no andar de baixo na frente da TV. Eles teriam cinco e oito anos agora se realmente existissem. Isso nunca me incomodou. Nunca. Não até agora. Eu os carregava comigo e isso bastava, e agora descubro que o tempo todo não estava carregando nada. É o contrário daquela história de Jesus e as pegadas na areia. Você pensa que uma coisa assim não vai afetá-lo, mas afeta. A coisa o afeta.

Tudo de bom,
Wheeler

De: WheelerDealer@yahoo.com
Data: Quarta-feira, 22 de novembro de 2006 02:10 PM
Para: KkrazychickK@gmail.com
Assunto: proposta indecente

O que um sujeito precisa fazer para receber um convite para a Bay Area[9] e um exercício grátis para circulação do sangue?

De: WheelerDealer@yahoo.com
Data: Quarta-feira, 22 de novembro de 2006 02:20 PM
Para: gogogadgetsoul@gmail.com[10]
Assunto: em que pé estamos

É, benzinho, tenho procurado respostas. As coisas se confirmaram: fui um estúpido, fui enganado. Meus meninos nunca nadaram, Lisa. Por meio deste, desisto de minhas reclamações sobre a boa gente da Fertilocertainty. Por meio deste, reabilito sua reputação. Durante todos estes anos, meus abortos foram invenções. Aquelas vadias. Uma eu podia entender, mas duas. Onde se encontram garotas assim? Foi uma enorme decepção. Acabo de pensar uma coisa engraçada, benzinho: falsa sensação de esterilidade. Mas não é nada disso, é?

Tudo de bom,
Wheeler

De: gogogadgetsoul@gmail.com
Data: Quarta-feira, 22 de novembro de 2006 2:35 PM
Para: WheelerDealer@yahoo.com
Assunto: Re: em que pé estamos

Dealer,

Vou vê-lo hoje à noite. Nós vamos conseguir. Há drogas para ensinar seus meninos a nadar ou máquinas para nadar por eles. E, no final, isto é apenas outro projeto meu. Se não der certo, encontrarei outro. Eu me conheço muito bem. O aspirador de pó robótico ROOMBA já parece tentador. Parece um cachorrinho, a não ser pelo fato de que em vez de cagar e mijar por toda parte, ele limpa. É lindo, fofo mesmo, é quase uma cruza do tamanho de uma torradeira entre a Super Máquina e o R2-D2. Não se preocupe com suas ex-vadias. Sou mais do que você jamais poderia pedir.

Beijinhos,
Lisa

FRANCINE PROSE

Querido Franz,

Tendo sobrevivido a você por tantos anos, muitas vezes sinto-me um tanto insegura a respeito do que você vai e do que não vai entender. Por exemplo, o que entenderia da frase de zero a cem em sessenta segundos? Foi o que aconteceu conosco, meu querido. Em um instante estávamos no apartamento do Max, examinando suas fotos das férias, que você me estendeu, obrigatoriamente, uma a uma, sobre a mesa. Um minuto depois, você estava me escrevendo cartas, e então não, aí eu escrevia, ou não escrevia, uma carta não chegava, você me escrevia uma carta inteira sobre a primeira que não chegou, e isto continuou, nosso incrível caso de amor, de zero a cem em sessenta segundos.

Tudo tinha a ver com as cartas. As cartas eram nosso assunto. Outros casais tinham filhos, cuidavam de jardins, beijavam-se, iam ao teatro. Nós tínhamos quatro mãos, duas máquinas de escrever, papel, duas escrivaninhas em cidades distantes.

Mas, antes, tivemos aquelas fotografias: uma montanha, árvores, um rio, rochas, você e Max fazendo pose na praça de um vilarejo. Fiquei contente de poder olhar para elas. Ninguém me queria naquele jantar. Eu era prima do cunhado de Max, uma obrigação familiar passando por Praga a caminho da casa da irmã em Budapeste. Pouca firmeza, pouca beleza, uma secretária de Berlim. As fotos me proporcionaram alguma privacidade e, além disso, foi interessante observá-lo às escondidas me observando às escondidas. Quem era você? Eu havia esquecido seu nome. Não era um nome que eu tivesse ouvido. Você era jovem, não era casado, era bonito, embora outras garotas talvez não pensassem assim.

Muitas de suas cartas, querido, eram exigências pueris pela verdade — aonde eu havia ido, qual cor de chapéu havia usado, quão bem mastigava minha comida —, que até parece um pouco estranho que tenha existido tanta mentira. De imediato, apenas fingi interesse naquelas fotos de férias (para ser honesta) bastante chatas. Eu não queria estar naquele jantar, mas não conhecia mais ninguém em Praga e a refeição era grátis. Além do mais, eu sabia como eles se sentiam a meu respeito, de forma que quando Max viu que minha comida estava esfriando enquanto eu me demorava nas fotos, senti prazer em dizer que considerava repugnante quando as pessoas não se comportavam melhor que porcos, obcecadas em se empanturrar.

O que não foi exatamente um sacrifício. A comida na casa de Max era horrível, aquelas porções trêmulas de gordura animal que meus parentes em Praga comiam. Mas quando eu disse aquilo a respeito de comida, você sacudiu exageradamente a cabeça, e então pareceu surpreso ao sentir a própria cabeça balançando para cima e para baixo.

A conversa continuou a fluir para alguma monótona questão literária que você e Max tinham de resolver. Não havia muito que eu pudesse acrescentar, até que alguém mencionou que precisava mandar datilografar um manuscrito. Foi como se eu tivesse saído de meu corpo e me observasse discursar sobre o fascinante assunto que era *minha vida de datilógrafa*! Eu disse que já não datilografava, que a empresa havia contratado moças para isso, mas não via nada de degradante naquele emprego, na verdade *eu gostava de datilografar.* Como você e Max eram inocentes, querido, ao acreditarem que uma mulher idiota a ponto de gostar de datilografar seria idiota o suficiente para perceber qual seria o efeito de ouvir que uma mulher *gostava* de datilografar poderia exercer sobre um escritor.

Você deu um tapa na mesa e me encarou. Admito, gostei da atenção. Assim, quando a conversa tornou a fluir para essa ou aquela revista ou editor, tirei vantagem de uma pausa para comentar o quanto estava trabalhando, estudando hebraico nas horas vagas. Mais cedo naquela noite, você havia mencionado a Palestina.

Hebraico! Você ficou admirado! Um espírito mais firme e arrojado tomou conta de você e o fez declarar que não só planejava ir à Palestina, mas que planejava ir este ano! E então este anjo ou demônio arrojado saltou da sua cabeça para a minha e me fez dizer que eu iria com você. Você perguntou se eu estava falando a sério. Balancei a cabeça, assentindo. Apertamos as mãos no ato, amistosos e pragmáticos, com a família de Max assistindo. Havíamos chegado a um acordo, concluíramos uma transação.

Você nunca iria à Palestina. Percebi isso em seguida. E ainda que naquele momento eu estivesse falando sério, tampouco iria. Portanto, deixe-me voltar, por um instante, à questão da mentira.

Eu não estava estudando hebraico. Andara pensando que talvez tivesse vontade.

Querido, todos os casais contam mentirinhas inofensivas que na ocasião não parecem falsas. Dizem que gostam de alguma coisa de que na verdade não gostam apenas porque o amado gosta, e por um segundo gostam daquilo porque os amados gostam. É o que se chama apaixonar-se, mas como você iria saber disso?

E agora, meu querido, uma pergunta que só posso fazer a você: por que você acha que um homem mentiria a seu diário?

Quando seus diários foram finalmente publicados, você partira havia décadas, mas mesmo assim senti um calafrio — um calafrio de consciência, pode-se dizer — ao ler os diários íntimos de um homem com quem eu havia em outros tempos estado envolvida. Não uma vez, como você bem sabe, mas duas. Sou apenas humana, como você estava sempre tão ansioso por demonstrar, então talvez possa ser perdoada por admitir que abri o volume diretamente na data de nosso primeiro encontro. Por mais íntimo que tenha sido nosso namoro, eu ainda assim temia o que estava procurando. E meu castigo por esta pequena transgressão? Foi instantâneo, querido, e cruel.

Foi chocante descobrir que o que você viu em mim — o que o atraiu — foi o que chamou de minha frivolidade. *Um rosto frívolo e ossudo, exibindo abertamente sua frivolidade* foi a expressão exata que, creio, você usou. *Cabelos crespos pouco atraentes, queixo grande, nariz fendido.* Sei que nunca fui uma beldade, tive problemas com os dentes. Mas eu não me chamaria de *frívola*. Longe disso. Eu era repleta de muitas coisas, energia, por exemplo. Sustentara minha família desde que meu pai nos abandonara por sua família mais nova, mais divertida, no outro lado da cidade. Eu viajava, tinha um excelente emprego, amigos, dinheiro, respeito profissional. Era uma mulher que havia se saído bem por conta própria, mesmo que não escrevesse livros, como você, Max, e seus amigos.

E se eu houvesse escrito *isso* para você, meu querido? Ninguém nunca iria corrigi-lo, porque você sempre concordava com eles e ia mais longe. Você era um verme, um cão, uma criatura cruel que servia apenas para rondar pela floresta, rastejar no chão e implorar migalhas à mesa. Além disso, aquelas poucas vezes que nos encontramos, senti-me *sim* esvaziada, como uma taça derramada esperando ser preenchida por uma preciosa gota de sua parte.

Ninguém mais me fez sentir dessa forma em toda a minha vida — a vida que você me desprezava por querer, e a qual preveniu que eu jamais a encontraria com você. Ninguém mais teve o poder de me transformar em uma melancólica sombra de mim mesma, suspirando e apertando as mãos, fraca e derrotada demais para me deslocar do sofá para a cadeira. De nada adiantaria dizer que aquilo não era justo. Você apenas continuaria, durante páginas de autotortura, como as páginas da carta que continha seu pedido de casamento. Uma garota quer mostrar tal carta para a família, os amigos, seus colegas de trabalho. Mas eu não pude. Você tratou de se certificar disso.

Quanto você agüentou, meu querido? Isto é muito difícil de saber. Hoje em dia, as mulheres fazem o que lhes apraz, são exatamente iguais aos homens. Mas em nossa época, nosso círculo, era terrivelmente *avançado* concordar em ir para a Palestina com um estranho que a pessoa havia acabado de conhecer. Era algo que uma garota não esqueceria, mas tentei. Eu disse a mim mesma que era uma brincadeira. E então recebi sua primeira carta. A viagem para a Palestina estava de pé. Precisávamos discuti-la. Enquanto isso, você achava que deveria me prevenir de que era desatento, negligente, preguiçoso com relação à correspondência. Tudo mentira, quase não preciso dizer.

E então a segunda carta, a que fingi que se extraviara. Eu não sabia como respondê-la. Não sabia o que esperava. Uma conversa educada a respeito de sua família, um comentário sobre o escritório, o tempo em Praga, mas não aquelas páginas de reclamações sobre a tortura que havia sido para você escrever cada palavra que me enviou. Eu deveria ter ficado lisonjeada, meu querido? Tirei-a da cabeça, até que uma amiga comentou que soubera que eu estava engajada em uma correspondência bastante animada com um certo doutor Kafka e eu disse que sim, uma correspondência bastante animada de fato, e assim ficou decidido.

Não foi apenas a velocidade da coisa, de zero a cem em sessenta segundos, mas o fato de você, e você sozinho e nosso caso de amor decolarem e me deixarem para trás. Eu era boa com números. Se tivesse tido tempo ou interesse, teria calculado a proporção: nossa pequena quantidade de encontros comparada ao grande número de cartas antes e depois, os bilhetes planejando cada detalhe e então informando que você havia mudado de idéia e depois mudado de idéia novamente sobre se o encontro sequer ocorreria.

Certas coisas despertaram meu interesse: aquele bilhete que você anexou às flores que me enviou. "O mundo lá fora é pequeno demais, bem definido demais, verdadeiro demais para conter tudo o que uma pessoa tem dentro." Reconheci a letra, mas você não assinou. E que diabos significava aquilo? Uma mulher mais convencional teria fugido assustada para sempre. E você, com a sua famosa imaginação, por que não imaginou a cena em que minha família e amigos me rodearam e disseram: flores! Mostre-nos, Felice querida! O que o seu jovem escreve?

Houve tanta coisa pela qual você nunca me perdoou, até mesmo quando alegou assumir toda a culpa. Por exemplo, meu suposto fracasso em entender seu trabalho. Ah, eu entendia muito bem. Mas como poderia não ter ciúmes de um rival que, como você aproveitava todas as chances de dizer, você amava muito mais do que a mim? Como poderia não ter me ressentido da besta faminta que precisava ser alimentada, e cujas necessidades em termos de cuidados e alimentação significavam que você nunca teria uma vida? Uma vida normal era tudo que eu queria, meu querido, e o que você alegava querer — no começo. Uma casa, vozes de crianças, férias no campo, almoços de domingo. Você tinha suas fantasias, e esta era a minha. Ambas igualmente inverossímeis. Aqueles almoços de domingo eram tão improváveis quanto uma máquina que tatuasse dolorosamente os crimes de uma pessoa na carne dela, embora quem sabe essas coisas fossem iguais para você. Como eu algum dia saberia? A propósito, querido, passei grande parte de minha vida — minha vida normal — nos Estados Unidos, que, sinto que preciso lhe dizer, talvez seja difícil de reconhecer como o país que você descreveu em seu livro.

Já que estamos, como muitas vezes o fizemos, falando em perdão, talvez seja o momento de lhe contar uma coisa pela qual eu talvez precise ser perdoada. Que foi a venda das cartas, querido, quero dizer, suas cartas de amor dirigidas a mim. Não sei se você já sabe, simplesmente aconteceu. Não tenho a menor idéia de como você obteve a informação, ou se a obteve. Embora as questões financeiras estivessem sempre muito abaixo do elevado nível no qual nosso amor ocorria, devo confessar que recebi, por elas, a nada desprezível soma de oito mil dólares.

Agonizei por longo tempo, como estou certa de que você pode acreditar. Minhas reflexões de nada valem, ainda que apenas porque era sempre você que se permitia passar e repassar todos os temas e variações, traçar e retraçar cada passo de bebê para a frente e para trás em suas considerações a respeito de uma coisa ou outra.

Pensei sobre sua leitura das cartas de Grillparzer e de Kleist, e me perguntei se você conseguiria imaginar algum discípulo seu ainda por nascer reexaminando suas cartas daquela forma. Pensei no quão superficial você foi quando minha mãe e minha irmã as encontraram, e como sua única preocupação foi que elas percebessem que, a despeito da paixão e intimidade de nossa correspondência, havíamos passado apenas umas poucas horas na presença um do outro, fortemente escoltados. Se elas o houvessem conhecido, teriam percebido isso, mas não é essa a questão. Estou meramente me consolando — ou justificando — ao recordar sua falta de indignação diante de algo tão delicado sendo exposto a olhos pouco compassivos.

Não sou o tipo de pessoa que fica computando as coisas, que divide a vida em colunas de débito e crédito anotando quem fez o quê, e quem possui o quê. Sempre pensei que o fato de não ser esse tipo de pessoa estava entre as muitas razões de meu casamento ter sido tão feliz e ter durado tanto — até a morte recente de meu marido. E ainda assim penso que, em nosso caso, alguma contabilidade é necessária. Enquanto eu fingia ter perdido aquela segunda carta, você escreveu "O Veredicto" em uma noite. Enquanto você se preocupava com as flores e o cartão que tinha enviado, encontrou alívio escrevendo aquela terrível descrição daquele pobre jovem que acordou como inseto. E então houve aquele encontro no quarto de hotel em Berlim, uma conversa que hoje, meu querido, seria chamada de mediação. Minha amiga e minha irmã ajudaram-me a lhe exigir que fosse honesto e parasse de mentir. Você se referiria para sempre àquela tarde como "o tribunal". Quem estava sendo julgado, querido? Quem estava sendo punido? Você saiu com Ernst e a garota sensual dele, aproveitou, se divertiu. E eu fiquei em Berlim, sentindo-me tão perdida, tão amaldiçoada quanto você alegava sentir-se todos os dias de sua vida. Mais tarde, escreveria *O processo*. Não recebo nenhum crédito por isso?

O que não quer dizer que eu não deva a você certas coisas: uma tendência à paranóia, a compulsão de analisar cada palavra na tentativa de alcançar seus significados ocultos. Foi como ouvi pela primeira vez, em minhas crescentes vozes infantis, a matemática velada de quanto minha preocupação poderia finalmente custar, e qual delas assumiria isso. Foram elas que me encorajaram a vender as cartas, portanto talvez você estivesse certo a respeito do perigo que as crianças representavam para sua vida de escritor. Ou talvez você tenha desejado que fossem vendidas. Aquelas cartas nunca foram escritas para mim. Eram mensagens suas para você mesmo, suas para você e para o mundo. Mas mesmo assim, como minha família tantas vezes e tão pouco sutilmente apontou, estou velha, meu amor, e suas cartas eram tudo que eu tinha.

Com amor,

Sua Felice

GRAHAM ROUMIEU

Caro Noel,

Acho que deve demorar muito entre a hora que você recebe carta e realmente tem chance de ler. Pé-Grande também recebe muita correspondência por isso entende que demora muito chegar no fim de tanta palavra. Palavras difícil de ler, especialmente quando vem de coração triste.

Coração de Pé-Grande triste como gatinho que sufocou até a morte com fita bonita.

Acho que você já sabe o que Pé-Grande sente.

Mas pode ser que não. Você só sabe o que todo mundo faz, se é travesso ou bom. Pé-Grande não sabe se você sabe como eles se sente depois. Talvez você não tem mais tempo para olhar para a realidade mais grande. Talvez só não se importa. Talvez quer ficar frio e imparcial no julgamento. Pé-Grande pode só tentar adivinhar. Sentar aqui no quarto escuro e chorar e tentar adivinhar até talvez morrer de tanto adivinhar. Papai Noel acha que Pé-Grande não passa de garoto mau? É assim?

Dez ano agora, nenhum telefonema, nenhuma carta, nada de oi-visita-pela-chaminé deixa Pé-Grande só perguntando o que será que tá acontecendo na cabeça de Noel. Pé-Grande admite fez coisa horrível. Se bem que pensei que Pé-Grande significava mais para Papai Noel do que isso. Todo o tempo que passamo junto, como pai e filho, dois cara solteiro, dois mitos maneiro saindo na cidade, duas almas gêmea; como pode jogar tudo fora?

Como eu disse, Pé-Grande sabe que fez coisa errada. Olhando pra trás, trair você por causa mulher suja no bar sujo foi coisa errada de fazer. Aquela mulher num valia nunca isso, era só outra caça-famoso imunda que queria foder Pé-Grande que nem troféu.

Bem igual as mulher que você me preveniu.

Mas, eu num ouvi.

EU NUM OUVI

EU NUM OUVI

EU NUM OUVI

;ALDJSFALN;SKIHLS;LHK;BANO NO N O NONO!!!!!!!!

Eu deixou ela seduzir Pé-Grande com unhas comprida pintada e cabelos cacheado comprido. Os dentes dela eram tão afiado e as mão tão rápida. Pé-Grande espalhou bosta por todo lado nos bancos do bar mas ela só foi se chegando mais. Fizemos pra valer e encaixamos bem ali no chão do TGI Friday. Amor.

No lago de bebida e vidro e outros líquido pedi a ela para casar comigo.

Simplesmente pedi. Saiu como vômito nervoso.

Ela disse "SIM, SIM EU CASO COM PÉ-GRANDE!" e fiquei todo feliz!

Achei momento mais importante da vida.

Eu tão feliz. Disse a ela que tinha que ir contar melhor amigo Noel que eu encontrei mulher dos sonhos e queria que ele fosse padrinho do casamento!

Contei tudo sobre Papai Noel, como era divertido, como nós às vezes ia comemorar. Como Noel pode vir e ficar com a gente e fazer churrasco no novo complexo familiar de Pé-Grande.

Então as coisas ficaram esquisitas. Ela olhou feio para Pé-Grande e disse "Eu num acredito em Papai Noel, então ele num pode vir pro casamento. Só idiota acredita em Papai Noel. Num caso se Pé-Grande acredita em Papai Noel".

Pé-Grande ficou confuso. E agora também apavorado porque ela vaiou de dar medo enquanto batia em Pé-Grande com muita força enquanto Pé-Grande remoía profundo dilema moral e filosófico. Ficou olhando você voltar do banheiro mas você devia estar dando cagada enorme de tanto leite e biscoito porque você demorou muito muito muito tempo. Às vezes acho que Noel num pretendia voltar do banheiro.

Pé-Grande fica pressionado e dividido, diz a pior coisa que Pé-Grande já disse na vida. Esperava que o som da secadora de mão ou da descarga do vaso abafasse para que Noel num ouvisse. Pé-Grande diz que também num acredita em Papai Noel. Só quer que ela fique feliz. As mulher gosta de ouvir o que as mulher quer ouvir. Pé-Grande só quer ser feliz.

Mim sabe agora que foi pior coisa que Pé-Grande já disse. Pé-Grande fica doente só de pensar. Imaginar que você ouviu o que eu digo. Talvez o poder mágico de saber tudo ajuda você a saber. Nos dois casos, óbvio que você captou o barulho porque Pé-Grande não viu você depois daí.

Você sabe como vida de mito solitária. Parecia que Pé-Grande só tinha uma chance de felicidade verdadeira. Parecia que Noel ia entender completamente. Pensou que Papai Noel também entende quando não convidou Noel pra despedida de solteiro e num mandou nenhum convite de casamento. Imaginou que você só encolheu os ombro, imaginou você de qualquer jeito provavelmente muito ocupado e não ia poder ir.

O casamento uma mentira e acabou um mês depois. Ela só estava atrás do dinheiro de Pé-Grande e no que aquilo tudo foi embora ela também foi embora. O pior foi que largou Pé-Grande no dia de Natal. Nenhuma mulher, nenhuma esperança, nenhum respeito próprio, nenhuma barba de Noel para chorar em cima, e pior de tudo foi encontrar pedaço de carvão na meia.

Quer dizer merda, talvez eu mereço mas você não acha que podia pegar um pouco mais leve, seu fodido cruel? Realmente empurrou Pé-Grande no famoso precipício. É algum espanto Pé-Grande tentar se matar comendo todos enfeites da árvore de Natal?

Não, num é.

De qualquer jeito, já faz dez ano desde que se passou. Tentei muito te localizar. Reparei que você mudou de número, ainda vive no Pólo Norte? Mandei muitas carta como essa mas nenhuma resposta. Num espero conseguir nada com esta carta também. Se você está lendo, Pé-Grande quer de verdade que você sabe que ainda significa muito para mim. Você é um farol de luz para Pé-Grande que só percebeu de verdade quando você foi embora. Você significa muito para Pé-Grande, cara. As criança escreve e diz coisas legal pra você o tempo todo mas elas só quer brinquedo. Enxerga através da carta e fica sabendo que o que Pé-Grande escreve vem do coração. Nós almas gêmeas.

Noel, sei que fiz besteira. Sei que mereço ser tratado como o merda que Pé-Grande é. Mesmo assim, tenta, tenta, tenta encontrar jeito de perdoar. Não por causa dos negócio de Natal que você é obrigado a fazer mas porque Pé-Grande precisa de você e não é isso que Natal significa de verdade?

Amor seu amigo,
Pé-Grande

MARTHA MEDEIROS

Minha amiga, quanto tempo.

Tem certeza de que quer mesmo saber? Você me pergunta se eu casei com aquele Tom que eu namorava. Juro, cheguei a pensar: que Tom?

Antes de eu lhe contar a história toda, saiba que tenho um filho, ele se chama Lucas. Sim, o pai é o Tom. Foi assim que ele foi apresentado a você e foi assim que o conheci, como Tom.

Antes de ser pai do Lucas ele era um cara confiável, tinha certa sensibilidade. Gostar de livros era uma espécie de salvo-conduto. Eu me sentia uma sortuda. Tom era carinhoso e ria por qualquer bobagem. O sexo era fácil. Tudo era fácil. "Vamos pra praia neste fim de semana?"

O pai do Lucas ainda era Tom quando botamos as mochilas no carro. Pegar a estrada era terapêutico, o som invariavelmente bossa-nova e o céu parecia sempre estrelado, mesmo quando chovia. Foi num desses fins de semana em que tudo parecia um filme que aconteceu o melhor: eu engravidei.

Casamos e tudo foi alegre por semanas. Ansiávamos por uma barriga que não despontava, fazíamos lista de nomes, tudo igual às cenas de comercial de seguro. Ainda não havíamos nos dado conta das mudanças que viriam. Éramos gato e gata aninhados, comprando móveis para o novo quarto. Aos cinco meses de gestação, soubemos que seria Lucas, um menino.

Tom quase chorou, ou chorou, não lembro. Um menino. Tom seria pai de um cara. Tom se lembrou do próprio pai que ele não via há anos, um pai descuidado, e pensou que agora vingaria sua própria infância sendo um pai do caralho.

E fez tanto plano e criou tanto método e estipulou tanta regra que inflou, ficou mais alto, mais sério e até o nome se expandiu, deixou de ser Tom para voltar a ser Miltom, seu nome de batismo, e a primeira providência concreta do Miltom foi me proibir de fumar, eu que nunca havia fumado, e de beber, eu que só bebia uns golinhos de vinho, e de dirigir, e aí achei que ele estava exagerando.

Quando Lucas nasceu, Miltom já havia se tornado um homem obcecado por dinheiro. Botara na cabeça que precisava de uma poupança, e só falava na tal da poupança, como se Lucas fosse sacar a grana amanhã. Mal caiu o umbigo do menino e Miltom já calculava quanto ia precisar para pagar uma viagem de intercâmbio para os Estados Unidos ou para a Inglaterra, "o país a gente escolhe depois". Brinquei com ele: "Que bom que alguma coisa você vai deixar para decidir depois", mas Miltom não achava mais graça em nada.

Um chatonildo. Quase teve um treco quando me viu, uma vez, amamentar na frente do meu irmão. "Que falta de seriedade, vá já pro quarto!" E eu ouvia isso quieta, pra não acordar o bebê.

Quando Lucas completou um ano, Miltom, que tinha 32, parecia ter 150. Chegava sempre cedo em casa, um tormento. Eu já tinha voltado a trabalhar e chegava mais tarde do que ele, e tinha que ir pra cama ouvindo que eu era uma irresponsável, imagina, deixar o bebê um dia com a babá, outro dia com a minha mãe, em que adulto vai se transformar esta criança? Eu ainda tentava aliviar a tensão: "Será que vão recusá-lo em Harvard?" Ele nem se dava o trabalho de responder minhas provocações. Virava para o lado e dormia.

A sala da casa já não era uma sala, e sim um ringue. O casamento já não era um casamento. Bye bye, paraíso. Minha única dúvida era se tudo havia sido uma ilusão de amor ou se havia sido amor mesmo, porque se havia sido amor, valeria a pena esperar Lucas aprender a falar para ver se Miltom calava a boca e voltava a ser um homem sereno. Mas Lucas falou ma-mã, pa-pá e Miltom seguiu discursando pela casa, dando aulas de bons princípios e boas maneiras. Ninguém podia apoiar os pés na mesinha de centro que ele achava mau exemplo. "Mau exemplo pra quem, criatura?" "Pro Lucas, ora, um dia essa criança vai sentar."

Juro, eu ouvi isso.

Não havia mais oi, como foi o seu dia, quem sabe a gente pega um cinema, ou comentários sobre o presidente ou sobre o aquecimento global, nada disso, agora só se falava nos dez mandamentos e em mais alguns que Miltom, com procuração de Deus, adicionara à sua bíblia particular.

Eu não podia acreditar que Tom seria permanentemente Miltom, que aquela seria uma viagem só de ida. Tom não vai voltar? Miltom chegava em casa trazendo cereais estranhos, exigia que agasalhassem o menino da mesma forma em todas as estações, não deixava que falassem uma única expressão em inglês na frente do Lucas para a pobre criança não ficar confusa, e eu pirava, Tom não era assim pentelho, mas isso eu não dizia, apenas pensava, porque ai de mim se Miltom me ouvisse pronunciar pentelho na frente do anjinho.

Quando Lucas fez dois anos, semana passada, eu entendi: Tom não vai voltar. Me decretei viúva. O problema agora é o que fazer com o cadáver.

E você, tá boa?

Beijos!

GAUTAM MALKANI

Querida mamãe,

Papai lhe escrevia cartas? Sei que ele enviava o buquê de flores tradicional quando ambos eram jovens (suponho que a expressão correta seja fazer a corte), porque encontrei os cartõezinhos que você guardou. Eu estava limpando umas cestas e caixas velhas no sótão hoje cedo e os encontrei em uma caixa de sapatos repleta de cartões-postais e fotografias antigas e até mesmo os passaportes velhos, sem validade. Estou escrevendo esta carta aqui em cima no sótão, longe de Kate, porque ela sempre se queixa de que nunca escrevo cartas para ela. Digo a Kate que vivo com ela, então por que lhe escreveria? Se eu vivesse com você, provavelmente tampouco escreveria para você.

Seja como for, eu estava vasculhando as caixas velhas e encontrei uma carta que lhe escrevi na escola e que guardei durante todos estes anos. Então pensei em entregá-la agora — ainda que com vinte e cinco anos de atraso. E de alguma forma acabei escrevendo esta carta também, o que, suponho, faz com que ela se torne uma carta-envelope para a original.

Você está provavelmente se perguntando que diabos eu estava fazendo ao lhe escrever na escola. Se me lembro bem, foi parte da aula de inglês. Eu estava na classe da Sra. Arnold, o que significa que deveria ter cerca de oito ou nove anos. Você se lembra da Sra. Arnold, não lembra? Acho que ela pediu que escrevêssemos uma carta para um herói ou uma pessoa que admirássemos. Ela sempre nos dava tarefas estranhas como essa. Talvez secretamente esperasse que alguém lhe enviasse uma carta. Quem sabe uma carta de amor. Afinal, devíamos ser alérgicos a garotas na ocasião, mas me lembro de muitos meninos em minha turma que eram obcecados pela Sra. Arnold. Eu não, claro. Não sentia nenhuma atração infantil por ninguém. Na verdade, acho que não deveríamos endereçar nossas cartas a pessoas reais. Elas se destinavam a um personagem de uma história. Essa era a regra. Mas enderecei minha carta a você, e todas as outras crianças começaram a me provocar. Especialmente Keith Mackenzie. Lembra-se como eu costumava me queixar dele?

Seja como for, lamento não ter entregado a carta anexa a você quando a escrevi. Acho que estava sendo meio ridículo, envergonhado porque Keith Mackenzie e os demais tinham rido de mim. Não que algum deles conhecesse Édipo ou mesmo Norman Bates na ocasião — a maioria provavelmente continua sem conhecer. Mas, apesar de tudo, eles acharam estranho de minha parte ter escrito uma carta de amor para minha própria mãe. Talvez fosse, mas eu tinha nove anos de idade. A quem mais deveria amar? Ou mesmo gostar? Eu não ligava muito nem mesmo para Madonna ou aquela garota do *Grease* — Sandy, acho —, pendurava aqueles pôsteres no meu quarto só para mostrar às pessoas que estava tudo bem comigo, sabe? Lamento se algum dos meus pôsteres a ofendeu — você vai ficar satisfeita em saber que eles não estavam nas caixas de porcarias que eu estava organizando hoje porque os joguei todos fora assim que Kate se mudou para cá. Durante a minha primeira separação. Ela não gosta de confusão, entende? Está envolvida com minimalismo e feng shui (que ela pronuncia fang shuei). Obrigou-me a vir ao sótão hoje porque, ao que parece, distorci meu Chi. Ela sempre ridiculariza minha tendência a acumular coisas — de certa forma, ela sempre me ridiculariza, ponto final. Você vai dizer que me avisou, certo? Que eu não deveria ter feito isso. Sei que já discuti esse assunto muitas vezes com você, mas finalmente consigo compreender por que você nunca gostou de Kate. Acho bom você não precisar conviver com as conseqüências de eu haver ignorado sua opinião, e espero que esta carta não perturbe o descanso de sua alma ou coisa parecida. Só que, quando encontrei a carta antiga e decidi que precisava fazer uma visita e deixá-la sobre sua lápide, pensei em acrescentar mais algumas palavras enquanto eu estava envolvido com isso. Para mantê-la atualizada.

Quero que saiba apenas que vim a entender que você não gostava de Kate por não considerá-la boa o bastante para mim. Talvez eu soubesse disso o tempo todo e soubesse que você estava certa. Talvez por isso nunca tenha escrito a Kate uma carta de amor. Nunca escrevi sequer um cartão quando lhe mandava flores. Na verdade, acho que tampouco escrevi muita coisa nos cartões de Dia dos Namorados, aniversário ou Natal. Só "Querida Kate", então o que quer que o cartão tivesse a dizer, depois "De Michael". Nem mesmo "Com amor, Michael". Isso é minimalista, certo? Kate mantém as coisas menos bagunçadas jogando fora todos os cartões um dia depois que os dou a ela. Você vai ficar feliz por saber que meu lixo no sótão não incluía nenhum dos cartões que Kate me enviou. É melhor assim, visto que preciso abrir mais espaço lá em cima para dar lugar ao corpo dela... estou só brincando — ainda bem que herdei seu senso de humor ácido.

Pensei justamente nisto outro dia. Estava cheirando seu perfume e me peguei tentando decidir que aspecto de sua personalidade ele lembrava com mais nitidez. E decidi que era ou o seu senso de humor ou aquele jeito elegante com que você se portava. Muitas vezes carrego comigo seu último frasco — a pequena pirâmide de vidro se encaixa perfeitamente em minhas costelas. E não importa quanta arrumação eu seja forçado a fazer, isto é uma coisa que nunca jogarei fora. O aroma é um bocado estranho, não é, mãe? Não sei dizer se o frasco contém o aroma do perfume ou o seu. A resposta óbvia — que você tinha o cheiro do perfume — na verdade não basta. Afinal de contas, imagino que até seu xampu tivesse o mesmo cheiro do seu perfume e seu cabelo cheirava a xampu mesmo que você não o lavasse por semanas.

Tenho um amigo muçulmano que diz que um filho nunca consegue agradecer à sua mãe o suficiente. Entendo o que ele quer dizer. Na verdade foi por isso que me peguei aos prantos quando deparei com a carta anexa. Se eu ao menos a houvesse entregado na ocasião. Eu gostaria tanto de tê-la simplesmente entregado. Detesto a mim mesmo por ter me preocupado com o que pessoas como Keith Mackenzie disseram. Por ter ficado envergonhado por ser chamado de filhinho da mamãe. Como posso ter sido tão estúpido? Não há nada de errado em ser um filhinho da mamãe, há, mãe? Lembro que cheguei até a sentir vergonha de mim mesmo na época. Mas eu não sabia que um dia você não estaria mais aqui. Quer dizer, como eu teria reagido se houvesse pensado que você um dia poderia não estar mais aqui? Em primeiro lugar, não teria perdido tempo indo à escola, certo? Não teria perdido tempo assistindo à TV, andando de bicicleta ou fazendo qualquer outra coisa, mãe. Mas tendo em vista que seria impossível lhe agradecer o bastante mesmo que vivêssemos juntos para sempre, é provável que não faça a menor diferença se continuo a escrever esta carta ou se simplesmente termino aqui e deixo que você leia a original.

Com muito amor,
Michael x

Para Minha Mamãe,

Oi Mamãe!

A Sra. Arnold quer que a gente escreva cartas para alguém de uma história. Keith Mackenzie contou para todo mundo que está escrevendo uma carta para John Travolta. Que idiota, não é? John Travolta não é um personagem, é uma pessoa de verdade. Keith diz que ele é famoso e que nunca vai se encontrar com ele, mas isso não faz com que ele deixe de ser real, faz, mãe? Contei à Sra. Arnold que papai sempre diz que eu tenho a mãe mais adorável do mundo inteiro e então ela está me deixando escrever uma carta para você. Às vezes papai diz que pareço com você. Ele me chama de seu filho enviado dos céus porque diz que foi de onde eu vim. Mas não me lembro de ter morado lá.

Espero que ele se lembre de comprar flores para você pelo Dia das Mães em vez de esquecer como fez no ano passado. Quero comprar rosas vermelhas para você mas não tenho dinheiro.

Espero que você goste da minha letra. Agora estou usando caneta, não lápis. E estou checando a ortografia no dicionário. Chequei até a palavra dicionário mas não precisei procurar porque ela está na capa. Espero que você goste da carta que escrevi para você ontem, e da que escrevi anteontem e da que escrevi antes disso. Mas não escrevi estas outras cartas como parte da aula. Escrevi no intervalo. Escrevi para dizer Obrigado Mãe. Obrigado por ser minha mãe e obrigado por ser tão bonita. Eu queria que tivéssemos fotos recentes suas. Papai ainda chora quando olha para as suas fotos. Não quero nem mesmo pedir a ele que lhe envie esta carta porque ele pode começar a chorar de novo como da última vez. Mas não posso enviá-la sozinho porque não sei seu endereço. Sempre que pergunto a papai onde você mora, ele diz que você e eu trocamos de endereço no dia em que nasci. Mas ainda não sei o que isso quer dizer. Por que não podemos viver no mesmo lugar? Todos os meus outros amigos vivem no mesmo lugar que suas mães. Assim eu não precisaria lhe escrever cartas.

Montes e montes e montes de amor, Michael xxxxxx

MIRIAM TOEWS

Cara Cadence Loewen,

Muito obrigada por sua carta, e agradeço sua preocupação. E sim, claro, sinta-se livre para rezar por mim. Não me incomodo em absoluto. A princípio, quando recebi sua carta, não reconheci seu nome, mas recentemente aconteceu uma coisa e me dei conta de que a conheço! Sua mãe e seu pai eram grandes amigos meus há muito tempo, no final dos anos 70, início dos 80. Peço desculpas se o fato de chamá-los sua mãe e seu pai a aborrece. Talvez você não encare as coisas dessa forma, o que é perfeitamente compreensível.

Na última vez que a vi, você tinha poucas semanas de vida, foi apenas dias antes de Jackie e Tim, seus pais verdadeiros, sofrerem o acidente. Estávamos em grupo matando o tempo, fumando maconha no terreno atrás do campo de golfe, perto de Kokomo Road, e Jackie e Tim chegaram no velho Vauxhall do irmão de Tim. A propósito, não fumo mais maconha, não se preocupe, mas éramos jovens na ocasião, com dezessete anos, e não havia muito mais a fazer. E então Jackie e Tim chegaram de carro, completamente excitados e felizes, e queriam mostrar seu novo bebê, você. Cadence, disseram eles, estes são nossos amigos, e seus também. Você era tão linda, e por sinal ainda é. Quando vi sua foto no jornal quase tive um infarto; você é tão parecida com Jackie nessa idade.

Tim deixou que todos nós a segurássemos, mesmo que estivéssemos um pouco chapados, e todos começamos a chorar, até mesmo os rapazes. Estávamos maravilhados com você. Tudo em você era perfeito, você tinha as orelhas pequenas de Tim e os dedos longos e finos de Jackie, e eles estavam loucamente apaixonados por você, um pelo outro, pela vida e por toda a noção importante e incrível de serem seus pais. Eles não usaram drogas naquele dia nem nunca mais, tenho certeza disso. E não fumavam perto de você ou ouviam música muito alta; Jackie estava sempre puxando a touca para cima de suas orelhas para que você não sentisse frio e dizendo a todo mundo para tomar muito, muito cuidado com sua moleira, aquele local frágil na cabeça do bebê antes de as placas do crânio se juntarem.

Veja, disse ela, dá para ver o coração dela batendo na cabeça. Ela erguia um pouquinho sua touca para que déssemos uma olhada. Tim nos contou que você adorava Warren Zevon e Jackie havia bordado as palavras "Gosto de balançar" no seu carrinho de bebê. Tim disse: "Jackie parecia uma máquina, cara, no parto. Estava em completa atividade, mandava todo mundo cair fora, estava fazendo aquilo. Estava assumindo o controle. Ela foi incrível, cara. Eu a amo tanto." Jackie contou que simplesmente não conseguia parar de olhar para você. Não conseguia acreditar que você era dela. Disse que desejava poder ficar olhando para você para sempre, o dia inteiro, a noite inteira, o tempo todo, pelo resto de sua vida. Seria seu emprego de tempo integral, disse ela.

E então todos construímos aquele pequeno monumento a você no campo. Nós o fizemos com pedras e girassóis e todos lhe escrevemos bilhetinhos com batom porque ninguém tinha caneta, dando-lhe as boas-vindas ao mundo, depois os colocamos sob as pedras, e alguns dos rapazes derramaram um pouco de *Wild Turkey* por cima, como um brinde a você, para que tivesse uma vida longa e feliz, e escrevemos o nome C-A-D-E-N-C-E com pedrinhas ao redor do monumento maior e cantamos aquela canção da Cyndi Lauper, "Time after Time", porque era a única cuja letra todos nós conhecíamos, e nos pareceu apropriada, ainda que medíocre.

Enfim, isso foi há muito tempo, quase vinte anos. A maioria de nós deixou a cidade depois do ensino médio. Então, há uma semana, recebi a notícia de que minha mãe estava muito doente e voltei para casa para ajudar minha irmã mais velha a cuidar dela. Eu estava sentada à cabeceira de minha mãe, examinando o jornal local, quando vi sua foto na seção de anúncios e pensei caramba! É a Jackie! Mas claro que não era, era você.

Mostrei o jornal à minha mãe e ela contou que, depois do acidente de Jackie e Tim, os pais de Tim a criaram. Disse também que eles fizeram um ótimo trabalho. Mencionou que tiveram muita dificuldade de aceitar a morte de Tim e Jackie, pois os dois não foram salvos ou batizados antes de morrer, e o quanto sofreram por ignorarem de que maneira poderiam lhe contar isto, como o fato de você saber que nunca mais poderia vê-los, nem mesmo no céu, a faria se sentir. Ela disse que sua freqüência à igreja é perfeita, que você canta no coro e até mesmo leciona na escola dominical para crianças pequenas. Isto é maravilhoso. E agora você está fora, fazendo trabalho missionário em Belize. Uau! Como eu gostaria de ter sido centrada assim aos dezenove anos.

Cadence, desejo-lhe tudo de bom em seu trabalho e na vida, no presente e no futuro. Foi uma honra tê-la conhecido atrás do campo de golfe naquele dia, e ter tido Jackie e Tim como amigos. Eles foram garotos e pais incríveis. Sei que aqui na cidade tenho reputação de atéia, de quem detesta Deus, mas isso não é verdade. Na realidade, sou agnóstica e penso a respeito da existência ou inexistência de Deus o tempo todo. Uma coisa que me inclina a "abraçar a idéia de Deus", como você acertadamente a coloca, é minha lembrança de todos nós, crianças, naquele campo. Vejo-nos perfeitamente a todos, o céu, os girassóis, o velho Vauxhall do irmão de Tim estacionado na clareira, Jackie nos mostrando a moleira em sua cabeça, seu carrinho "Gosto de balançar", seus minúsculos punhos, e como todos nos reunimos em torno de nosso monumento artesanal a você, de mãos dadas, cantando, um círculo de amor, felicidade e reverência por sua preciosa vida, e a alegria naquele momento. Tudo por sua causa.

Mais uma vez, Cadence, desejo-lhe tudo de bom em Belize, e onde quer que você esteja. Vou ficar pensando em você.

Com amizade,
Miriam

p.s. A propósito, Warren Zevon morreu recentemente, mas sua música ainda toca, caso você esteja interessada em dar uma checada.

JAMES ROBERTSON

Começo a escrever esta carta em minha cabeça, numa fria manhã de fevereiro, quando entro no carro para ir até você. A cidade reveste-se de uma névoa de sono quando parto, e Coupar Angus, Perth e Crieff começam a se agitar, cada uma um pouco mais viva que a outra, enquanto as atravesso de carro, seguindo para oeste e para norte. Uma lua imensa, ligeiramente achatada e branca me acompanha, até mesmo enquanto desbota e mergulha. Penso em minha mulher, ainda na cama, e então penso em você. Meu coração bate um pouco mais rápido diante da perspectiva de passar um dia inteiro com você, e os muitos projetos, compromissos e palavras abrem caminho em minha mente e começam a se separar, clareando como névoa no ar.

Parece estranho, e um tanto tolo, dirigir essas frases, esses sentimentos a você, sendo você totalmente indiferente a mim. Na verdade, em breve vou parar de escrever *para* você e em troca escreverei *sobre* você, evitando, assim espero, qualquer embaraço — não de sua parte, claro, uma vez que você nem ofende nem se sente ofendida, e está além e acima de quaisquer destes desvios do coração humano. É a mim mesmo que não quero embaraçar quando me refiro, timidamente ou não, aos seus "muitos outros amantes", ou condenando a "fria crueldade" que você demonstra por todos nós. Lembro-me de ter sido avisado por um professor, há décadas, dos perigos da boa escrita sobre antropomorfismo. Ele estava se referindo aos animais, mas poderia, igualmente, estar falando de montanhas.

Paro em Comrie e compro comida para o dia, depois sigo em frente. Dirijo-me a Beinn a' Chreachain e Beinn

Achaladair, perto de Bridge of Orchy. Aventurei-me nestes dois Munros[11] há quase um ano, mas tive de recuar, a quinze minutos do topo do Beinn a' Chreachain, porque o vento havia aumentado muito durante a longa subida e estava tão forte na última crista que eu mal conseguia ficar de pé. Fiz várias tentativas, mas a cada vez o vento me golpeava, fustigava e me atirava sobre a neve e o gelo espessos, como se eu me encontrasse em um ringue com um lutador peso-pesado. Foi decepcionante, mas por fim tive de admitir a derrota e voltar pelo caminho que havia feito. Por isso, agora estou tentando outra vez, tencionando reconstituir meus passos e, com sorte, completar a grande marcha circular que me foi negada na última vez.

Quando chego a Loch Earn, o dia está radiante, a beleza sem nuvens, integralmente revelada. Extensões de samambaias mortas nas escarpas acima da costa setentrional espalham-se como lençóis de tecido dourado, e até mesmo as plantações de lariço parecem cintilar sob a fraca luz solar. Dirigi por esta estrada sinuosa vezes sem conta, mas ela é sempre nova. Do outro lado da água ergue-se Ben Vorlich, uma das primeiras montanhas que escalei na vida. (Eu tinha onze ou doze anos, e provavelmente o fiz com galochas ou algum outro calçado inadequado.) Seu perfil, junto com o da vizinha Stuc a' Chroin, é familiar a dezenas de milhares de pessoas, uma vez que, vistas do sul, elas anunciam dramaticamente o início das Highlands, no norte de Forth Valley. Entre as duas montanhas há um passo ou caminho, com um aclive íngreme até o lado leste da Stuc a' Chroin. Uma saída demasiado tardia me derrotou uma vez, e o mau tempo uma segunda, antes que eu finalmente conseguisse subir a montanha: nevava na ocasião, e a escalada exigiu considerável esforço. Eu nunca havia usado um machado de alpinista a sério antes, e me lembro da sensação de triunfo à medida que me arrastava para o cume. Sei que é uma escalada sem nenhuma dificuldade para qualquer verdadeiro montanhista, mas para mim foi estimulante, e jamais a esquecerei.

Glen Ogle, Glen Dochart, Strath Fillan — cada quilômetro da estrada me distancia de cidades e municípios, penetrando cada vez mais nas Highlands. No nordeste acha-se o imenso vulto disperso da cadeia de montanhas Lawers, e ao seu lado os montes Tarmachan, menores, porém mais escarpados. Poucos quilômetros adiante, à esquerda, surgem os cumes gêmeos de Stob Binnein e Ben More, a estrada passando bem embaixo do vulto do último. (Certa vez, num sábado três dias antes do Natal, tive o Ben More, normalmente uma montanha concorrida, todo para mim: lembro-me de estar bem certo, enquanto permanecia no cume gelado observando as nuvens extensas, lisas e coradas de sol se amontoarem sobre a série de cumes no noroeste, de que não poderia haver melhor presente em todos os shopping centers do mundo do que a paisagem que se oferecia apenas para mim.) E então, depois de Crianlarich e Tyndrum, onde a estrada sobe na direção das grandes ruínas que se estendem de Loch Lyon e Loch Rannoch no leste a Loch Etive no oeste, sinto uma imensa liberação: agora não há como voltar, o dia vai ser ótimo, estou comprometido. Nas próximas horas não estarei em dívida com ninguém, a não ser comigo mesmo.

Eu costumava acreditar que ia para as montanhas a fim de pensar. Mas quando refleti sobre isso com mais cuidado, percebi que, qualquer que fosse a intenção, o efeito era o oposto: eu ia e *não* pensava. O esforço físico de escalar duas, três, quatro montanhas, a concentração no terreno sob meus pés, a travessia de corredeiras e rios, o olho atento para as mudanças de tempo, a visão de pássaros e outras criaturas, a viagem de volta por vezes tediosa e o triunfo cansado ao concluí-la absorviam todas as minhas preocupações imediatas, eu não tinha nenhuma propensão ou na verdade capacidade para pensar de forma coerente, estruturada a respeito de outras coisas. Nem enredos de romances nem o significado da vida são decifrados pela escalada de montanhas.

Mas alguma coisa acontece com a mente nesses dias: ela se esvazia, torna a encher, reorganiza-se. Arquivos supérfluos ou temporários são enviados para a lixeira; o cérebro é desfragmentado. É uma experiência de purificação. Volto, não com novas histórias escritas ou problemas resolvidos, mas com *possibilidades* de novas narrativas e soluções. Este é o efeito da jornada diária: mas aonde esta jornada me levou?

Para onde vão as pessoas quando se dirigem às montanhas? Quando vão sozinhas, como quase sempre faço, será que vão a algum lugar que não para dentro de si mesmas? Parece-me que uma série de coisas aparentemente contraditórias acontece de forma simultânea ao escalador solitário à medida que ele — ou ela, embora os caminhantes desacompanhados que encontro sejam quase sempre homens, sobretudo no inverno — deixa para trás a estrada, o carro, a bicicleta ou ambos e embrenha-se e galga locais onde não há sinais de telefone celular ou moradias humanas: ele tanto se amplia em relação a si mesmo quanto se reduz em meio à paisagem; torna-se mais forte e mais vulnerável; mais auto-suficiente e mais à mercê da natureza. E esse duplo efeito, que age sobre ele externa e internamente, é ao mesmo tempo estimulante e moderador, perturbador e tranqüilizante. Há vezes, caminhando sozinho, em que ele percebe outro alguém avançando sem esforço ao seu lado.

Certamente há momentos em que deslizo para fora de mim mesmo: há dois de nós então, e ambos se renovam e revigoram com essa desarticulação, que quase nunca é uma desarticulação completa. O grande poeta galês Sorley MacLean captura essa sensação em seu poema "An Roghainn" ("A Escolha"), embora as circunstâncias nas quais eles estivesse escrevendo fossem muito diferentes: ele descreve a caminhada à beira-mar com sua razão, como se achavam unidos, mas a despeito disso sua razão mantinha-se a pouca distância dele. Nos dias em que vou para as montanhas, minha razão e eu caminhamos às vezes juntos, às vezes um pouco afastados, mas não sei qual de nós permanece no corpo e qual sai.

Não sou, de modo algum, um escalador realmente dedicado, que sai todo fim de semana, qualquer que seja o tempo, muito menos um montanhista experiente. O trabalho e outros compromissos fazem com que meus dias nas montanhas tendam a ser reduzidos e bem espaçados. Eu gostaria que não fosse assim. Preferiria sem dúvida passar mais tempo ao ar livre, empenhado neste romance unilateral com as montanhas, e menos diante de uma tela de computador. É óbvio que não estou sozinho neste desejo, mas uma das vantagens da minha vida de escritor é que às vezes posso escolher, em virtude de uma previsão de tempo tarde da noite ou de um céu nas primeiras horas da manhã, abandonar o trabalho em um dia de semana e sair. Como conseqüência, em muitas de minhas saídas raramente encontro outros caminhantes ou alpinistas. Somos apenas eu e as montanhas, e qualquer fisicidade ou filosofia que nos una ou separe.

Escrevo este tanto quando começo a captar ecos de outras vozes, que não a de Sorley MacLean, no que estou dizendo. Percebo que tudo que provavelmente estou fazendo é dizer com outras palavras coisas que foram ditas de forma melhor por outros escritores. Vou imediatamente ao livro de Nan Shepherd, *The Living Mountain*, sua prova de amor pelas montanhas Cairngorms, escrito no final de Segunda Guerra Mundial, mas inédito até 1977, e encontro a seguinte passagem. Ela está tentando explicar a *estranheza* que sente, "aquela liberação prazerosa do corpo produzida pela escalada". Decerto, escreve ela, não é escrava a tal ponto que não possa ser livre a menos que sua carne se sinta leve. Há mais no "anseio pelo cume de uma montanha". Alguma espécie de troca ocorre entre ela e a montanha; o lugar e a mente interpenetram-se até que a natureza de ambos seja alterada. E no final do livro — um livro conciso, que ainda assim contém vastas passagens de reflexões — Shepherd articula o que eu tateava há alguns parágrafos:

> ... à medida que envelhecia e me tornava cada vez menos auto-suficiente, eu começava a descobrir a montanha em si. Para mim, tudo se tornou positivo, seus contornos, suas cores, suas águas e rochas, flores e pássaros. Conhecer o outro não tem fim. E descobri que a vivência humana dessas entidades engrandece a rocha, a flor e o pássaro. O objeto a ser conhecido desenvolve-se com o conhecimento.

> ... é uma jornada para dentro do Ser; pois à medida que penetro mais profundamente na vida da montanha, também penetro em minha própria. Por uma hora estou além do desejo... não estou fora de mim mesma, mas em mim mesma. Eu sou.

Por uma hora estou além do desejo. Talvez seja aonde o ato de caminhar sozinho nas montanhas verdadeiramente conduza: um lugar onde não se deseja nada, não se exige nada, não se carece de nada. É estranho que Nan Shepherd diga que essa suficiência aumente, em parte, pelo fato de tornar-se menos *auto*-suficiente, mas acho que ela está certa. E há mais uma coisa. *A vivência humana dessas entidades engrandece a rocha, a flor e o pássaro.* Certa vez, escrevi em um poema,

> "Não avistei vivalma
> O dia inteiro nas montanhas" seria uma
> narrativa assustadora se não houvesse
> Ninguém a quem contá-la.

Se a paisagem é desconhecida, intocada pelo pensamento humano, então é verdadeiramente desumana, e, nesse sentido, desolada e hostil. É um dos motivos pelos quais as pessoas necessitam nomear a terra, e por que, se o gaélico algum dia deixasse de ser falado, a Escócia de certa forma se tornaria estranha a seus habitantes, ou seus habitantes estranhos a ela. Até mesmo agora, o massacre generalizado de um nome como Bidean nam Bian indica uma perda comum de intimidade com a montanha que o carrega, e também uma perda de respeito por ela. E ainda assim, ao mesmo tempo, a necessidade de fazer contato com a terra é o motivo pelo qual os caminhantes são muitas vezes culpados por recitar uma lista interminável de nomes de montanhas, e suspeito que a mesma necessidade resida nas raízes do desejo de listar os Munros, Corbetts e Donalds — todos estes tipos de montes escoceses — e ticá-los. Os nomes *significam*, e quando se sabe o que significam — quando se esteve dentro deles ou *sobre* eles —, eles evocam o melhor dos dias, e às vezes, ao menos no que diz respeito às condições climáticas, o pior.

Sei, sempre que chega a hora em que não posso ou não desejo ir para as montanhas, que minha própria lista interminável proporcionará certa compensação. Algumas pessoas debocham da prática de escalada dos Munros, mas eu a defendo, porque escalar os Munros que escalei — junto com muitos outros montes menores, mas não inferiores — me ensinou mais a respeito da topografia do meu país, sua composição física extraordinariamente complexa, sua vastidão, que é também um agregado compacto e detalhado, do que qualquer aula ou livro. E isto me proporcionou minha própria litania, com suas rápidas associações mentais e emocionais: o mero pronunciar do nome Beinn Dotaidh, por exemplo, me faz lembrar as estranhas e horripilantes esculturas de gelo e a grama que a duras penas ultrapassei em uma escalada com muito vento e neve; lembro-me da forma como a rocha me segurava e eu segurava a rocha no Aonach Eagach, *o cume fendido*, em Glencoe, como se houvéssemos feito o pacto (o qual, claro, existia apenas na minha imaginação) de que, se eu não fosse imprudente, ela não me lançaria para a morte; lembro-me de Beinn a' Bheithir, acima de Ballachulish, principalmente porque a chuva e a névoa eram tão pesadas que em momento algum eu conseguia enxergar mais de trinta metros de montanha; lembro-me da intrépida luz solar infiltrando-se através da neve que caía em Beinn Udlamain, e de um imenso rebanho de cervos movendo-se como uma sombra pardacenta abaixo de mim no vale de A'Mharconaich; lembro-me do longo estirão para o Beinn Dearg em Atholl, e a escalada ridiculamente fácil do Meall Buidhe em Glen Lyon; lembro-me das lebres fantasmagóricas no Ben-y-Hone, da perdiz alpina, do pássaro-da-neve, do tarambola-carambola, que partilharam comigo outros cumes nebulosos; lembro-me, nos declives mais baixos do Creag Meagaidh, de colher mirtilos tão suculentos e doces que, por certo tempo, esqueci-me da chuva e dos mosquitos; lembro-me da crista que serpenteia como uma ponte graciosa entre Carn Mor Dearg até Ben Nevis, e como rastejei sobre a parte mais estreita porque a queda de ambos os lados me tirava a coragem das pernas, e como tive aquela vastidão de montanha só para mim durante horas, até que, por fim, alcançando o topo "do Ben", encontrei-me entre dezenas de caminhantes que haviam se arrastado pela assim chamada "rota turística"; lembro-me de ter visto os Cairngorms cobertos de neve, pretos, brancos, misteriosos e tentadores, a partir do dorso amplo e deserto do An Socach, acima de Glen Ey; lembro-me de minha primeira aventura nos Cairngorms, poucos meses mais tarde, e como, de Beinn a' Chaorainn, vi o contorno do norte da Escócia traçado diante de mim, o Moray Firth cintilante e acinzentado 65 quilômetros ao norte. Todos estes e outros mais permanecem em minha mente, e permanecerão, como os instantes de casos de amor antigos, até que a mente pare de funcionar.

Em um poema chamado "One of the Many Days", Norman MacCaig certa vez escreveu sobre a multidão de sapos que avistou no dorso do Ben Dorain — montanha genial e efusivamente enaltecida pelo poeta galês do século XVIII Ducan Ban MacIntyre. MacCaig lista a série de milagres que o dia inteiro liberou: o rio parecendo vidro sob o sol, a travessia de Loch Lyon, um rebanho de corças que fizeram o sinal da vitória com as orelhas antes de fugir a galope, e os sapos encasacados vagando e pulando amigavelmente. É isto o que sempre fazem os dias nas montanhas: liberam milagres, muitas vezes pequenos, até mesmo insignificantes, mas sempre inesquecíveis.

Tenho minha própria história de milagre na forma de uma praga de sapos. Nessa ocasião encontrava-me com um amigo, e estávamos escalando o Stob a' Choire Odhar e o Stob Ghabhar na margem oeste do Rannoch Moor. Pusemo-nos a caminho em um lindo dia de julho, de céu azul, sem nuvens. O solo estava seco — árido mesmo — e quando, a meio caminho na subida do Stob a' Choire Odhar, topamos com um único sapo amarelo ofegando no calor, achamos que ele estava em um local completamente errado e que sua situação só podia piorar. Mas quando chegamos à crista, aproximando-nos do topo do Stob Ghabhar, reconsideramos: uma enorme abóbada de nuvens negras carregadas de água havia se formado de uma ponta a outra do céu e era evidente que ficaríamos encharcados. A abóbada fez-se em pedaços quando iniciamos nossa descida: a chuva desabou em forma de tempestade tropical, quente, contínua e implacável, como se saísse de uma ducha. Nem um único centímetro de nosso corpo permaneceu seco. Tempos depois, escrevi,

> Permanecemos sob o aguaceiro
> e nossas botas se encheram e transbordaram.
> Caminhos se tornaram riachos; riachos engrossaram formando rios;
> parecíamos marinheiros-fantasmas
> à deriva num mar montanhoso.

E então, como se isso não fosse transformação suficiente, a encosta inteira da montanha irrompeu: sapos, milhares deles, amarelos, marrons, verdes, tantos que não podíamos evitar pisá-los. Eles tinham esperado, e agora estavam no lugar certo, na hora certa, enquanto nós, furiosos e ridículos, avançávamos com dificuldade e escorregávamos, pulando e atravessando penosamente correntezas que não existiam dez minutos antes, de volta ao ponto de partida do dia.

O que esta história significa? Não significa nada a não ser o que ela conta: que o fato aconteceu, que estávamos lá, que nunca acontecerá outra vez exatamente do mesmo modo e que ainda assim acontece o tempo todo. A história é minha história a respeito de uma montanha específica, mas a montanha não a conhece, está pouco se lixando para ela. Amo a montanha pelo que me proporcionou, mas a montanha não me ama. Encontro-me mais uma vez buscando palavras de outras pessoas para explicar o que quero dizer. Só que desta vez sou colhido entre dois grupos de pensamentos: o do naturalista John Muir, que *realmente* amava as montanhas, *realmente* as entendia, e o do poeta Hugh MacDiarmid, que percebia a futilidade de tal amor e compreensão. O que somos nós para as pedras, pergunta MacDiarmid com insistência. O que somos nós para as pedras? Não somos nada. Precisamos ser humildes, pois as pedras são unas com as estrelas, por mais que para nós se assemelhem às pedras. Para elas não faz diferença onde estão, no topo de uma montanha ou no fundo do mar, em um palácio ou em um chiqueiro. Há grande quantidade de construções arruinadas no mundo, lembra-nos MacDiarmid, mas não pedras arruinadas.

Isto pertence ao longo poema "On a Raised Beach", concebido, como sugere o título, não nas montanhas, mas em um litoral pedregoso em Shetland, contudo o poema transcende seu lugar e tempo específicos. É tão tristemente bonito e tão verdadeiro, que não parece haver nada mais que valha a pena dizer embora MacDiarmid, impiedoso, exponha ainda mais nossa fragilidade: o que nos acontece, diz ele, não tem a menor relevância para a geologia do mundo; o que acontece à geologia do mundo é da maior relevância para nós. Não são as pedras que precisam reconciliar-se conosco, mas nós com elas.

Portanto, qual é a questão? Que significado existe em minha ida às montanhas se tudo que elas me devolvem é minha irrelevância e transitoriedade? No dia de fevereiro em que comecei esta carta, cheguei ao topo do Beinn a' Chreachain e depois ao do Beinn Achaladair. Passei neles seis horas, solitário e feliz, e, quando desci a trilha lamacenta através do desfiladeiro para voltar ao local onde eu havia estacionado o carro, alcancei outro homem que havia feito exatamente a mesma coisa. Trocamos algumas palavras a respeito da ausência de neve alta e mudança de clima e estabelecemos que éramos almas afins, mas duvido que ele de fato desejasse conversar comigo mais do que eu desejava conversar com ele. Éramos rivais em certo sentido obscuro, assim como aliados, e os silêncios entre nós falavam no mínimo de forma tão eloqüente e profunda quanto as palavras que proferíamos. Cada um de nós estava igualmente ciente, após nosso longo e árduo dia solitário, de nossa irrelevância e transitoriedade, e da imutabilidade das montanhas sobre as quais havíamos estado, e sabíamos que em face de tais verdades nossas palavras careciam de sentido, eram mera poeira ao vento.

Ainda assim, neste momento, preciso tentar fazer com que elas signifiquem alguma coisa. Penso em John Muir, nascido em Dunbar, no litoral de East Lothian, que emigrou para a América do Norte e tornou-se o grande protetor das regiões inexploradas daquele continente, e em especial das montanhas da Califórnia. É possível abrir, quase aleatoriamente, qualquer um de seus livros e encontrar um bom motivo para ir às montanhas. Mais de meio século antes de MacDiarmid, Muir reconheceu em si próprio e na geologia do mundo as mesmas coisas que MacDiarmid, mas criou algo diferente e sagrado a partir delas. Para Muir, havia alívio e redenção onde MacDiarmid encontrou pedras sem compaixão. "A tendência atual de percorrer regiões selvagens é deliciosa de se ver", escreveu Muir. "Milhares de pessoas cansadas, com os nervos abalados, excessivamente educadas, estão começando a achar que ir para as montanhas é voltar para casa..."

Ah, sim, voltar para casa. A jornada que fiz para dentro de vocês, montanhas da Escócia, é exatamente isto: uma viagem de regresso a casa. Vou, desapareço por algum tempo, volto, tendo escalado ou não este ou aquele monte — e em ambos os casos estive, e ainda estou, voltando para casa. Deixei um bilhete para minha mulher sobre a mesa da cozinha, dizendo para onde estou indo, e ela confia em minha volta. Ela me ama tanto que permite que eu vá até você, ainda que isso a encha de preocupação, caso um dia você me retenha. Assim, retiro minhas botas, dou partida no carro e dirijo até que haja sinal telefônico, então paro à beira da estrada e ligo para ela. Estamos reunidos, novamente em contato. Quando voltar para casa, vou lhe contar os pormenores de meu dia; se vi ou não outra criatura, e quaisquer pequenos ou médios milagres que eu tenha porventura testemunhado. E em troca vou ouvir os pormenores de seu dia. Dez, talvez doze vezes por ano — o bastante, mas quase não o bastante — farei esta jornada, e é na verdade uma jornada de amor em ambas as direções. Mas a despeito de quantas vezes a realize, a despeito de quanto meu coração se acelere quando me ponho a caminho, a despeito de todas as palavras que escrevi aqui, sei que esta jornada não significa absolutamente nada para você. Para mim, por outro lado, voltar para casa à luz de uma grande lua amarela, sob as estrelas que despontam, com as quais você e suas rochas são unas, voltar para ela com quem sou uno significa tudo.

ETGAR KERET[12]

Parabéns para Você

O ônibus pára, o motorista lhe sorri, as janelas estão resplandecentes e há fartura de troco. Na fileira de assentos únicos à esquerda, o último está vago como se seu nome estivesse escrito nele, o seu preferido. O ônibus arranca, o sinal fica verde quando o veículo se aproxima e o sujeito que está descascando sementes de girassol recolhe as cascas em um saco de papel marrom.

O fiscal idoso não pede para ver seu bilhete, apenas toca o boné e, com voz bastante simpática, deseja-lhe um ótimo dia.

E será um ótimo dia. Porque é seu aniversário. Você é brilhante, é bonita e tem a vida toda pela frente. Mais quatro pontos e você vai dar sinal, e o motorista vai parar, apenas para você.

Você vai saltar do ônibus, ninguém a empurrará, e a porta não vai se fechar até que você tenha saltado. E o ônibus vai partir, os passageiros ficarão felizes por você e o sujeito das sementes de girassol vai ficar acenando até que você o perca de vista, sem motivo nenhum.

Quem precisa de motivo? É um aniversário, e nos aniversários coisas boas acontecem. E o cachorrinho correndo na sua direção agora vai abanar o rabo quando você o tocar. Até os cachorros conseguem reconhecer as datas especiais.

Em seu apartamento, as pessoas estarão esperando no escuro, atrás dos lindos móveis que vocês dois escolheram. Quando você abrir a porta, elas pularão e a surpreenderão. Exatamente como deve ser nas festas-surpresa.

Todas estarão lá, as pessoas que você amou. As que lhe são mais próximas e aquelas que significam muito. E levarão presentes que compraram ou inventaram elas mesmas. Presentes inspirados e coisas úteis também.

Os engraçados vão divertir, os inteligentes, instruir, até mesmo os deprimidos darão um sorriso sincero. A comida estará fantástica, e servirão morangos no topo do melhor milk-shake de baunilha da cidade.

Eles vão colocar um disco de Keith Jarrett para tocar e todos vão ouvir, vão colocar uma fita de Satie e ninguém ficará triste. E quem estiver desacompanhado não se sentirá sozinho essa noite, e ninguém vai perguntar "Leite ou creme?" porque a essa altura todos se conhecerão.

No final, todos vão partir e os que você queria que a beijassem irão beijá-la; os que você não queria simplesmente lhe apertarão a mão. E ele será o único a ficar, o homem com quem você vive, mais afetuoso e gentil do que nunca.

Se quiserem, vocês farão amor ou ele massageará seu corpo com óleo, comprado especialmente em uma antiga loja beduína. Você só precisa pedir e ele reduzirá a luz da luminária, e vocês vão se sentar abraçados, esperando o amanhecer.

E nessa noite mágica, eu também estarei presente, bebendo meu milk-shake de baunilha e exibindo um sorriso sincero. E, se você quiser, antes de partir — eu a beijarei. Se não quiser, apenas lhe apertarei a mão.

MANDY SAYER

Cara senhorita starling

Você não me viu este mês porque meu pai está me prendendo em casa para cuidar da minha irmã menor. Sinto falta dos meus amigos e do futebol depois da escola. Minha escrita está melhorando. Em casa nós não temos dissionário então não posso procurar as palavras como você mandou. Vivo fora da cidade na estrada velha dos eucaliptos casa cinza com o caminhão quebrado na frente. Mamãe disse que naci aqui porque saí muito rápido mas minha irmã naceu na cidade. Não fica muito lonje onde você mora. Nós não temos telefone. Mamãe dizia que é como nos antigamentes. As pessoas deviam de ser pobre antigamente igual que no cinema mas de verdade. Você podia visitar a gente um dia senhorita starling e eu podia mostrar os meus coelhos para você. Nós comemos eles mas nunca o Charlie. Ele é só meu e o pelo dele é castanho como o seu cabelo e bem macio. Ele dorme comigo na cama e nunca faz cocô quando dorme comigo. Se você visitasse a gente eu pudia mostrar a casa que eu fiz lá atrás. É numa árvore que mamãe chamava de figueira chorona. Num sei porque a figueira se chama assim porque a árvore não chora mas mamãe chorava muito. Asveis ela ia para a cidade para o hospital donde minha irmã naceu. Você disse para nós na aula para discrever as coisas pintando um quadro que a gente pode ver. Nós temos muitas outra árvore mas elas são muito altas para uma casa eucalipitos e o salgueiro perto do riinho e eu gosto de balançar nos galhos. Minha casa é feita com coisas que encontrei no rio e pedaços de madera e folha de metal e uma porta de carro enferrujada que se você roda a maçaneta a janela ainda desce. Eu finjo que é uma casa de verdade eu tenho prateleras pras minhas pedras e carros e uma xícara eu tenho água e batata frita nas prateleras. Tenho um cobertor e um travesseiro e Charlie gosta de subir pra cá. Você pode olhar pela janela e ver lá longe. Pode ver as montanhas roxa e a cachoeira e pode ver os morcegos das frutas no céu quando o sol baixa. Pode ver vacas e carneros comendo grama. Pode ver o rio lá atrás onde todo mundo atira os carros velhos. O alto da igreja na cidade, a torre como se chama. Você pode ver os tocos pretos dos incêndios nas florestas no morro no verão passado. Eles parecem sepulturas pequenas num cimitério. Todos os animais morreram no verão passado os morcegos as cobras as igoanas eu sei que eu encontrei eles depois que o fogo apagou eles estavam todos pretos e isfumaçados e eu enterrei. Daqui de cima você pode ver quem tá dirigindo lá na estrada para ir na sua casa e se for o carro do seu pai você pode até dizer se ele está bêbado pelo jeito que ele desvia pra todo lado e você pode se esconder dele muito antes dele chegar em casa. Menos na casa da árvore. Ele sabe procurar aqui. E lá em baixo na cabana detrás onde as galinhas põe os ovos. Um dia senhorita starling você deixou cair um lenço no pátio e eu peguei. Mais não tava sujo. Tinha o cheiro igual ao seu de frambuesa ou cereja como a cor vermelha. Ele tá aqui no meu bolso. Se você vier visitar a gente eu podia devolver ele pra você. Eu podia dar ovos frescos pra você eu e papai temos muitos. Papai mata os cangurus e se você gostar da pele eu também podia dar uma. Ele vende as peles prum homem em brisbane e diz que ganha muito dinheiro mas eu não acho a não ser que ele esteja enconomizando pra alguma coisa que eu não sei como um telefone talvez. Papai diz que de qualquer jeito tem muito canguru e é por isso que ele mata. Você parece um pouco com a minha mãe antes dela parar de respirar. O cabelo dela é castanho igual o seu. Todos os vistidos dela ainda tão aqui e aposto como eles cabem em você. Mas você inda é mais bonita que ela. Como alguém no cinema ou na televisão. Como a tracey da novela. Quando papai sai pra matar canguru eu asisto tevê. Quando minha irmãzinha chora eu dou batata frita para ela. Ela faz mais cocô do que Charlie e papai me faz limpar. Desde que mamãe foi imbora ninguém vem mais visitar a gente. De noite o vento é muito alto e eu fico com medo. Mais alto do que quando papai ronca. Mais alto do que quando ele bate na parede. A polícia veio aqui três vezes mas eles nunca descubriram o que aconteceu de verdade. Eu nunca disse uma palavra. Minha irmãzinha num fala só gu gu da da de neném e chora muito. Papai disse que se eu contasse a alguém a mesma coisa ia acontecer cumigo e ninguém nunca ia sentir a minha falta. Você ia sentir a minha falta Senhorita Starling. Ia dizer pra polícia que eu parti. Minha irmãzinha ia sentir a minha falta mas ela não sabe falar. Quando você vier visitar a gente nós podemos assistir Oprah e você pode aprender de que jeito perder cinco quilos em duas semana e ser normal como o dotor phil. E como viver como uma artista de cinema mesmo se você não tem dinheiro. Você pode experimentar os vestidos da minha mãe e os sapatos dela são tamanho 40. Eles iam caber em você senhorita starling e você pode levar eles todos. Ela tinha uma casaco de pele mas ela me disse que não era de verdade mas você pode ficar com ele também se quizer. Papai disse que foi tudo culpa minha e que foi porisso que ele fez o que fez com ela. Quando os homens da escola vieram aqui ele disse que eu estava doente e era porisso que eu num tava indo a escola. Eu tive que fingir que tava doente e tive que tussir muito. Papai me disse que se eu não tussisse muito na frente dos homens ele ia dá uma correiada bem forte. Senhorita starling você é minha professora preferida no mundo todo. Quando você estava no jornal no outro dia por causa do seu prêmio eu cortei sua foto e colei na parede da minha casa na árvore você pode ver quando vier me visitar. Asveis eu finjo que a foto é de verdade e você já tá aqui e você e eu tamos conversando e se divertindo. Você tá vistida com o vistido verde e o sapato da minha mãe e usando os brincos dela de ouro de verdade. Num tem mais ninguém aqui só nós nem minha irmãzinha. Estamos asistindo Oprah e comendo batata frita. Estamos rindo dos desenhos e então você me abraça e eu começo a ficar todo quente. Sei onde você mora senhorita starling é na casa rosa em mundays farm eu segui você depois da escola um dia e vi você andando de camizola na cozinha. Você tava muito bonita de camizola era curta e vi mais do que os seus juelhos. Você não tem marido senhorita starling eu sei porque eu não vi homem aí. Você fica sozinha sem marido. Amanhã vou jogar essa carta dentro da sua caixa de correio rosa e esperar até depois da aula e ver da árvore outra vez você ler e se eu ver você rir eu sei que você vai vim. Por favor por favor vem logo senhorita starling. Tamos esperando você. É a casa cinza com o caminhão quebrado na frente. Só tem ela na estrada dos eucaliptos. Vem antes de escurecer antes de papai chegar em casa porque ele vai ficar louco se ver você aqui. Minha mãe agora ta parecendo um coelho de pele estragada e ta começando a feder mais que antes no porão mas por favor num diga a ninguém sinão eu to ferrado.

Até logo
Ian Bromley

MIGUEL SANCHES NETO

Querida J.

Tudo vem com a distância. Juntos, pela casa, muitas vezes nem nos vemos, cada um se esgueirando pelas sombras de cômodos que conhecemos tão bem, em rotinas que nos salvam do desespero. Você, em seu pequeno escritório, desenhando mais um projeto para casais que ignoro, mas sobre os quais você fala como se fossem íntimos, Preciso terminar o quarto da Andréia, e eu concordo e aprovo o projeto, que você me mostra na tela do computador ou em folhas impressas, sem na verdade distinguir este de outros, o quarto de casal de uma sala de tevê, porque estou ali e não estou. E você aceita minha ausência, sabendo que ando perdido em um novo livro, que escrevo ou que leio, e que não habito esta casa no tempo de hoje, eu, o eterno ausente, e então você me perdoa e continua suas tarefas. Mas quando termino um de meus textos, corro para você e leio as linhas que me custaram tanto, e você ouve tudo atenta, e acaba sempre elogiando. Assim tem sido feita a vida conjugal nestas duas décadas.

Quase já não falamos, e quando falamos é para concordar. E ao reagir sobre algo que nos atinge, pronunciamos juntos a mesma frase, e depois rimos desta coincidência, e um de nós logo exclama: Também, são vinte anos! Assim concluindo que dois não somos, apenas um, não porque ainda tenhamos a gana de viver colados, corpos sempre nus, mas porque o que pensamos, as palavras que saem de nossas bocas, nosso jeito de puxar a cadeira na hora de nos sentarmos à mesa, o ponto da carne assada, o tempero da salada, a hora de dormir e de acordar, tudo virou tão idêntico que não sei o que sou eu, o que é você, e vem a sensação de que nos tornamos apenas um único indivíduo dividido em dois corpos. E mesmo esta diferença física vai se desgastando e em breve também seremos, na aparência e não só nos hábitos, faces gêmeas.

Por isso, quando estamos juntos, nós nos afastamos. Para que cada um não se anule por completo e possa tentar uma independência mínima. Se você está vendo tevê, leio na cadeira de balanço do quarto. Se como uma fruta no jardim, você folheia uma revista na sala de leitura. Separados na mesma casa, mas separados amorosamente. Quando nos encontramos, mesmo sendo na cozinha, na hora de preparar um suco, um sanduíche, uma salada, nós nos beijamos com a intensidade de outrora. Mas tudo é rápido. O filho exige atenção. A filha quer mostrar algo na internet. E o beijo roubado é a preparação para a noite, quando, à cama posta, nossos corpos se saciam de uma fome que fim nunca tem.

Você então me diz que ando muito solitário, Melhor sair um pouco. Minha primeira reação é de protesto. Minha pátria é onde estão meus livros. E você se ofende, carinhosamente: E nós, o que somos? Então respondo: Meu exílio. E rimos da velha piada, pois estar casado é se encantar com o mesmo.

Quando saímos para comer fora, peço meus pratos prediletos. E você reclama, Por que não experimentar algo diferente? Porque sou o protótipo do marido conformado. E, se você se oferece para preparar um almoço especial e me consulta sobre o cardápio, sugiro invariavelmente quibe assado. Criança que não quer o último lançamento do cinema, mas rever pela centésima vez o seu filme amado. Assim somos, reprise de um filme. O mesmo caminho percorrido todos os dias no jardim.

E quando surge uma viagem de trabalho, você faz minha mala como se preparasse o enxoval para o noivo. As cuecas mais brancas. Camisas em quantidades exageradas. Calças de várias cores. Sapatos. Tênis. Calções e camisetas para caminhadas. Tudo numa ordem que para mim parece impossível. E parto com o peso de seus cuidados. E na despedida você me desafia: Divirta-se um pouco. É este o propósito. Visitarei amigos, eu que vivo tão longe de tudo. E encontrarei mulheres lindas, e me inebriarei com seus perfumes, suas resinas, entregando-me à vertigem. Saio para buscar amigos e mulheres, para ver a vida, para beber de outros lábios as palavras mais lascivas.

E antes de chegar ao destino, quando ainda estou a caminho, começo a procurá-las. Uma que se senta ao lado tem seios altivos e não consigo tirar meus olhos deles. Outra que passou com uma mala de rodinhas tem ancas generosas, que acompanho até a perder de vista. E uma senhora com o marido aparece na sala de embarque e estende a todos uns olhos azuis que são uma manhã de domingo. E nestes fragmentos da mulher, vou conjugando um desejo silencioso. Tarado enrustido que comete todos os crimes, sigo estuprando jovens senhoras com meus olhos de assaltante.

E é atormentado que passo os dias de ausência, quando tudo o que quero é uma mulher que ensine uma outra geografia que eu possa percorrer como um refugiado sem memória da pátria. E quando enfim encontro uma mulher que aceite meu desespero, uma fêmea que contra meu peito aperte os seios, que me beije a face com lábios úmidos e me acaricie o braço com dedos de veludo, me anunciando outra maciez, quando o corpo que agora desejo mais do que tudo nesta vida se revela não promessa longínqua mas terra vizinha, quando isso se concretiza eu começo a sentir nostalgia de meus campos, e aos poucos o que era belo, o que era pura energia, luz da manhã, canteiro de morangos, chuva primaveril, o que era dança e magia, embriaguez e desvario súbito murcha e me vem a melancolia de saber que este momento será efêmero, não durará mais do que o tempo de me saciar, e então fujo, não da mulher que sinalizou uma entrega, mas da falsa descoberta. Depois do breve reconhecimento do corpo dela, nada encontrarei que me prenda, não haverá pontos de coincidência. Tudo que era febre acabará com a água de um chuveiro que não saberei regular.

Por isso me antecipo. Volto sozinho para o quarto de hotel, para a roupa de cama alugada, para os breves dias de inquilino, e me deito sobre a colcha, sem tirar a roupa, e me manuseio em homenagem à fêmea que descartei. A memória tão fresca de seus encantos, que me anunciava delícias tantas, serve para o primeiro entusiasmo, mas aos poucos vão surgindo, querida, a sua face, o seu corpo com as marcas em que me reconheço, o seu cheiro de fruta guardada na gaveta, e os seus gemidos sufocados para não acordar nossos filhos, e é só com sua imagem que me deleito quando, vencido, me viro sobre meu próprio visgo. E o quarto que era país estrangeiro, língua de exílio, mar bravio, ganha contornos domésticos.

E, por maior que seja a distância, ela se desfaz. Embolo minhas roupas, enfio tudo na mala, jogo fora papéis que me deram, cartões de visita dos novos amigos, e saio sem me despedir da cidade. Apesar de suas ruas movimentadas, dos prédios, da paisagem exuberante e de tudo mais, esta não é minha terra. E com um sorriso implícito sigo para o aeroporto e rapidamente despacho minha mala, sentindo inveja por ela ter começado antes de mim a viagem de volta, que agora inicio ao imaginar esta carta.

Já estou chegando, minha amada.

M.

JEANETTE WINTERSON

Meu Amor,

Eis as fotografias:

1) *Veneza. O Lido. Hotel des Bains. Março.*
Sol brilhando. Sem sapatos e meias. Esta sou eu, caminhando à beira-mar. Peixinhos transparentes se aqueciam entre a superfície da água e o fundo do mar estriado e repleto de conchas. Sou igual a peixe quando sai o sol, me aventuro, quase no alto, mas estenda a mão e desapareço.

O Hotel des Bains, fechado para reformas, o relógio parado, as plantas secas e crestadas nos vasos. Gosto da impressão que causa esta foto, de desgaste e extemporaneidade.

Você está deitada, seu corpo como um parasita solar, escurecendo gradualmente. Entrei em cena, pensando em Thomas Mann e em um livro a respeito de uma mulher com pés palmados. Esta é uma cidade inventada, inconstante, improvável, desejada porque não existe — ou o que existe pode ser alterado, reescrito, melhorado, e ninguém jamais descobriu o que ela realmente é, seu ser absoluto. Não existe tal coisa.

Como o amor.

Dei meia-volta; o Hotel havia desaparecido. Um pescador ergueu a mão na minha direção. Você havia partido. Não existe fotografia nenhuma.

2) *Veneza. Dorsoduro.*
Aqui estamos nós, procurando um café com uma mesa vazia em uma praça vazia. Encontramos, não foi? Nos sentimos vitoriosas. Aqui estamos nós sentadas, os pardais vindo comer nosso pão, você despejando o vinho de um jarro embaçado de

tão gelado, o vinho dentro dele cintilando à medida que o sol o penetra. Essas ocasiões controlam minha mente como uma concha capturada em uma rede.

3) *Veneza. Fondamenta Nuova. Noite.*
Aqui está você, na sombra, andando rápido contra o frio que sai da lagoa, o frio desenhando formas que se assemelham a espíritos. Fomos a uma taverna em miniatura, apenas um ambiente, que servia vinho tinto de barril, e atum e cebolas sobre quadrados de pão. Dei um pouco de atum a um gato escondido sob uma coberta de lona. E perguntei: "Você vai ficar comigo?"

Você não respondeu. Você nunca responde.

Bati esta foto sua quando você estava de costas.

4) *Pensione Seguso. Nosso quarto. Cama com armação de ferro. Armário. Pia.*
Você roncava sobre a cama de ferro enquanto eu me mantinha acordada, observando a luz dos barcos refletida nas torneiras cromadas da pia. Levantei, percorri o corredor na direção do banheiro, grande e velho, aquecedores de ferro, banheira de ferro. Este lugar nunca foi reformado. Tudo é de ferro.

Sentei no vaso no escuro e pensei em apanhar uma maleta, desaparecer, pegar um barco para Atenas, mudar de nome, nunca mais voltar. No final das contas, depois da surpresa inicial, que diferença faria?

No quarto, você dormia. Deitei e cruzei a fronteira. Você estendeu um braço, uma península de sua casa insular na direção da minha. Algumas vezes consigo acreditar que você está presente, e que estou presente com você, no mesmo lugar, mas isso é tão tentador e impossível quanto esta cidade, que pode ser visitada, mas não conhecida, que é habitada, mas por outros.

5) *O Zattere. Alvorada.*
A cidade volta à vida com o ruído dos motores de popa navegando na direção dos cais e as vozes dos homens descarre-

gando caixotes e, depois, os carrinhos rodando para cima e para baixo nas pontes, transportando aqua minerale e cerveja, massa e tomates enlatados.

Tirei esta foto — pura Veneza — pensando no amor.

Se você me amasse, esse momento não seria em nada diferente. Se não me amasse, ele teria a mesma aparência, mas interpreto a cena através do seu amor ou não por mim, como se o amor fosse uma tradução da vida.

Talvez seja. De que outra forma interpretá-la? De que outra forma descrevê-la? Estamos sempre interpretando o que vemos e então, mais tarde, tornando a descrever; talvez seja melhor reconhecer nossas invenções do que, ao contrário, simular.

Veja, lá está Aschenbach seguindo Tadzio, com a sensação pela primeira vez na vida de algo que nunca foi capaz de expressar. Veja, há uma mulher caminhando sobre a água, o que, para ela ao menos, é mais fácil do que estar apaixonada.

6) *Malas no embarcadouro do Ca' Rezzonico.*
Dois Bellinis[13] — não as pinturas —, depois uma viagem de barco ao aeroporto. No outro lado, seguimos caminhos separados, sempre o fazemos. Estou aqui com visto de turista.

Ainda assim, com tudo isso, nos damos bem de muitas maneiras. A impermanência é humana e, não importa o quanto a ocultemos, tudo que fazemos é temporário; então, por que as palavras para sempre significam tanto? Por que não aceitar que sou turista aqui e jamais pedir direito de residência?

Mas preciso viver em algum lugar.

6b) *Cartão-postal de George Bush com uma flecha atravessada na cabeça.*
Lá fora, o mundo que não posso controlar está escrevendo um conto de fadas tenebroso de super-heróis brancos e fanáticos de rosto moreno, grotescos personagens de histórias em quadrinhos.

Esta é a Guerra contra o Terror, a batalha por tudo que é belo e bom, a não ser pelo fato de que cada um acredita em seu próprio belo e bom e destruirá todo o resto — tudo, em nome disso.

Chegam os aviões — o noticiário na TV é pura destruição. O Pentágono está gastando US$ 650 bilhões por ano nas forças armadas. Seu orçamento de ajuda à África é de US$ 4,5 bilhões.

É muito dinheiro para explodir muitos lares. Em breve seremos todos sem-teto.

E então, enquanto me dizem que o pequeno e o particular não importam, e este é o palco da vida no qual estamos representando, quero saber qual lugar posso chamar de lar, a não ser com você.

Estou fazendo o meu melhor com as grandes questões, mas tenho também uma pequena:

"Você me ama?"

7) *Perto do Hotel Accademia. Noite. Nosso bar favorito.*
Lá está o homem que pediu você em casamento. Ele ao menos pagou um prosecco para nós duas. Na loja vizinha uma mulher está comprando fatias de prosciutto crudo e azeitonas pretas. Um garoto com um cachorro está correndo atrás da irmã de bicicleta.

As luzes se acendem, espalhando amarelo pelos canais e lançando sombras nas calçadas. As pessoas caminham de braços dados, conversando bem-humoradas, guardando seu jantar em bolsas de pano, procurando um lugar para comer.

Nós bebemos, caminhamos, sempre na retaguarda, sempre longe do conhecido. Encontramos bares com tamanho suficiente para oito e nos comprimimos para caberem dez. Comemos onde não existem cardápios.

8) *Natureza morta com brotos.*
A mulher na cucina nos disse para comermos alcachofras com raddichio. Foi o que fizemos, o que resultou em couves-de-bruxelas cortadas ao meio e cobertas com parmesão e azeite de oliva.

9) *Ponto do Vaporetto — Saluti.*
Estamos de casaco amontoadas no meio, esperando pela sacudidela na direção da parada e pela abertura da cancela de metal e a corda lançada sobre o mourão.

Você me pediu para tirar esta foto do barqueiro porque disse que ele se parecia com Jesus.

Dois americanos estão filmando a cena para que possam mostrá-la aos amigos em casa. Mas não haverá nada para mostrar. Logo que é deixada para trás, há apenas a Veneza Disney, um plágio, uma simulação, uma atração turística. Esteja aqui, e ainda é possível descobrir a cidade, mas você não pode levá-la para casa com você. Veneza é uma cidade quântica, o gato de Schrödinger de um mapa, ao mesmo tempo morta e viva, verdadeira e falsa, sólida e líquida, permanente e extinta.

Como nós.

Como o amor.

10) *Mercado de Peixe. Rialto. Noite.*
Dois meninos tocando tambor com mãos que se movem tão rápido que se tornam borrões. Um homem sentado a uma mesa vendendo entradas para um concerto esta noite. Um mafioso no celular: casaco de pêlo de camelo, jeans Armani justo, sapatos Berlutti, óculos escuros. Um táxi aquático surge rugindo do nada e o recolhe.

Você se volta na minha direção, sorrindo. Gosto desta foto.

11) *Frari. A noite do eclipse.*
Metade da lua já se acha encoberta pelo sol que tinge sua superfície esbranquiçada de um tom acobreado, como um prato com entalhes. Céu noturno. Lua de cobre.

Um indivíduo japonês tirou esta foto nossa de mãos dadas.

Seus dedos são fortes. Você é boa para abrir potes de geléia. O pórtico que nossos dedos formam juntos é a entrada para um castelo particular, a fortaleza que às vezes partilhamos, quando o mundo está do lado de fora. Mas para ambas é um segundo lar.

Veja a lua, serena e bela, impassível ante a bandeira plantada em sua superfície. Ela não será tão fácil de colonizar, e me pergunto por que procuramos possuir novos mundos quando cuidamos tão pouco do que temos.

Talvez eu devesse me fazer esta pergunta, e você também. Quando destruímos uma à outra aos olhos uma da outra, nós simplesmente vamos para outro lugar? É a moda, é quase a regra. Por que cuidar do que se tem, se é possível estragá-lo e comprar um novo?

Mas não podemos viver na lua, e podemos viver aqui na terra. Não quero espaço especulativo; quero estar com você.

É tarde. Sem nada dizer vamos para a cama e fazemos amor, fingindo que estamos juntas — ou fingindo que estamos separadas?

12) *Veneza. Diversos.*

Esta é uma cidade antiga, construída para durar, não para ser continuamente destruída e reconstruída. Quero morar nesta cidade, não muito longe da floresta nem do mar, e quero chamá-la por seu nome.

Eis o gato que protegemos — magro e afilado como uma lâmina de quatro patas.

Eis você, de pé diante da Prada, parecendo satisfeita consigo mesma porque comprou uma saia nova.

Eis aquela foto minha comprando camarões do tamanho do meu antebraço.

Aqui sou eu outra vez, vestindo vermelho. Pareço uma garrafa de Campari Soda.

Aqui estão aqueles cartões-postais antigos que você queria. Guardei-os em minha bagagem por engano. *Veneza — 1945.* Na Segunda Guerra Mundial, houve um acordo para que Veneza não fosse bombardeada. A cidade não poderia ser substituída. Muitas outras coisas que não podiam ser substituídas foram bombardeadas, mas seja como for as substituímos. Desde então, a estratégia preferida, pública e privada, é bombardear e substituir.

Como nós.

Como o amor.

13) *O barco para Atenas visto da nossa janela.*
Eis a nossa vista, que vai até Giudecca, onde navios do tamanho de cidades passam a caminho de portos fantásticos e desconhecidos — Atlântida, Bizâncio, Cálcis.

Aqui está o navio, bloqueando tudo. Tudo! Você se lembra de como acordamos no meio da noite — acho que pouco antes do amanhecer, nas primeiras horas da madrugada?

O quarto tremia da vibração e do ruído, como se sob as pegadas e debaixo de algum animal há muito extinto. Fui até a janela, e lá estava o navio avançando devagar; o convés aceso, o casco às escuras, bloqueando qualquer visão a não ser a sua própria. Parou com um ligeiro giro, como sempre acontece, para marcar seu adeus à cidade.

Voltei para a cama, não consegui dormir, porque todos os navios de tamanho considerável que carregam meus pesadelos rastreiam este canal e param por um momento a fim de que a pequena figura na pequena janela possa vê-los antes que passem, sabendo que eles vão girar e tornar a girar, alguma outra noite às primeiras horas da madrugada.

14) *O Museu Guggenheim.*
Nosso museu favorito. Proibido fotografar. Tirei esta foto do jardim quando você estava diante das longas janelas abertas, parecendo pensativa e feliz. Perguntei-me o que eu estaria pensando se a tivesse visto ali, uma desconhecida. Esta é a fotografia de uma desconhecida, batida de improviso.

15) *Você de pé ao lado do leão no Arsenale.*
Esta é sua imitação do leão, e é surpreendentemente boa. A boca está perfeita. Depois que bati esta foto, sentamos e comemos pizza enquanto você desenhava o leão no seu guardanapo de papel. Estávamos felizes nesse dia, e próximas.

E se eu lhe disser que estou feliz por tudo que fizemos juntas, e triste porque não estaremos aqui juntas pelos próximos quarenta anos, rindo de uma foto sua desbotada imitando um leão, ela tendo envelhecido bem, você nem tanto, à medida que perduramos incrivelmente velhas, em uma cidade que entende o espírito necessário para ser velho, para ser belo, para ser muito contemplado, para ser autêntico, para quase nunca ser capturado, ter um passado, estar contente, ter visto muito, ter persistido, ter continuado...

Fique com as fotos.

MICHEL FABER

Meu queridíssimo John,

Não é fácil, com meu parco inglês, descrever a alegria quando uma carta com seus selos postais americanos chega à minha caixa de correio. É a caixa de correio mais feliz e satisfeita, posso lhe garantir! E, nas últimas vezes, a alegria tornou-se mais profunda porque sei que o tempo que falta para nos encontrarmos diminui a cada dia.

Contei tantas coisas a meu respeito e tantas outras coisas não contei! É inimaginável quantos mistérios persistem mesmo na mente, alma e coração de duas pessoas que tentaram com todo o empenho conquistar o máximo de intimidade. Por exemplo, você já sabe de que forma gosto de ser tocada por um homem, e em que partes da minha pele, e com quanta força e delicadeza, mas você já sabe alguma coisa a respeito de minha avó ou meu avô? Acho pouco provável. Eles vivem em uma cidade pequena a cerca de noventa quilômetros de Odessa. Foi lá que passei minha infância. Para além do povoado há uma floresta com grande fartura de frutos. Nós os colhemos e fazemos geléia e cogumelos em conserva. É muito gostoso. Fale-me mais a respeito de sua família e seu trabalho, John. Você gosta dele? Quando estivermos juntos abraçados, não quero gastar nossos preciosos minutos com coisas tão triviais.

Esperamos tanto tempo que mal posso esperar para vê-lo, e estou preocupada com tudo. Mas confio em você com toda a fé que me foi dada por Deus e por suas próprias palavras carinhosas. Meu querido, tenho excelentes novidades! A passagem de avião já foi comprada e agora está segura em minha casa. Preciso tocá-la centenas de vezes ao dia, acariciá-la, para o caso de ela de repente não ser real! Só quando estiver finalmente junto de você serei capaz de mostrar minha gratidão pelo dinheiro que você enviou e as possibilidades que se abriram com isso. Você vai descobrir quão poderoso pode ser o amor de uma mulher que foi resgatada de águas profundas! Porque, antes de conhecê-lo, eu estava me afogando em minha vida atribulada. Mas agora estou "me afogando" no amor por você!

A bem da verdade, tenho andado doente nos últimos dias. O tempo aqui esteve muito gelado. Fiquei com febre e gripada, e por algum tempo me senti fraca e incapaz de me mover. Mas estou me recuperando rápido — porque sou jovem, acho! Quando terminar de escrever esta carta, pretendo tomar um banho quente com sal medicinal. Vai melhorar minha saúde, mas, além disso, como "efeito colateral", torna minha pele muito delicada e macia. Macia para você!

Agora que se aproxima a hora de estarmos juntos, me dou conta de que há muitas coisas a serem providenciadas. Possuo muitas roupas deliberadamente escolhidas para cobrir minhas formas, nas medidas exatas do meu corpo. Você viu fotos minhas dentro delas, eu sei. Você me perguntou como é possível para uma garota de um país pobre como a Ucrânia comprar roupas tão lindas, e eu lhe informei que, dessa forma, demonstramos o orgulho que sentimos de nós mesmos, ainda que careçamos de outras coisas necessárias. Mas de repente me dei conta, meu caro John, de que não tenho malas para levar essas roupas para nosso novo lar nos EUA! Porque nunca atravessei as fronteiras de meu país! Por isso, preciso suplicar que você, por favor, torne possível que tenhamos uma união sem problemas nem "dores de cabeça". Infelizmente, desta vez você não pode usar a conta bancária de minha mãe. Ela está com um pouco de inveja de mim, acho, por minha sorte de ter encontrado um homem tão maravilhoso como você. Uma mãe deveria desejar sempre os melhores desfechos para a filha, portanto essa inveja me magoa um pouquinho, mas em defesa dela devo dizer que é difícil para um homem do Ocidente imaginar a opressão sobre as mulheres em países como o nosso. Lembro que você discutiu em uma de suas cartas (por favor, POR FAVOR me mande mais cartas, querido — para mim elas são como néctar em uma sobremesa!), você disse que era extraordinário o fato de que em nosso país todas as mulheres jovens são muito bem-proporcionadas e lindas, e que todas as de meia-idade são disformes e feias. E você ficou confuso; quando isso acontece, essa mudança? Porque na América as mulheres se mantêm em forma e perdem a beleza devagar. Bem, isso ocorre porque a vida em nosso país é muito ruim. Apenas durante uma quantidade limitada de anos uma jovem consegue combater os ataques de uma vida difícil. É como um cerco que dura eternamente. Chega uma hora em que a jovem não consegue lutar mais e então os anos de coisas ruins desabam sobre ela e a destroem. Mas eu não serei destruída, meu querido, porque você veio em meu socorro! Obrigada, obrigada, obrigada, meu homem mais que maravilhoso! Meu herói!

Mas eu estava falando da minha mãe. Ela diz que devo viajar apenas com as roupas do corpo, e não chorar nem criar muita confusão por deixar todos os meus lindos vestidos, roupas íntimas e sapatos que acumulei com tanto amor e sacrifício. Então discuti isso com meu tio, que entende melhor meu coração. Ele me propôs que usasse a conta bancária dele para que você me envie algum dinheiro para as malas e outras bagagens. Tenho certeza de que 500 dólares devem ser suficientes. O nome de meu tio é Dmitri Morozov. As informações bancárias que você precisa usar são estas — FAVORECIDO: MOROZOV DMITRI GR 671134 CONTA: 939011008837002 BANCO DO FAVORECIDO: COMMERCIAL BANK "PRIVATBANK" 9c, Serova-Naberezhnaya, 40907 Dnepropetrovsk, UCRÂNIA. Todos os outros detalhes serão os mesmos de antes.

Agradeço seu apoio e suas palavras gentis — eu agradeço por ser VOCÊ! Sei que quando estivermos juntos iremos sempre cuidar um do outro e ajudar um ao outro em todas as provações da vida. Estou tão excitada, nervosa, feliz, maravilhada e preocupada às vésperas de nos encontrarmos... Está vendo, meus sentimentos são muito conflituosos! Mas o principal e mais forte sentimento é a excitação!! Novamente preciso acariciar a passagem! E meu passaporte, que lamento ter lhe custado tanto dinheiro. Ai de mim, a corrupção na Ucrânia não tem limites. Será um bendito alívio deixar para trás um país com tanta falsidade e ganância, e ir para os EUA. Ainda acho difícil de acreditar que seja verdade, esse nosso futuro... É um milagre e você é um milagreiro. Cada vez que o desejo, cai uma estrela do céu. Portanto, se você olhar para o céu e achá-lo escuro sem estrelas, a culpa é toda sua. Você me faz desejá-lo tanto assim!

Tive um sonho maravilhoso com você na noite passada, meu querido. Estávamos sentados diante de uma lareira quente, em uma cabana de madeira, no meio de uma nevasca cruel. Uma manta de lã nos envolvia para esquentar. Sua pele era tão macia e cheirava tão bem, olhei em seus olhos e vi o Paraíso dentro deles. Então você adormeceu e o observei dormindo, deixei você bem agasalhado na lã de ovelha e fiquei a noite toda sentada ao lado do fogo, mantendo a chama acesa. Meu objetivo agora é transformar esse sonho em realidade.

Envio-lhe meus doces beijos e abraços apertados...

Svetlana (Sveta) (Gatinha)

HISHAM MATAR

Nori al-Alfi,
a/c Daleswick College,
Greystoke, Inglaterra

Mona al-Alfi,
21 Fairouz Street,
Zamalek,
Cairo, Egito

29 de outubro de 1978

Linda Mona,

Ontem foi meu aniversário. Hoje é o primeiro dia dos meus catorze anos recém-feitos. É estranho pensar que só terei treze anos uma vez, como só tive doze, onze, dez uma vez, para nunca mais. Não posso dizer que sinta qualquer diferença, mas desconfio que esteja ainda mais alto desde o verão. Você vai ficar surpresa com o quanto estou crescendo rápido. Logo vou estar mais alto que você.

Faz seis semanas desde a última vez em que estivemos juntos, exatamente 43 dias. Ainda consigo lembrar como minha garganta se apertava à medida que nos aproximávamos do aeroporto do Cairo de manhã cedo, ao tentar cumprir minha promessa de não chorar. Por que todas as coisas horríveis precisam acontecer de manhã? Meus pés ainda estão mais morenos em volta das marcas das tiras das minhas sandálias de verão. Agora está tão frio que preciso vestir um par de meias por cima do outro, e mesmo assim meus dedos congelam. Você está certa; a Inglaterra está deixando minha pele cor de alho.

Alexei, o garoto alemão com quem divido o quarto, é um ano mais velho que eu e me disse que virou homem lá pela metade dos treze anos. Ele me falou sobre uma coisa chamada sonhos molhados. Ele diz que são maravilhosos. Quando perguntei a ele se as garotas têm sonhos molhados ele disse que não sabia, mas desconfiava que não; por isso, não faço a menor idéia se você sabe o que são sonhos molhados e se também acha que são maravilhosos.

Foi fantástico ver papai ontem. Ele veio de avião de Genebra só para passar o dia comigo. Conseguiu convencer o velho teimoso do Sr. Galbraith, meu inspetor, a me deixar faltar à escola por eu ser o "Sr. Aniversariante". Foi o que papai disse. Você está certa; ele consegue convencer qualquer pessoa de qualquer coisa. É um conversador fantástico. Foi uma enorme surpresa: no meio da aula da manhã, o Sr. Galbraith entra e quem está atrás dele, envolto em casaco e cachecol, é nada mais nada menos que papai. Quase chorei. Sei que você fica me dizendo para parar de ser triste, que preciso tomar cuidado com minha tristeza, mas não sei por que surpresas como esta me fazem ficar triste, tão triste quanto feliz. Vi os outros garotos se torcerem de inveja quando papai me levou embora. Recebi permissão de faltar até mesmo a hora de estudo noturna, e então fui dispensado de entregar meus deveres no dia seguinte. Só precisei voltar mais ou menos quando as luzes se apagam. Que curtição ir embora no carro de papai. Foi maravilhoso sentar no estofamento de couro macio e quente por todo o caminho até Londres, especialmente por saber que ainda deveria estar sentado na dura carteira de madeira diante do quadro-negro. Quando nos afastamos, tive esperanças de que, por algum milagre, eu nunca mais tivesse de voltar a este lugar frio. Papai me deixou escolher a música no rádio. Foi maravilhoso, mas teria sido o paraíso se você estivesse lá.

Espero que você goste do casaco novo. Papai contou que fui eu que vi primeiro? Espero que sim. Mas ele pode não ter contado porque, quando as pessoas compram um presente para alguém, gostam que este alguém pense que foi tudo idéia delas. Mas, acredite, vi o casaco primeiro na vitrine da Annabell's, a loja da qual você gosta na South Molton Street, e também fui eu quem o convenceu a comprá-lo, embora fosse "horrendamente" caro. Não sei quanto custou, mas os olhos de papai se arregalaram quando ele examinou a etiqueta com o preço e disse: "É horrendamente caro." Quando lhe perguntei qual o significado exato dessa palavra, ele declarou que horrendamente era igual a extremamente. Aí eu disse: "Então você precisa comprá-lo porque Mama Mona é extremamente e horrendamente linda." (Chamei-a de Mama Mona por insistência dele, como você sabe.) Isso o fez rir e ele levou o casaco à caixa. De qualquer forma, espero que você goste. Mal posso esperar para vê-la com ele, seu cabelo enroscado no alto como sempre, como uma atriz de filme antigo.

São quase 10h30 agora, hora de apagarem as luzes. Posso ouvir as fortes pisadas do Sr. Galbraith aproximando-se pelo corredor comprido, certificando-se de que os dois meninos em cada quarto estejam de pijama e sob as cobertas. Aqui é frio demais. O que me leva ao seu lindo presente. Os pijamas são perfeitos. Abu Muftah é o melhor alfaiate do Cairo, você não concorda? Ao menos nos pijamas ele é. Por favor, diga-lhe que eles ficaram ótimos. O tecido é tão macio, quente e confortável que vestir um deles é quase como estar nos seus braços. De todos, foi o meu presente de aniversário preferido. Estou tão agradecido que Deus tenha me dado uma madrasta tão linda. Não olho para a foto de mamãe há pelo menos um ano agora. Antes de você se casar com papai, eu costumava guardá-la no bolso. Fiquei tão feliz quando você finalmente se casou com papai, não apenas porque significava que você viria morar conosco, mas também porque agora você e eu temos o mesmo sobrenome.

Preciso parar. O Sr. Galbraith está prestes a abrir a porta, apagar a luz e dizer o que sempre diz toda noite e toda manhã: "Boa noite, meninas. Bom dia, meninas." Ele acha que está sendo engraçado. Ele está aqui, tchau.

Depois que o Sr. Galbraith saiu, Alexei e eu ficamos deitados no escuro conversando, como fazemos de vez em quando. Pedi-lhe que me dissesse o que eu veria em um sonho molhado e ele disse que eu veria a mulher dos meus sonhos, a mulher com quem vou me casar algum dia. Não consegui mais dormir depois disso. E muito tempo depois que havíamos parado de conversar, tive de acordá-lo para pedir emprestada a sua caneta-lanterna, que ele e eu chamamos de caneta de James Bond, para poder continuar a escrever debaixo das cobertas. Preciso ter cuidado porque a esta hora o Sr. Galbraith leva o cachorro dele, Jackson, para passear nos terrenos atrás da casa. Ele não pode ver a luz.

Às vezes, como agora, sinto tantas saudades suas que alguma coisa dentro do meu peito dói. Quando não consigo dormir, ou se acordo no escuro por causa de algum sonho ruim, digo seu nome várias vezes em minha cabeça. Fecho os olhos e tento ver seus olhos, ouvir sua voz, sentir o cheiro de seu pescoço.

Vou voltar ao meu aniversário com papai. Comemos em seu restaurante favorito, o Clarisse's. Eu o escolhi porque sabia que era o que você teria feito. Você está certa; eles fazem o melhor fondue de queijo de Londres. E você também está certa quando diz que nenhum lugar é tão bom quanto o Café du Soleil em Genebra. Mal posso esperar para irmos juntos até lá em dezembro. Estou contando os dias, 48 a partir de hoje. Mas fiquei arrasado quando papai me contou que eu só passaria uma semana com você. Uma semana! Depois disso ele vai levá-la para visitar os amigos dele em Roma e vou ter de voltar para o Cairo sozinho e passar as férias completamente só naquele apartamento enorme em Zamalek, apenas com Naima, a empregada, como companhia. Sei que papai me ama, mas acho que ele detesta quando você e eu estamos juntos. Foi por isso que me mandou para cá depois que vocês se casaram. É por isso que vai levá-la para Roma. É por isso que me pede para chamá-la de Mama Mona. Ele está com ciúmes. Eu gostaria que fôssemos cristãos para poder passar o feriado de Natal inteiro com você. Deus nos teria feito da mesma idade.

Ele esperou até que houvéssemos terminado nossa refeição no Clarisse's para me contar. Eu, é claro, pedi o fondue de queijo. Ele pediu um grosso filé que sangrava toda vez que ele o pressionava com a faca. Depois, pedi sorvete de morango e ele pediu café preto. Quando o café chegou, ele acendeu um cigarro e ficou jogando fumaça na minha direção. Como de costume, não conversamos muito. Ele sempre parece entediado quando estamos sozinhos. Ele olhava para longe, e todas as vezes que a garçonete chegava, parecia se animar; ele se anima sempre que tem de falar com qualquer outra pessoa. Às vezes eu gostaria de me aproximar dele como estranho, de perguntar se ele nunca sente saudades de mamãe e coisas desse tipo. Agora faz seis anos que ela morreu e ele nem sequer menciona o nome dela. Quando alguém perguntava a respeito de um prato ou um móvel que ela havia comprado, como você costumava fazer, ele dizia: "A mãe de Nori comprou isto." Não se preocupe, não estou zangado com ele. Por favor, por favor, por favor não comente nada disto com ele. Eu o amo e o amo ainda mais por trazer você para a minha vida. Sabe como certos filmes mudam de preto-e-branco para coloridos quando o diretor quer mostrar que o tempo passou, ou que as coisas se tornaram mais alegres? O ano passado, desde que você se casou com papai, foi assim. De qualquer forma, só quando comecei a tomar o sorvete foi que ele me contou que vocês dois iam passar o Natal e o ano-novo em Roma sem mim. Naquele momento desejei que ele não tivesse vindo ou me levado até Londres; desejei que não fosse meu aniversário.

Preciso parar agora. Vou tentar acordar cedo para terminar.

São 6h40 da manhã. Estou debaixo das cobertas, mas já vesti o uniforme. Está parecendo ainda mais frio agora. Pode muito bem ser que o sol não esteja aqui. As nuvens parecem grossas como mantas, com bordas arroxeadas. As árvores estão sem folhas e escuras. Tudo isso parece um desenho feio, sombrio, saído de um livro de terror. Lembro-me, quando você esteve aqui há um ano com papai, de você ter dito que adorava o campo inglês, que achava romântico o inverno, que sentia saudades da Inglaterra. E quando eu disse que era melancólico, você declarou que era exatamente essa melancolia que o tornava romântico e pediu que eu lesse *O morro dos ventos uivantes*. Bem, agora já li esse livro e ainda não entendo o que você quer dizer. Detesto o frio e detesto Daleswick. Aqui há garotos de dezoito anos; papai pretende me manter aqui esse tempo todo?

Está longe demais para pensar no verão. Por algum tempo, tudo em que eu conseguia pensar era em dezembro com você em Genebra, sentado ao seu lado no Café du Soleil, mas desde que papai me contou do plano de levá-la para Roma, tenho tentado, em vez disso, imaginar os meses de verão com você. Vamos para Alexandria novamente. Aí papai não terá nenhuma desculpa; passaremos o tempo todo juntos, nadando e nos bronzeando tanto quanto pudermos.

Acho que não foi um sonho molhado, mas na noite passada sonhei que estava beijando seu ombro. Quando acordei, toquei minha cueca e ela estava seca. Alexei diz que esta é a prova. Mas talvez ela tenha secado antes que eu acordasse. De qualquer forma, foi um lindo sonho. Você começou a rir e soltar barulhos engraçados como costuma fazer quando lhe faço cócegas.

Estou cumprindo minha promessa: estou rezando as cinco orações e fazendo minha súplica todos os dias. E já decorei as cinco suras que você me pediu para decorar. Mal posso esperar para recitá-las para você.

Preciso ir agora ou vou perder o café-da-manhã. Hoje não há a menor chance de que papai apareça, e muito menos você.

Que Deus a proteja. Beijo seu pescoço, o local que concordamos que era meu e apenas meu. 48 dias. Não, esqueci, 47 agora.

Sempre seu,
Nori

GEOFF DYER

Carta a vários possíveis destinatários de meados dos anos 1980

A quem interessar possa

Obviamente estou escrevendo para pedir desculpas. Sei que isto deveria ser uma carta de amor, mas, como você já terá adivinhado, sou um desses homens para quem o amor — ao contrário do que afirmava o filme de Ali McGraw/Ryan O'Neil — *sempre* significa ter de pedir perdão. Em algum momento, as cartas de amor tornam-se pedidos de desculpas. O que separa os dois é também o que faz com que os dois se confundam: um relacionamento.

Para começar do início, vi você naquela festa onde quer que fosse e você estava linda. É desnecessário dizer isto? Há algum homem no mundo que não ache — ou ao menos não *tenha achado* — sua mulher linda? (Temo que isto seja uma paráfrase de algo que Arsène Wenger disse e, lá atrás nos anos 1980, quando esta carta pretende ter sido escrita, ninguém tinha ouvido falar de Arsène Wenger. Mas o que se passa com esta carta é que, de certa forma, apesar de pretender ter sido escrita por mim na casa dos vinte, é uma versão minha aos vinte anos que se beneficia de toda a sabedoria e discernimento que acumulei — não muito, para ser franco — desde então. Portanto, a bem da verdade: além de ser uma carta endereçada não a uma, mas a várias ex, é também uma carta de várias versões de meu eu anterior, algumas delas também ex. Como tal, foi escrita tanto na época quanto agora, e em várias fases nesse intervalo. Seu tempo verbal, se é que tem algum, é o presente retrospectivo.) Tudo o mais se seguiu ao fato de tê-la visto na festa e tê-la achado linda e precisar, de alguma forma, arranjar um jeito de conversar com você.

Sabe aqueles enunciados de *software*? "Ao abrir este pacote você concorda com os termos etc." Acho que efetivamente assinamos um contrato como este quando recebemos nosso primeiro beijo, e é um acordo renovado e prolongado a cada beijo subseqüente: concordo, ao tomar parte nesse beijo, que estou disposto a ter meu coração despedaçado em troca desse momento de êxtase. É uma versão da idéia do Fausto — "Detém-te, ó instante, tu que és tão belo." (Voltarei a isto também.) Estou feliz com os termos desse contrato. Do contrário seria uma vida estúpida. O importante é que tivemos alguns momentos incríveis juntos, alguns momentos incríveis, a maioria dos quais, para sermos absolutamente sinceros, já não consigo lembrar. A vida tem tudo e apenas a ver com esses momentos. (Portanto, quando digo que esta carta é um pedido de desculpas, estou querendo dizer o contrário; não é um pedido de desculpas.) "Você diz sim a uma única alegria e está dizendo sim a todas as desgraças" — a viagem inteira. Como você sabe, eu de certa forma era — neste contexto me sinto constrangido demais para usar a palavra "sou" — nietzschiano. Sinto muito por isso, pela forma como estava sempre citando Nietzsche. Na verdade, já que tocamos no assunto, sinto muito por estar sempre *citando*, ponto final. Muito Rilke, e Dylan também... Bem, meu amor, que posso dizer? É o que os jovens *fazem*. Citam Nietzsche, Dylan e Rilke. Idem para as músicas, a implacável torrente do falecido Coltrane que infligi aos seus ouvidos. Lamento isso também. Mais especificamente, lamento que, depois de ouvir *First Meditations (for Quartet)* a todo volume, você tenha dito "Acho que sou delicada demais para isso". Sim, está certo, lamento que *você* tenha dito isso porque não *me* deixou outra escolha além de exclamar: "Tudo bem, chega." Depois disso, você perguntou: "O que você está querendo dizer?" Após o quê, respondi: "Está terminado. Estamos nos separando." Pode parecer uma reação extremada à sua reação, mas, mesmo agora, olhando para trás, penso: bastante justo, bom para você (para mim, quero dizer).

Francamente, qualquer pessoa que não desmaia no momento da mudança da primeira faixa, "Love", para a segunda, "Compassion", quando a seqüência do tenor paira sobre tudo e há quase silêncio, apenas o débil resquício de uma vibração, antes que Elvin e Trane façam toda a suíte encorpar, voltando à vida outra vez — francamente, ainda que estejamos lidando, literalmente, com o movimento do "Amor" à "Compaixão", essa pessoa merece levar um pé na bunda! Afinal de contas, não estávamos ouvindo *Ascension.* Isto sim é de fato uma barulheira. Se serve para alguma coisa, agora nunca escuto free jazz. Eu preferiria enfiar a cabeça em uma lata de lixo de metal e que alguém batesse nela com bastante força com um martelo pesado, mas naquela idade a gente simplesmente enche a cabeça com essas coisas. Até certo ponto, tranqüiliza.

Outra coisa que lamento era o fato de querer ir sempre àquele pub, o Effra. Meu Deus, eu adorava aquele pub! Adorava todos os pubs, mas gostava ainda mais daquele do que dos outros. Agora que raramente entro em pubs, é difícil de acreditar que eu gostasse tanto deles. Eles me parecem lugares horríveis, cheios de fumaça e violência, e provavelmente eram mais enfumaçados, violentos e horríveis naquela época. Para mim, era inconcebível que você não gostasse de pubs. Como alguém podia não gostar de pubs? Os pubs não eram apenas onde as pessoas se divertiam, pubs eram o que as pessoas *faziam.* Especialmente o Effra. Como comentário mais geral relacionado à cerveja, é uma fonte de profundo pesar que você tenha tido a má sorte de me conhecer no auge da minha verdadeira fase da cerveja, tanto que nossas férias (sei o que você vai dizer: só tivemos *duas*) foram planejadas com base no guia da CAMRA.[14] Não me entenda mal. Não vou jogar o bebê fora junto com a água do banho e re-(ou de-)nunciar à verdadeira cerveja. Ainda gosto da coisa. A cerveja sem gás carbônico, servida à temperatura ambiente, é uma das grandes contribuições da Inglaterra à vida sensual do planeta. Mas isto vou admitir: é estranho que uma pessoa atravesse a casa dos vinte sempre lançando garrafas de Dog Bolter goela abaixo — a minha — e procurando um bar onde se venda Old Peculiar.

Isso se tornou especialmente claro no final dos meus trinta e início dos quarenta — os anos do Ecstasy —, quando terminei levando uma vida, em certos sentidos, mais jovial do que a fase do *pub* de meados de vinte anos, mas, como no caso de Arsène Wenger, a alternativa simplesmente não estava disponível na ocasião.

Lamento muito, também, que você fosse uma feminista tão pirada. Honestamente. Que desperdício. Lá estava você, 25 anos, arisca como uma gata, e nunca a vi usar meias compridas ou fio-dental (ainda me lembro da fúria que o anúncio "Por baixo todas elas são atraentes" lhe causou, me causou, nos causou); na verdade, nunca a vi usar nem mesmo um vestido, só macacão e (uma concessão ao *glamour*) aquele lenço de cabeça à la Simone de Beauvoir. Pobre de você, pobre de mim, pobres de nós. Ei, de qualquer forma o sexo era incrível, não era? Apesar de todas as proibições políticas a respeito da penetração e o patriarcado, e a figura terrível de Andrea Dworkin pairando sobre nós como uma maldição, resultou que, num certo plano intemporal, naturalmente, gostávamos de fazer todas as coisas que as pessoas sempre gostaram de fazer. Aqueles momentos em que você dizia: "Faça *qualquer coisa* comigo." Bem, pode me chamar de oportunista, mas eu entendia aquilo, literalmente, como "Faça por trás". Acontece que era exatamente o que você queria dizer, claro, mas ter de fato dito isso seria almejar sua própria opressão, como optar por ler Norman Mailer (pelo menos nunca citei esse idiota!) em vez de Toni Cade Bambara. Todos os quais, é claro, faziam parte da curtição. Ah, bons tempos. Ou, em todo caso, momentos incríveis.

Seja como for, preparei o caminho para dizer, basicamente, que lamento ter sido tão estúpido. Sinto por ter pensado que a maneira de seduzir alguém — inclusive você, não preciso lembrá-la — era menosprezar sua política, que a maneira de demonstrar como eu era macho alfa da mente era citar Nietzsche e, em geral, deixar transparecer ter lido mais

Adorno e Lukács do que qualquer outro macho rival que estivesse tentando fazer exatamente a mesma coisa. Portanto, para mostrar o quanto estou de fato arrependido, vou fazer uma confissão — uma dupla confissão, na verdade, cuja primeira parte, se formos inteiramente honestos, é, com efeito, uma ostentação: *dormi* com M naquela vez, depois daquela festa em Bonnington Square quando eu disse que acabei dormindo na casa de Pete Johnson em Oval Mansions. Sou culpado (estou tentando extirpar aquele sorriso do meu rosto, mas na verdade não é um sorriso, é mais um riso forçado). Esta é a primeira parte. E a segunda parte, percebo agora, é também uma certa ostentação: na verdade, nunca li *História e consciência de classe.* Era complicado e chato demais. Os dias em que eu podia até mesmo considerar a possibilidade de ler tal coisa há muito se foram — o cérebro já não é o que era —, mas naquela época, teoricamente, eu era capaz de fazer isso. O engraçado é que, de tudo o que não aconteceu naquela época, isso é algo de que na verdade não me arrependo.

Com amor

MATTHEW ZAPRUDER

Querida X,

É tarde da noite, e começo esta carta recuperando os instantes pouco antes de conhecê-la. Assim experimento mais uma vez o misterioso choque de vê-la pela primeira vez. Mais tarde vou me preocupar com o envelope e imaginar seu destino. É tão raro segurar uma carta nos dias de hoje! Espero que você julgue as novidades importantes e boas.

Esta noite, mais cedo, eu estava na cozinha de C., como ocorre uma vez a cada ano, já temendo o ritual do solstício no qual devemos ler e então queimar pedacinhos de papel nos quais escrevemos ou as coisas que desejamos ou as coisas de que não precisamos mais, nunca consigo lembrar. Até este ano, isso nunca me pareceu importante.

No ano passado, terminei diante da lareira, segurando dois pedacinhos de guardanapo nos quais havia escrito as seguintes frases: "pare de sublocar" e "controle seu sentimento de panda". À medida que o meu momento se aproximava, vi várias pessoas segurando nas mãos trêmulas pedacinhos do que esperavam ou desejavam que não mais voltasse, antes de lançá-los ao fogo e chorar.

Você já se sentiu como um *smoking* azul horroroso que alguém alugou porque na ocasião parecia divertido? Que tristeza, agora a pessoa não tem nada além de você para usar na comemoração. Este é apenas um dos muitos sentimentos que eu gostaria de ser capaz de lançar, não ao fogo, mas em algum lugar bem longe de mim para esquecê-lo, e perto o bastante para recuperar instantaneamente.

Este ano me vi diante da prateleira sobre a qual repousa uma coleção de gnomos de porcelana do tamanho aproximado do meu polegar. Erguendo devagar uma imagem lascada, vi que ela se parecia assustadoramente com meu professor de geometria do ensino médio. Com um sentimento de grande excitação, virei-me, senti uma viva decepção por não haver ninguém perto de mim que se importasse e capturei ou fui capturado pela visão de você sentada em um sofá, segurando um copo onde havia um rosto pintado.

Não sou o que se poderia chamar de "pessoa visual". Na verdade, sou dessas pessoas que gostam tanto dos nomes das flores que não conseguem lembrar quais elas de fato são. Você conversava com alguém que parecia usar, mas não usava, um chapéu baixado ao redor dos olhos, e quando se virou ligeiramente, sob seu cabelo escuro e curto, um dos lados de seu rosto saiu da sombra e ficou bastante claro à luz de uma luminária. Vi uma sarda minúscula pouco acima da lateral de sua boca, que se erguia só um pouquinho, tanto que eu não chamaria aquilo de sorriso.

Pude enxergar tudo com tanta clareza. Durante todo o ano anterior fui um lago artificial! Claro que, de vez em quando, a voltagem intensa e obrigatória desabava sobre mim, mas na maioria das vezes eu me sentava ao sol, cheio de ondulações sem nome e pedalinhos animados. Tantas chances perdidas de cometer erros. Meu pai me disse que nosso problema é estarmos apaixonados por estar apaixonados pelo amor. Minha irmã insistiu em que um dia, como ela e meu irmão, por fim aprenderei a seguir esse sentimento de dúvida aonde quer que ele conduza. É um milagre que nosso pessoal não tenha ao menos procriado. Ainda assim, persistimos.

Então chegou a hora de ir para a sala de estar. Continuei fingindo estar à procura de alguma coisa com que escrever, esforçando-me para não vê-la rindo e passando uma caneta de lá para cá entre seus amigos. Quando olhei para baixo, vi um daqueles pedaços de papel que alguém devia ter deixado cair. Quando chegou minha vez, abri-o e vi que estava escrito "Eu gostaria de saber desenhar"; sem pensar, falei "Estou vendo que a necessidade já não é só das crianças" e o atirei ao fogo.

Muitas coisas aconteceram até que, de certa forma, por fim nos conhecêssemos no final da noite. Você deve se lembrar de mim como alguém meio alto perto da porta. Fiz um movimento vago com as mãos como se houvesse soltado e imediatamente começado a tentar retomar algo invisível e muito leve, ou houvesse começado a ajudá-la com seu casaco, o que fiz, olhando negligentemente para você do que parecia uma altura emocionante e assustadora. Você disse seu nome e se virou, e não me viu escrevê-lo em minha mão.

Uma garota acabou de passar por meu corredor, cantando. O rádio reclama do presidente. Vocês acham que ele, para variar, vai finalmente desafiar seus conselheiros e decidir-se contra a próxima guerra? Talvez no momento em que você tenha lido e posto de lado esta carta, já saibamos, e iremos assistir, não a uma manifestação, mas a uma calma celebração de vitória que se assemelha quase a uma noite comum, apenas um pouco mais saturada do grande afeto vulnerável e anônimo do qual até mesmo o mais egoísta de nós continua inesperadamente capaz.

Alguém disse certa vez que dar um presente é a atitude mais egoísta de todas. Era uma pessoa sábia, mas não boa hóspede. No espírito dos grandes começos, eu gostaria de lhe dar alguma coisa de que você nunca vai precisar. Nem mesmo uma poção que não serve para nada, nem um guarda-chuva transparente que você pode levar para o trabalho em dias nublados para proteger suas sardas das nuvens, nem um minúsculo barco falante dourado, não maior do que a palma da sua mão.

Portanto, além do papel sobre o qual estas palavras estão escritas, humildemente nada incluo. Nem mesmo meu imenso desejo de vê-la. Apenas o sentimento que permanece depois da sua satisfação de nada receber, junto com o lindo medo elétrico de escolher seu próprio jeito especial de localizar alguém a respeito de quem até agora sabe tão pouco, e de decidir que esses motivos são mais que suficientes.

CARL-JOHAN VALLGREN[15]

Estocolmo, 25 de fevereiro de 2007

Querida Mamma,

Há dois meses, inventei uma fotografia sua, tirada em 1942. Faltava uma faixa para o álbum que eu estava gravando; o título provisório do disco era *Vida doméstica*, e minha idéia era usar a música popular para contar a história do mais recente período de minha vida: o divórcio de minha mulher anterior; a volta à Suécia após doze anos de exílio voluntário em Berlim; como conheci minha parceira atual; o fato de estar apaixonado mais uma vez, contra todas as probabilidades, apesar de toda a minha amargura, apesar de todo o arraigado cinismo que aflige os homens da minha idade; e então o pequeno milagre de me tornar pai pela primeira vez, aos quarenta.

Eu havia escrito músicas sobre como é estar novamente apaixonado, sobre a gravidez, sobre o nascimento de minha filha, sobre ter voltado a ficar em dúvida; havia escrito uma amarga canção de despedida para minha ex-mulher, por conta da minha saída de Berlim (que me havia concedido tanto, inclusive em termos artísticos), mas ainda sentia falta de uma canção que explorasse o sentido profundo da família, que transcendesse a cronologia a fim de situar a mim e a minha pequena família em nosso contexto histórico. E foi como vim a criar a música "A fotografia", baseada em seu trágico destino.

A letra fala de você no cais em Abo Harbour. Você tem três anos, e há uma etiqueta com um endereço pendurada em um cordão em volta do seu pescoço. Há figuras imprecisas, a equipe da Cruz Vermelha ao fundo. Médicos, enfermeiras. E crianças por toda parte: milhares de crianças finlandesas refugiadas esperando para cruzar o Báltico. Você é incrivelmente parecida com minha filha, sua neta. As duas têm a mesma idade. Ambas têm cabelos negros e lustrosos, com a mesma boca delicada. Mas em seu olhar há uma coisa que nunca vi no dela: um terror profundo, existencial.

Há relatos pavorosos sobre o transporte de crianças refugiadas da Finlândia para a Suécia durante a "Guerra da Continuação" de 1941 a 44. Aviões russos perseguiam os comboios sobre o mar e os atacavam com metralhadoras. As crianças, muitas das quais nunca retornariam para suas famílias (você foi uma delas), ficavam desesperadas. Sua irmã Ritva deveria ter ficado com você. Mas ela era dois anos mais velha e percebeu instintivamente que a catástrofe se aproximava. Pobre Ritva. Ela deveria tomar conta de você. Seu pai estava no *front*, sua mãe, gravemente doente. A idéia era que as duas fossem hospedadas pela mesma família na Suécia e então voltassem sãs e salvas para a Finlândia assim que a guerra terminasse.

Mas não foi o que aconteceu. Minutos antes que o navio partisse, Ritva livrou-se da mão de uma enfermeira e voltou correndo para o cais onde estava sua tia; disseram que se ajoelhou e implorou que lhe permitissem ficar. Contaram-me que a última coisa que viram de você foi um pequeno vulto de mãos dadas com uma funcionária da Cruz Vermelha, rodeado pela multidão de crianças que se amontoavam como ratos prancha acima; você era pequena demais para entender o que estava acontecendo.

Em uma de minhas mais antigas lembranças, você está me mostrando algumas medalhas que guarda em um armário da cozinha. "Estas são as medalhas que seu avô ganhou por bravura na guerra", diz você. Eu talvez tenha sete anos. São cerca de quinze placas de metal, presas a um quadro; se eu fosse acreditar no testemunho de meus próprios olhos, meu avô por parte de mãe devia ter recebido todas as condecorações que existiram no exército finlandês desde os dias de Runeberg.

Mas quando pedi para examinar mais de perto, você tornou a guardá-las no armário com uma expressão que significava que elas não estavam ali para serem vistas por crianças. Foi apenas na idade adulta que comecei a entender: você havia me mostrado suas antigas medalhas de corrida dos torneios locais de atletismo...

Em outra ocasião, durante as férias de verão, quando eu tinha mais ou menos dez anos, a Televisão Sueca exibiu um antigo longa-metragem sobre a Guerra de Inverno finlandesa. Acho que se baseava em um dos romances de Väinö Linna, talvez *O Soldado Desconhecido*. Em uma das cenas principais, tanques russos atravessavam uma floresta no istmo da Carélia; um soldado finlandês incrivelmente corajoso atacou um tanque sem qualquer ajuda e conseguiu neutralizá-lo com um coquetel Molotov.

"Este personagem se baseia nas façanhas de meu Pappa", você disse. "Ele bloqueou um tanque do mesmo jeito, completamente sozinho."

É claro que, como criança, me senti imensamente orgulhoso de que meu avô biológico fosse um herói de guerra finlandês condecorado, que havia combatido tanques sozinho nas florestas da Carélia. Eu contava suas proezas marciais para quem quisesse ouvir, inconsciente, na ocasião, do racismo, inerente aos suecos, contra os antigos súditos coloniais a leste. A única coisa que esse episódio me rendeu foi um novo apelido: *maldito finlandês*.

Não acho que suas mentiras tenham sido deliberadamente enganosas. Sei que resultam do velho hábito de tentar tornar a vida um pouco mais bela, um pouco mais aventureira, um pouco mais suportável. Acredito que você tenha começado a inventar a vida exatamente aos três anos, como estratégia de sobrevivência...

Não é fácil para mim escrever que a amo, Mamma. Eu nunca disse tais palavras. Alguma coisa me impedia quando era pequeno, talvez a falta de credibilidade, aquelas histórias extraordinárias que mais tarde mostraram-se inventadas, seus humores loucamente flutuantes, suas crises recorrentes na vida, sua incerteza a respeito de quem era e a que lugar de fato pertencia.

Seus pais biológicos quiseram que você voltasse depois da guerra, mas seus pais adotivos se recusaram; os procedimentos legais tiveram início e no final as autoridades permitiram a adoção. Por causa da língua, alegaram. A essa altura você havia esquecido todo o seu finlandês. O finlandês e o sueco são dois idiomas inteiramente diferentes, com raízes inteiramente diferentes: o sueco é germânico; o finlandês é ugro-finês e, portanto, nem mesmo relacionado ao indo-europeu. Disseram que você era fluente quando chegou ao seu novo país aos três anos de idade: pronúncia finlandesa perfeita e amplo vocabulário. Na Suécia você se tornou praticamente surda-muda: nada entendia, tampouco conseguia se fazer entender. Três anos mais tarde, a situação havia se invertido.

Eu gostaria de poder dizer que a amo. Mas não posso. Não que não a ame, porque a amo sinceramente, de um jeito tão natural que não há necessidade sequer de formular o sentimento. Não tenho escolha, por assim dizer: ao contrário de você, nunca tive duas mães entre as quais me dilacerar. A biológica, forçada pela guerra a abrir mão de você, achando que você tinha melhores chances de sobrevivência na Suécia e logo estaria de volta — e sua mãe adotiva, que se ligou tanto a você que insistiu em adotá-la.

É estranho — ou talvez não tão estranho — que desde que me tornei pai de uma filha, você tenha despertado em mim emoções das quais eu não sabia que era capaz. Terríveis ataques de medo da separação; obsessivas análises retrospectivas da minha própria história e do seu destino, que em certo sentido moldou o meu. E imaginar a mim mesmo na situação dos seus pais biológicos me derruba no que só posso descrever como depressão clínica.

Você tinha treze anos quando por fim os viu outra vez, muito rapidamente. Foi em 1952, durante os Jogos Olímpicos em Helsinque. Seus pais adotivos a levaram até lá para que você se encontrasse com as duas pessoas que a haviam trazido ao mundo, mas em território neutro. Eles viviam no centro da Finlândia, em Jyväskylä, creio. Contaram-me que seus pais adotivos não permitiram que você se afastasse deles mais do que poucos metros: tinham pavor de que você fosse raptada.

Deve ter sido depois dessa viagem que você inventou a história de ser parente da família Romanov. Você me contou, em várias ocasiões, mesmo quando eu já estava avançado na adolescência, que uma antepassada por parte de pai havia supostamente servido na corte em São Petersburgo e engravidado de um dos czares. Quando fui investigar a história com meu pai, ele explicou em tom compadecido que você a havia inventado quando menina, para ajudá-la a se sentir acima da média das crianças abandonadas em função da guerra.

Tudo se encaixa, Mamma. "E a entendo muito melhor agora", como canto no refrão de minha música. Tudo diz respeito ao sangue, diz respeito ao sangue ser mais espesso do que a água. Eu a amo de verdade. E é este o motivo por que, finalmente, estou escrevendo isto em uma carta de amor que você nunca lerá. Por mais paradoxal que pareça, agir desta forma torna tudo mais "verdadeiro", pois nada tenho a ganhar.

Sendo assim, escrevo estas palavras singulares e deixo que meus leitores testemunhem: amo você, Mamma.

Seu filho, C-J

JOSEPH BOYDEN

***New Orleans Times Picayune* — Seção de Pessoas Desaparecidas**
On-line

1º de setembro, 2005

Se você viu ou conhece o paradeiro da Sra. Geraldine Solomon, 52 anos, moradora do nº 3.682, S. Desire St., por favor entre em contato com o Departamento de Polícia de Nova Orleans, o Departamento de Pessoas Desaparecidas do *Times Picayune*, ou qualquer funcionário do Departamento de Segurança Nacional, Agência Nova Orleans. A Sra. Solomon foi vista pela última vez por seu marido, Fred Solomon, em 30 de agosto, por volta das 7 da manhã, durante a inundação. A Sra. Geraldine Solomon é uma mulher afro-americana, 1,60 m, 65 kg, tez clara, nariz e testa sardentos.

2 de setembro, 2005

Desaparecida a Sra. Geraldine Solomon, 52 anos, moradora do nº 3.682, S. Desire St., desde 30 de agosto de 2005, na Nona Região Administrativa Baixa. Tem 1,60 m de altura, aproximadamente 65 kg. Tez clara. Não sabe nadar. Se você souber do paradeiro desta pessoa, por favor, entre em contato com o Departamento de Polícia de Nova Orleans, o Departamento de Pessoas Desaparecidas do *Times Picayune* ou qualquer funcionário do Departamento de Segurança Nacional, Agência Nova Orleans. Seu marido, Fred Solomon, continua em Nova Orleans à procura dela. *Ainda estou aqui, Geraldine.*

3 de setembro, 2005

Sra. Geraldine Solomon, vista pela última vez sobre o telhado de sua casa na manhã de 30 de agosto de 2005, antes de ser arrastada pelas águas turbulentas por volta das 7 da manhã na Nona Região Administrativa Baixa, perto do cruzamento da S. Desire com a Marigny. Geraldine Solomon tem aproximadamente 1,60 m de altura e 65 kg, tez clara, olhos verdes, nariz e testa sardentos. Não sabe nadar e é diabética. Seu marido Fred Solomon pode ser contatado através do Departamento de Polícia de Nova Orleans, do Departamento de Pessoas Desaparecidas do *Times Picayune*, ou através de qualquer funcionário do Departamento de Segurança Nacional, Agência Nova Orleans. *Ainda estou aqui, Geraldine. Eu não queria soltar sua mão. Eu a perdi, mas ainda estou aqui, garota. Sei que você ainda está viva.*

4 de setembro, 2005

Desaparecida: Sra. Geraldine Solomon, 52 anos, 1,60 m, 65 kg. Mulher corpulenta. Vista pela última vez no nº 3.682, S. Desire St., Nona Região Administrativa Baixa, na manhã de 30 de agosto por seu *apaixonado* marido Fred, que perdeu contato com ela no telhado da casa deles durante a inundação aproximadamente às 7 da manhã. Ela possui olhos verdes e sardas no nariz e na testa. Cicatriz no braço esquerdo. Geraldine é diabética e não sabe nadar. Precisa de insulina diariamente, uma vez ao dia. *Garota, ainda estou aqui. Por que você me pediu que a soltasse? Por favor, diga onde você está. Preciso de você. Seus filhos precisam de você. Seus netos precisam de você.*

5 de setembro, 2005

Se você souber do paradeiro de Geraldine Solomon, 52 anos, mulher afro-americana de 65 kg, tez clara, corpulenta, olhos verdes, vista pela última vez na Nona Região Administrativa Baixa, no cruzamento da S. Desire com a Marigny, por favor, entre em contato com o Departamento de Polícia de Nova

Orleans, o Departamento de Pessoas Desaparecidas do *Times Picayune*, ou qualquer funcionário do Departamento de Segurança Nacional, Agência Nova Orleans. Geraldine Solomon é diabética e precisa de injeções diárias de insulina. Seu marido, Fred Solomon, foi deslocado para Houston. *A Guarda Nacional me fez partir sob a mira de um revólver. Eles me obrigaram, Geraldine. Estou no Astrodome com Keysha e as duas crianças e precisamos de você. Por que você me pediu para soltá-la? Seu homem precisa de você. Seus filhos e netos precisam de você. Eu não estava conseguindo mais segurar sua mão.* A família está à procura de sua mãe/avó. Ela tem *lindos* olhos verdes *que se iluminam quando ela sorri e suas* sardas *a fazem destacar-se na multidão. Ela precisa de injeções diárias de insulina e não consegue dar uma braçada.*

6 de setembro, 2005

Geraldine Solomon. Sua família precisa de você. Desaparecida, Geraldine Solomon. *Baixa e corpulenta.* Possui *nariz sardento* e tez clara, com olhos verdes *fantásticos.* Precisa de insulina uma vez ao dia. Foi arrastada do telhado de sua casa na manhã de 30 de agosto. *O Departamento de Segurança Nacional e o Departamento de Polícia de Nova Orleans dizem que sabem que ela está desaparecida e estão fazendo todo o possível para encontrá-la.* Geraldine tem três filhas, um filho e seis netos. *Seus netos estão bem, Geraldine, mas precisam da avó. Garota, sei que você está doente por causa do diabetes. Diga-me que alguém a está ajudando. Por favor, se você a vir, dê-lhe uma injeção de insulina.* Caso conheça o paradeiro de Geraldine Solomon, por favor, contate seu marido Fred Solomon. *A mulher da Cruz Vermelha aqui está me dizendo que é possível entrar em contato comigo no site* http//www.nolamissingpersons/katrina/houstonastrodome.gov.org

7 de setembro, 2005

Precisamos desesperadamente da desaparecida Geraldine Solomon. *Ela sabe ler, mas está sem óculos, portanto, se você encon-*

trou uma mulher negra, de 52 anos, baixa e de constituição pesada, *nariz e testa sardentos, lindos olhos verdes,* por favor, entre em contato com Fred Solomon no site http//www.nolamissingpersons/katrina/houstonastrodome.gov.org. *Ela precisa de insulina e pode estar muito delirante a esta altura, mas atende por Geraldine. Fred precisa de você, Geraldine. Seus netos precisam de sua mama. Se você leu isto e encontrou Geraldine, por favor, dê-lhe insulina. O Departamento de Segurança Nacional diz que sabe que ela está desaparecida e está procurando por ela. Mas eles não me deixam voltar para procurar. Se você achar Geraldine, por favor, informe-lhe que seu marido Fred vai chegar o mais rápido possível, por favor, se você a tiver encontrado, informe a um policial ou alguma autoridade. Estamos em Houston, Geraldine. Tentei ficar e procurar por você, mas eles me obrigaram a partir. Por favor, digam isto a ela.* Ela é diabética. *Não enxerga sem óculos. Nariz sardento e tez clara para uma negra. Lindos olhos.*

8 de setembro, 2005

Estamos sentindo saudades de nossa esposa/mãe/avó, Geraldine Solomon, 52 anos, mulher afro-americana de pele clara, *nariz sardento,* olhos verdes, corpulenta. O pai, as filhas e os netos estão em Houston, no Astrodome. *Se você a encontrou, por favor, leia isto para ela, pois ela perdeu os óculos.* A família de Geraldine pode ser contatada no site http//www.nolamissingpersons/katrina/houstonastrodome.gov.org. Ela necessita de injeções diárias de insulina. *As autoridades dizem que sabem que ela está desaparecida e dizem que estão procurando por ela, então, por favor, informe se você a encontrou. Ela pode estar doente por causa do diabetes, mas se estiver consciente vai responder pelo nome de Geraldine.* Vista pela última vez por seu marido Fred, na manhã de 30 de agosto, no telhado da casa dos dois antes de ser arrastada pelas águas e pelo vento. *Você me disse que eu tinha que soltar sua mão ou nós dois íamos nos afogar. Meu Deus, por favor, olhe por ela.*

9 de setembro, 2005

Estamos rezando por você, esposa/mãe/avó. Departamento de Segurança Nacional/Departamento de Polícia de Nova Orleans procuram por Geraldine Solomon. Se você a viu ou conhece seu paradeiro, *mesmo que ela esteja morta*, por favor, entre em contato com Fred Solomon no site http//www.nolamissingpersons/katrina/houstonastrodome.gov.org. *Acreditamos que ela ainda esteja viva, pois é uma mulher muito forte, mas pode estar fraca agora e precisa de insulina uma vez ao dia. Ela está sem óculos, portanto, leia isto para ela, por favor.* Sua família está no Astrodome em Houston. *Fomos obrigados a ir para lá, mas Fred está tentando voltar para Nova Orleans e logo procurará por você quando a polícia me deixar ir para casa. Estou tentando, Geraldine, então agüente, garota. Estamos com saudades e seus netos precisam da mama deles.* Geraldine é baixa e corpulenta, *ri alto e sorri muito. É uma mulher muito boa e, mesmo que esteja delirando, responde pelo nome.* 52 anos. *Os vizinhos a conhecem como Srta. Geraldine. Por favor, leia isto para ela se você a encontrar e, por favor, dê-lhe insulina.*

10 de setembro, 2005

Estamos rezando para que a desaparecida Geraldine Solomon, casada com Fred Solomon na corte judicial de Nova Orleans, em 8 de maio de 1972, *seja encontrada por sua amorosa família. Geraldine nasceu e se criou na Nona Região Administrativa e os vizinhos a conhecem como Srta. Geraldine.* Ela é baixa e corpulenta, possui tez clara com sardas no nariz e na testa e *lindos* olhos verdes. *Você a reconhecerá por seus olhos.* A mulher de Fred Solomon desapareceu no telhado da casa dos dois nas primeiras horas da manhã de 30 de agosto, arrastada pela enchente e pelos ventos. Geraldine não sabe nadar, *mas ouvi um helicóptero da Guarda Costeira por perto pouco depois de ela ter sido arrastada para longe de mim e rezo a Deus para que eles a tenham encontrado. Se você encontrou Geraldine, por favor, informe-lhe que seu marido Fred vai chegar o mais rápido que pu-*

der. Espere. Por favor, levem-na a um hospital. Ela é diabética e precisa de injeções de insulina todos os dias. Sabe ler, mas perdeu os óculos, então, por favor, leia isto para ela, mesmo que ela esteja delirando ou inconsciente. Ela vai entender. Estou em Houston, garota, mas vou voltar assim que conseguir descobrir um jeito. Sua família foi transferida para Houston. *Geraldine gosta da música de Bobby Blue Bland e Fats Domino e gosta especialmente de música gospel. Também ouve rap não-ofensivo. Se você tiver notícias dela ou encontrá-la, ela reagirá ao gospel mesmo que não esteja acordada. Seus netos precisam de você. Seus filhos precisam de sua mama. Preciso de você. Agüente.* Cicatriz no braço direito. Aliança na mão esquerda. *Estamos em Houston.* Sua família pode ser contatada no site http//www.nolamissingpersons/katrina/houstonastrodome.gov.org.

11 de setembro, 2005

Geraldine Solomon, do nº 3.682 da S. Desire, Nona Região Administrativa, ainda está desaparecida *e sua família teme o pior.* Ela é baixa, corpulenta, negra de tez clara e olhos verdes *impossíveis de não serem notados.* Tem sardas. *No sol as sardas se tornam mais perceptíveis. Ela deve estar faminta e cansada e pode estar fora de si. Toquem música gospel para ela. Ela reagirá.* Se você a tiver visto ou souber seu paradeiro, por favor, entre em contato com seu marido Fred no site http//www.nolamissingpersons/katrina/houstonastrodome.gov.org, no Departamento de Segurança Nacional, ou no Departamento de Polícia de Nova Orleans. *Geraldine está desaparecida há 12 dias, mas sua família está rezando e espera o melhor. Ela adora música. Dança como uma adolescente. Às vezes, quando está de bom humor, ela canta, e sabe cantar como um anjo.* Se você a tiver visto, por favor, entre em contato conosco. *Onde está você, garota? Por favor. Estou chegando. Eles não me deixarão ir, mas estou chegando.*

12 de setembro, 2005

Desaparecida: Sra. Geraldine Solomon, 52 anos, do nº 3.682, S. Desire St. Por favor, entre em contato com o Departamento de Polícia de Nova Orleans, o Departamento de Pessoas Desaparecidas do *Times Picayune*, ou qualquer funcionário do Departamento de Segurança Nacional, Agência Nova Orleans. *Minha mulher. Não consigo viver sem você.* A Sra. Solomon foi arrastada do telhado de sua casa em 30 de agosto, por volta das 7 da manhã, durante a enchente. *Por quê, garota? Eu nunca deveria ter desistido.* A Sra. Geraldine Solomon é afro-americana, 1,60 m, 65 kg, tez clara, nariz e testa sardentos. *Reze por Geraldine.*

13 de setembro, 2005

Se você viu ou sabe do paradeiro da Sra. Geraldine Solomon, 52 anos, do nº 3.682, S. Desire St., por favor, entre em contato com o Departamento de Polícia de Nova Orleans, o Departamento de Pessoas Desaparecidas do *Times Picayune*, ou qualquer funcionário do Departamento de Segurança Nacional, Agência Nova Orleans. A Sra. Solomon foi vista pela última vez por seu marido, Fred Solomon, em 30 de agosto, aproximadamente às 7 da manhã, durante a enchente. A Sra. Geraldine Solomon é uma mulher afro-americana, 1,60 m, 65 kg, tez clara, nariz e testa sardentos.

NEIL GAIMAN

Meu bem,

Comecemos esta carta, este prelúdio de encontro, formalmente, com uma declaração à moda antiga: amo você. Você não me conhece (embora tenha me visto e sorrido para mim, depositado moedas na palma de minha mão). Eu a conheço (ainda que não tão bem quanto gostaria. Quero estar presente quando seus olhos se abrirem trêmulos pela manhã, e você me vir e sorrir. Isto não seria o paraíso?). Portanto, eu me declaro para você agora, a caneta firme no papel. Declaro mais uma vez: amo você.

Estou escrevendo em inglês, sua língua, uma língua que também falo. Meu inglês é bom. Estive na Inglaterra e na Escócia há alguns anos. Passei um verão inteiro em Covent Garden, à exceção do mês do Festival de Edimburgo, quando estive em Edimburgo. Entre as pessoas que colocaram dinheiro em minha caixa, estavam o Sr. Kevin Spacey, o ator, e o Sr. Jerry Springer, o astro de TV americano, que estava lá para uma ópera sobre sua vida.

Adiei esta carta por muito tempo, ainda que desejasse escrevê-la, ainda que a tenha redigido muitas vezes em minha cabeça. Devo escrever sobre você? Sobre mim?

Primeiro você.

Adoro seu cabelo, comprido e vermelho. A primeira vez que a vi, pensei que fosse dançarina, e ainda acredito que você tenha corpo de dançarina. As pernas e a postura, ereta e jogada para trás. Foi seu sorriso que me assegurou que você era estrangeira, antes mesmo de ouvi-la falar. Em meu país sorrimos aos trancos, como o sol saindo e iluminando os campos e então, prematuramente, tornando a recuar para trás de uma nuvem. Os sorrisos são valiosos aqui, e raros. Mas você sorria o tempo todo, como se tudo que visse a alegrasse. Você sorriu na primeira vez que me viu, mais ainda do que antes. Você sorriu e me vi perdido, como uma criança pequena que, em uma imensa floresta, nunca tornaria a encontrar o caminho de casa.

Aprendi quando jovem que os olhos são muito reveladores. Alguns em minha profissão adotam os óculos escuros, ou até mesmo (e a estes, com um riso amargo, desprezo como amadores) máscaras que cobrem o rosto inteiro. Para que serve uma máscara? A minha solução são as lentes de contato falsas que cobrem toda a esclerótica, compradas em um site americano por pouco menos de 500 euros, que escondem o olho inteiro. Elas são cinza-escuras, óbvio, e parecem pedras. Já me renderam mais de 500 euros, já se pagaram várias vezes. Você poderia pensar, dada a minha profissão, que devo ser pobre, mas estaria errada. Na verdade, imagino que ficaria surpresa com o quanto acumulei. Minhas necessidades têm sido pequenas e meus ganhos, sempre muito bons.

A não ser quando chove.

Às vezes, mesmo quando chove. Os outros, como você talvez já tenha observado, meu amor, fogem quando chove, abrem os guarda-chuvas, saem correndo. Sempre. Eu simplesmente espero, imóvel. Tudo isso acrescenta credibilidade à performance.

E é uma performance, da mesma forma que quando eu era ator teatral, assistente de mágico, embora eu fosse dançarino. (É por isso que estou tão familiarizado com corpos de dançarinos.) Eu estava sempre atento à platéia como indivíduos. Observei isso em todos os atores e dançarinos, a não ser pelos míopes, para quem a platéia é um borrão. Minha visão é boa, até mesmo por causa das lentes de contato.

"Você viu o homem de bigode na terceira fila?", perguntávamos. "Ele está olhando para Minou com desejo."

E Minou respondia: "Ah sim. Mas a mulher no corredor, a que parece com o chanceler alemão, agora está lutando para ficar acordada." Se uma pessoa adormece, você pode perder a platéia inteira, então representávamos o restante da noite para uma mulher de meia-idade que desejava apenas sucumbir à sonolência.

Na segunda vez que você se aproximou de mim, ficou tão perto que pude sentir o perfume de seu xampu. Cheirava a flores e frutas. Imagino a América como um continente inteiro repleto de mulheres que cheiram a flores e frutas. Você conversava com um rapaz da universidade. Queixava-se das dificuldades de nossa língua para um americano. "Entendo o que atribui gênero a um homem ou uma mulher", você dizia. "Mas o que faz com que um sofá seja masculino ou uma pomba feminino? Por que uma estátua deveria ter uma terminação feminina?"

Então, o rapaz riu e apontou direto para mim. Mas, na verdade, quem estiver caminhando pela praça nada pode dizer a meu respeito. A túnica parece mármore envelhecido, com nódoas de água, deteriorado pelo tempo, coberto de liquens. A pele poderia ser granito. Até que eu me mova, sou pedra e bronze antigo, e não me movo se não quiser. Fico meramente parado.

Algumas pessoas esperam por um tempo enorme na praça, mesmo sob a chuva, para ver o que vou fazer. Sentem-se pouco confortáveis sem saber, estão felizes apenas por terem certeza de que sou natural, não artificial. É a incerteza que as aprisiona, como o rato em uma armadilha.

Talvez eu esteja escrevendo demais sobre mim. Sei que esta é uma carta de apresentação tanto quanto uma carta de amor. Eu deveria escrever sobre você. Sobre seu sorriso. Seus olhos tão verdes. (Você não sabe a verdadeira cor de meus olhos. Vou lhe contar. São castanhos.) Você gosta de música clássica, mas tem também ABBA e Kid Loco em seu iPod Nano. Você não usa perfume. Suas roupas íntimas são, geralmente, desbotadas e confortáveis, embora você tenha uma única combinação de sutiã e calcinha de renda vermelha que usa em ocasiões especiais.

As pessoas me vêem na praça, mas os olhos só se deixam atrair pelo movimento. Aperfeiçoei o movimento miúdo, tão miúdo que o passante dificilmente consegue saber se foi algo que viu ou não. Será? Muitas vezes as pessoas não enxergam o que não se move. Os olhos vêem, mas não vêem, ignoram. Tenho forma humana, mas não sou humano. Portanto, para fazer com que me enxerguem, com que olhem para mim, para impedir que seus olhos se desviem e não me prestem nenhuma atenção, sou forçado a fazer o menor dos movimentos para atrair os olhares. Então, e só então, as pessoas me vêem. Mas nem sempre sabem o que viram.

Penso em você como um código a ser decifrado, um enigma a ser resolvido. Ou como um quebra-cabeça a ser montado. Acompanho sua vida e permaneço imóvel à margem da minha. Meus gestos — esculturais, precisos — são muitas vezes mal interpretados. Quero você. Não duvido disso.

Você tem uma irmã mais nova. Ela possui uma conta no MySpace e outra no Facebook. Às vezes conversamos no Messenger. Com demasiada freqüência, as pessoas presumem que uma estátua medieval existe apenas no século XV. Não é verdade: tenho um quarto, tenho um laptop. Meu computador possui senha de acesso. Pratico informática segura. Sua senha é seu primeiro nome. Isto não é seguro. Qualquer pessoa pode ler seu correio eletrônico, ver suas fotografias, reconstituir seus interesses a partir de seu histórico na internet. Alguém interessado e que se propusesse a isso poderia passar infinitas horas forjando um complexo esquemático de sua vida, relacionando as pessoas nas fotografias aos nomes nos e-mails, por exemplo. Não seria difícil reconstruir uma vida a partir de um computador, ou a partir de mensagens de telefone celular. Seria como fazer palavras cruzadas.

Lembro-me de quando de fato admiti para mim mesmo que você havia começado a olhar para mim, e só para mim, em seu caminho através da praça. Você parou. Você me admirou. Certa vez me viu mexer para uma criança, e disse a uma mulher que estava com você, alto o bastante para ser ouvida, que eu devia ser uma estátua verdadeira. Recebo isto como o maior dos elogios. Tenho muitos estilos diferentes de movimento, claro — posso me mover como mecanismo de relógio, em uma série de sacudidelas e estremecimentos minúsculos, posso me mover como robô ou autômato. Posso me mover como uma estátua voltando à vida após centenas de anos sendo pedra.

Ao alcance de minha audição, você muitas vezes mencionou a beleza desta cidadezinha. De como, para você, estar no interior da composição de vitral colorido da velha igreja assemelhava-se a estar confinada em um caleidoscópio de pedras preciosas. Era como estar no coração do sol. Além disso, você está preocupada com a doença de sua mãe.

Antes de se formar, você trabalhava como cozinheira, e as pontas dos seus dedos são cobertas de cicatrizes de milhares de minúsculos cortes de faca.

Amo você, e é meu amor por você que me leva a saber tudo a seu respeito. Quanto mais sei, mais próximo estou de você. Era para você ter vindo ao meu país com um jovem, mas ele partiu seu coração; ainda assim você veio, para irritá-lo, e ainda assim sorriu. Fecho meus olhos e consigo vê-la sorrindo. Fecho meus olhos e a vejo dando largas passadas pela praça principal em meio a um estrépito de pombos. As mulheres deste país não dão passadas largas. Movem-se timidamente, a menos que sejam dançarinas. E quando você dorme seus cílios tremem. O jeito com que sua face toca o travesseiro. O jeito com que você sonha.

Eu sonho com dragões. Em casa, quando era criança, disseram-me que havia um dragão sob a cidade velha. Imaginei-o enroscando-se como fumaça negra embaixo dos prédios, vivendo nas fendas entre os porões, sem forma, ainda que sempre presente. É como penso no dragão e no passado agora. Um dragão negro feito de fumaça. Quando represento, fui devorado pelo dragão e tornei-me parte do passado. Na verdade, tenho setecentos anos. Reis vieram e se foram. Exércitos chegaram e foram capturados ou voltaram para casa novamente, deixando para trás apenas construções arruinadas, viúvas e crianças bastardas, mas restam as estátuas, o dragão de fumaça e o passado.

Digo isto, embora a estátua que imito não pertença em absoluto a esta cidade. Ela se ergue diante de uma igreja no sul da Itália, onde se acredita que represente a irmã de João Batista, um aristocrata local que a doou à igreja para comemorar o fato de não haver morrido de peste, ou o anjo da morte.

Imaginei-a completamente pura, meu amor, pura como eu, embora em certa ocasião tenha descoberto a calcinha de renda vermelha metida no fundo do seu cesto de roupa suja e, sob exame minucioso, tenha me convencido de que, na noite anterior, você sem sombra de dúvida não tenha sido casta. Só você sabe com quem, pois não mencionou o incidente em suas cartas para casa, nem fez alusão a ele em seu diário on-line.

Uma garotinha ergueu os olhos na minha direção certa vez, virou-se para a mãe e perguntou: "Por que ela está tão infeliz?" (Obviamente que estou traduzindo para você. A garota referiu-se a mim como estátua e por isso usou o feminino.)

"Por que você acredita que ela esteja infeliz?"

"Por que mais as pessoas se transformariam em estátuas?"

A mãe sorriu. "Talvez ela seja infeliz no amor", disse.

Eu não era infeliz no amor. Estava preparado para esperar até que estivesse tudo certo, coisa muito diferente.

Há tempo. Sempre há tempo. Foi o dom que recebi por ser estátua — um dos dons, eu deveria dizer.

Você passou por mim, olhou para mim e sorriu, e passou por mim em outras ocasiões e não percebeu nada além de um objeto. Na verdade, é extraordinário quão pouca atenção você, ou qualquer pessoa, presta a alguma coisa que permaneça completamente imóvel. Você despertou à noite, levantou-se, foi até o banheiro, urinou, voltou para a cama, dormiu de novo, tranqüilamente. Você não repararia em uma coisa perfeitamente imóvel, repararia? Algo nas sombras?

Se eu pudesse, teria produzido o papel desta carta para você a partir do meu corpo. Pensei em misturar com a tinta meu sangue ou minha saliva, mas não. Certas coisas são um exagero, ainda que grandes amores exijam grandes gestos, não? Não estou acostumado a grandes gestos. Sou mais experiente nos gestos pequeninos. Certa ocasião fiz um garotinho gritar, simplesmente ao sorrir quando ele havia se convencido de que eu era feito de mármore. O menor dos gestos nunca será esquecido.

Amo você, quero você, preciso de você. Sou seu assim como você é minha. Aí está. Declarei meu amor por você.

Espero que em breve você perceba isto por si própria. E então nunca mais nos separaremos. Daqui a um instante, será hora de se virar e largar a carta. Estou com você, mesmo agora, nestes aposentos antigos com tapetes iranianos nas paredes.

Você passou por mim vezes demais.

Já chega.

Estou aqui com você. Estou aqui agora.

Quando você larga esta carta. Quando se vira e examina este quarto antigo, seus olhos percorrendo-o com alívio, com alegria ou mesmo terror...

Então vou me mover. Me mover apenas um pouquinho. E você finalmente me verá.

VALERIE MARTIN

Meu amor,

O trem saiu de Penn Station com uma hora de atraso; houve um incêndio em uma plataforma em Newark, ou foi o que nos disseram, e então houve outro atraso enquanto eles trocavam os trilhos; foram quase três horas até Philly. Isso normalmente teria me deixado furiosa, mas eu estava completamente atordoada de alegria e tinha tanta esperança no futuro, nosso futuro, que pouco me importei. Cheguei ao apartamento por volta das oito e lá estava ele, sem banho, com a barba por fazer, sentado no sofá com o controle remoto entre as pernas, navegando pelos canais. O volume era ensurdecedor e tive a sensação de que ele me ouviu chegar ao corredor e aumentou apenas para me aborrecer.

"Voltei", eu disse, parada atrás dele.

"Como foi?", ele perguntou. Eu não queria que ele visse meu rosto, pois sabia que estava radiante de alegria e para ele é difícil quando coisas boas me acontecem. "Na verdade, correu tudo muito bem", eu disse. "Consegui um papel."

"O quê?", ele perguntou.

Respondi em tom bem baixo, quase inaudível.

"Consegui um papel", repeti.

Ele desligou a TV e virou-se para olhar para mim, sem saber ao certo, foi o que me pareceu, como reagir.

"Qual papel você conseguiu?"

"Helena."

"Acho que Sônia tem mais falas", disse ele. Não pela primeira vez, agradeci o fato de não termos filhos.

"Guy", eu disse, "Helena é um grande papel e sou perfeita para ela."

"Por quê? Porque ela é bonita e imprestável?"

Ri. "Talvez."

"E porque ela se casou com um homem que despreza."

"Isso é ridículo. Helena não despreza Serebriakov."

"Papp estava lá?"

"Estava."

"Ele é um sujeito grande?"

"Não, pequeno."

Na mesma hora ele sorriu.

"Então você vai representar Helena no Public", disse.

"Mal posso acreditar."

"Quem vai representar Vânia?"

"Max Brokoff."

"Isso é bom. Quem vai representar Astrov?" Ele se levantou e colocou o controle remoto em cima da TV, e então, já que eu não havia respondido, lançou-me um olhar frio, desconfiado, e repetiu a pergunta.

"Edward Day", respondi.

"Ah, verdade?", ele exclamou.

"Eu sabia que você ia ficar irritado", declarei. "Mas isso não tem importância. Simplesmente aconteceu e não há nada que nenhum de nós possa fazer a respeito."

Ele circulava na minha frente, procurando por alguma coisa.

"Tio Vânia, tio Vânia", disse. "Ah, estão aqui." Eram seus cigarros. Ele acendeu um e soprou um anel de fumaça na minha direção, muito arrogante e indiferente. "Se me lembro bem, Astrov e Helena se beijam duas vezes", disse.

"É verdade", concordei. "Uma vez bem rápido; Vânia os interrompe, e depois perto do final, quando ela está partindo."

"Então você vai beijar Ed Day duas vezes por noite durante o quê, seis semanas?"

"Eu não vou ser eu e Ed não vai ser ele, vamos ser russos, pelo amor de Deus. É uma peça. Nós nos beijamos na frente de duzentas pessoas. Se você quiser assistir, consigo um ingresso para você. Estou casada agora, o passado acabou. Somos profissionais. Ele sabe disso, eu sei disso e você sabe disso."

"Ele sabe disso. Como ele sabe disso?"

"Eu disse a ele", anunciei. "Tomamos um café e eu disse a ele."

O que é verdade, amor, eu não estava mentindo. Tomamos um café e eu lhe disse que teríamos de ser profissionais e esquecer o passado. Mas minha mão tremia tanto que eu não conseguia erguer a xícara sem sacudir o pires, e você pousou a mão em meu braço e disse: "Faz quase oito anos. Vai fazer oito anos na próxima quinta-feira."

"Vocês tomaram café?", Guy perguntou.

"Tomamos. No Dante."

"E depois disso?"

E aí, claro que menti. Eu disse que vim direto para casa.

Ele foi até a escrivaninha e remexeu em alguns papéis. "Quando começam os ensaios?", perguntou.

"Quinze de abril."

"A estréia?"

Não consegui responder. Encarei-o e senti meu sangue afinar nas veias. Eu sabia exatamente o que ele pretendia fazer e sabia que não podia impedir. Ele vai me seguir como um dublê de corpo durante toda a produção. Meu amor, nunca estaremos sozinhos!

Ele ergueu os olhos de sua agenda com um sorriso frio.

"Por volta do fim de maio?", perguntou.

"Isso mesmo", eu disse. Passei a detestá-lo. Por que, perguntei a mim mesma, estou amarrada a este desgraçado? Senti o desejo incoerente de que ele não o tivesse salvado naquela noite, há tanto tempo, quando éramos todos tão inocentes — ou ao menos você e eu éramos inocentes —, às vezes acho que Guy nasceu cruel. Se ele não o houvesse salvado, não estaríamos em dívida com ele e poderíamos mandá-lo para o diabo, mas claro, não haveria nós, porque você não estaria aqui. Não o desprezo por completo porque ele lhe salvou a vida, e sei agora, como nunca entendi antes, que não sou inteiramente eu mesma quando estou longe de você, que sua vida me é tão fundamental quanto a minha própria.

Como se estivesse lendo minha mente — às vezes acho que ele consegue — Guy declarou: "Eu salvei a vida dele, ele transa com a minha mulher. Você acha isso justo, Madeleine?"

"Está terminado", anunciei. "Terminou há muito tempo."

"De verdade?", ele perguntou. "Bem, nesse caso sei o quanto você vai ficar satisfeita de que eu vá com você. Por acaso, minha agenda está completamente livre."

Dois beijos, meu amor. Dois beijos na frente de duzentos estranhos, seis noites por semana e duas vezes aos sábados. É o que teremos, é o que será permitido. Minha Helena será a mais tolhida, frustrada e desanimada Helena que o palco já viu, e os beijos roubados a Astrov tão carregados de paixão abrasadora e refreamento cruel que a platéia pensará que Anton Tchekhov sentou-se diante de sua escrivaninha há cem anos, com Madeleine Delavergne na imaginação, implorando pelo direito de viver livre da família, da obrigação e da tirania indiferente de seu cansativo marido, livre para viver apenas para o amor. Como vamos surpreendê-los enquanto nossos lábios se encontram e nossos corações disparam, nossos sentidos ansiando um pelo outro — exatamente como fizemos esta tarde na porta daquele maravilhoso quarto de hotel — e Guy Margate estará lá, na primeira fileira, noite após noite, impossibilitado de fazer qualquer coisa além de olhar. Será nossa vitória secreta sobre ele, e ninguém saberá o que isso nos custa e por que precisamos pagar e pagar e pagar o preço.

Mas saiba, meu precioso amor, que o dia em que você disser que já pagamos o suficiente, Anton Tchekhov e Guy Margate que se danem, nessa hora vou encontrar coragem, dizer à minha consciência que já vai tarde e ser para sempre e

Inteiramente sua,
Madeleine

PETER BEHRENS

com o Primeiro Exército Canadense na França,
10 de agosto de 1994

Margo, *ma chère,*

Uma carta deve ser como as asas de um pombo e de certa forma voar entre nós, mas não é nenhum pássaro, esta carta. Minha caneta está quase seca, assim como minha boca, e não consigo falar. Há dias não tenho um pensamento decente.

Estou tentando me sacudir como os lençóis que tiramos da cama naquela manhã no Maine. Nós os sacudimos, fizemos uma trouxa para que a faxineira lavasse, torcesse e pendurasse onde o sol e a brisa pura os curariam.

Temo que você nunca vai conseguir me limpar, Margo.

Deixe-me dizer o seguinte. O sol daqui é o mesmo do Maine ou do Canadá. Não dá para acreditar, mas sei que é verdade.

Há um fuzileiro no pelotão do tenente Trudeau, o soldado Blais, um lavrador — não, um filho de lavrador. De Arthabaska.

Mais tarde vou falar a respeito dele.

Neste exato momento há aviões zumbindo lá no alto. Sempre nossos aviões. Os alemães não têm nenhum, aparentemente.

Dizem que somos os donos do céu.

O que posso dizer, isto vai neutralizar a loucura da distância entre nós?

O pessoal da Brigada diz que vencemos os alemães, só que eles não sabem que foram vencidos, e por isso nós, a infantaria, teremos que caminhar até a Alemanha e lembrá-los mais uma vez a cada quilômetro, em cada fazenda, cada povoado, em cada esquina.

Onde você está lendo isto? Que roupas está vestindo? Seus dedos estão realmente tocando o papel? A tinta fala com você? As folhas estão grandes e lisas nos bordos ao redor da casa de seu pai em Westmount? A luz do sol se infiltra devagar? A luz verde pálida no começo da tarde quando você se deita para seu cochilo. E quando você desperta, pega a água para o banho e suas roupas de baixo caem sobre os ladrilhos, o que você tem a ver comigo então? Como exatamente estamos ligados, Margo? Eu me sinto mais ligado a certos projéteis do que a você. E você descansa na banheira, maravilhosa. Sai no final da tarde usando um vestido de seda e o chapéu de palha preto na cabeça, seus saltos batendo no caminho de pedra que dá na garagem. A garagem do seu pai ainda cheira a borracha, gasolina e folhas de grama fermentando nas lâminas do cortador? O ar é sempre fresco lá dentro, não é? O ar brinca com você.

O raspar da seda sobre suas pernas, Margo.

Agora estou pensando em seus pulsos.

Em outros tempos eu conhecia minha mulher até os ossos.

Seu bronzeado está bonito este verão? *Comme une huronne*?

Não tenho nenhum gosto por adjetivos.

Qualquer bom senso que eu tenha tido, qualquer estabilidade que tenha herdado de meus ancestrais normandos, acho que me foi arrancada nesta terra rosnenta. Neste verão de coisas explodindo.

O povo de meu pai, os *taschereaus*, saiu da Normandia para a Nova França, sabia?

Deixe-me jogar fora os adjetivos, por favor. Em seus braços, por favor, me deixe abandoná-los.

sangrento,
idiota,
fecal,

barulhento,
derrotado,
vermelho,
terror.

Está vendo, entrei nos substantivos, então me deixe lançar mais alguns. Estes você não precisa desembrulhar, Margo. Só assine e depois pode guardar.

Criança,
crianças,
metralhadora,
antitanque,
.303,
88,
tree-burst,
contra-ataque,
ferimento na cabeça,
prisioneiro,
ferimento no pescoço,
aorta,
artéria femoral,
batalha.

E os homens bem-dispostos agora estão cantando. Nesta pequena "área de descanso" os homens do *Regiment de Maisonneuve* são alimentados com hambúrgueres, *fèves au lard* e uma garrafa de cerveja Black Horse para cada um.

P'tit Canada dans un pâturage normande.

Suas coxas ainda são suas coxas?

Sinto muito. Peço desculpas.

O *ma femme.*

O menininho está... não, não vou pensar nele. Não, não vou. Não quero que ele apareça neste lugar.

Sua boceta.

Sinto muito. Peço desculpas. *Je vous en prie.*

A *peau* mais branca a pele mais suave o tecido que a constitui, Margo. Seus olhos verdes me sujeitam.

Na última carta você avisou que agora está morando na casa dos seus pais. Você disse que tinha ido para casa porque estava sozinha — você e o menino.

Seu pai, aquele *maudit Irlandais.* Ele a tem.

De minha parte, quero que você se baste.

Quero sua barriga doce e morna feito torta de maçã.

Antitanque.

Howitzer.

Tiger.

Bocage.

Diga a seu pai que ele pode me cobrir. Diga-lhe que perder a cabeça aqui fora, *c'est tellement facile.* Os 88 chegam rebentando a floresta ao amanhecer, em alta velocidade, trajetória bem plana, desmembrando árvores. Muitas vezes o que mata não é a munição em si, mas os pedaços rodopiantes de fuzileiros, e lascas de pedras e árvores. A coisa chega em você como uma garota que você quer, como uma boceta, tão doce e tão enganadora.

Os fuzileiros nas companhias são mortos por pedaços de outros fuzileiros em companhias. Braços, botas, joelhos. Digo aos líderes do meu pelotão que este é outro motivo para evitar que os homens se agrupem, que é o que eles sempre farão em primeiro lugar, como gado, apesar do treinamento.

Pensem nos seus homens, digo a eles, como fontes de estilhaços de bomba, perigosos. Tomem cuidado com esses capacetes de aço voadores. Uma lasca de osso de perna pode causar um estrago impressionante.

Meu Sargento Maior, na praia.

Ali.

Quero que você me cubra.

Três rapazes alemães em um carro oficial na estrada que atravessa os bosques. Como informou o pequeno tenente Duclos, ele pretendia certamente dar a eles uma chance de se renderem. Só que o cabo Dextraxe lhes ofereceu em vez disso uma vigorosa explosão. E o jovem tenente, o mentiroso arrogante, que saiu direto de Brébeuf, apresentou muito calmo o seu relatório. Ele não vai perder o sono por causa de boches mortos. Era o cabo, um dos nossos melhores, guarda-florestal de Megantic, um sujeito violento, quem tremia e praguejava.

O comandante da companhia, é isto o que sou. O confessor deles. Não sou mais seu marido, Margo. Não pertenço a ninguém a não ser aos tree-bursts e, neste momento, ao ar gorduroso que sai da tenda dos hambúrgueres onde nossos sobreviventes se empanturram.

Amanhã haverá reposições: para minha companhia, dezessete homens novos.

Estão todos cansados.

Os fuzileiros me garantem que há garotas vivas, lindas e famintas nos porões de Caen que trepam com disposição por um pedaço de queijo. E depois lhe oferecem uma garrafa de conhaque de maçã em troca de um abominável cigarro Sweet Caps.

Não quero lhe contar as histórias, Margo. Preciso encontrar algum outro lugar para registrá-las assim que chegar em casa.

Não quero que você pense mal de mim.

Seu papá, o velho demônio, me anestesiaria com sua religião irlandesa, na verdade não muito diferente da minha. O francês e o irlandês. Ele me arrancaria os colhões, não? Um exorcismo. Não quer que eu volte desta imundície para tocar uma filha serena, pura. Ele gostaria que ela houvesse casado com um boneco de neve, com uma cenoura no lugar do nariz e, em vez do pau, uma ponta de gelo.

Aquele soldado Blais, o fuzileiro que mencionei. O imbecil engravidou a garota dele no ano passado pouco antes de embarcar para a Inglaterra. O velho dela mandou-a para o Gray Nuns em Montreal, onde ela teve a criança da qual foi forçada a abrir mão e agora é escrava, esfregando o chão para as freiras, muito infeliz. A carta dela, que ele me mostrou, é patética, será que eles não mandam as garotas do campo para a escola? Essa mal consegue se fazer entender. De todos os modos. Vá ao convento e quem sabe você consiga ver a

Madre Superiora para decidir o que pode ser feito, você pode mencionar o nome do meu tio, o bispo. O nome da garota é Lucie alguma coisa, de Tingwick, quinze ou dezesseis anos. Blais é um bom amigo e insiste no fato de que vão se casar se ele sobreviver. Talvez você consiga para ela um serviço de empregada. Com os salários que estão pagando em Vickers atualmente, acho que vocês devem estar precisando de escravos em Westmount.

Ah minha querida. Ah *mon dieu*. Estou em choque e ninguém além de você sabe disso.

Perdoe-me no que puder. Dou-lhe meu sangue, meu coração, meus beijos para nosso filho.

Johnny

10 Sydenham Avenue,
Westmount, P.Q.

10 de agosto de 1944

Querido Jean,

Ainda não recebemos uma palavra sua, por favor, escreva algumas linhas, estamos todos terrivelmente preocupados.

Você está na França? Achamos que deve estar.

Como escrevi na última carta, Henry e eu voltamos para o nº 10 e estamos muito felizes aqui. Sei que você queria que mantivéssemos o apartamento, mas aquele lugar é triste demais, Jean, na verdade você não iria querer que eu ficasse lá. Não conseguíamos arranjar ninguém para limpar o lugar, e a Dornal Avenue não é minha preferência. Nunca foi, nunca será. Depois da guerra vamos encontrar coisa muito melhor. Patty e Frankie dão uma ajuda e tanto com o p'tit Henri. Neste exato momento Frankie está dando banho nele, posso ouvi-lo brincando com a água. Ele é um garoto de sorte por ter tias e avós devotados enquanto seu papá está no exterior. Esta manhã no café, papai estava dando a H. os ovos mexidos de seu próprio prato. Tão carinhoso! Eu só queria que você estivesse presente.

Espero que você esteja seguro onde quer que seja, meu amor.

Papai diz que a guerra praticamente terminou.

Você escreve cada coisa nas cartas...

Entendo o quanto é difícil para você estar separado das pessoas que ama.

Você é um homem exaltado.

Quando isto houver terminado e estivermos juntos uma vez mais, serei capaz de demonstrar que o amo.

Tudo o que você espera de mim, tudo o que quer — tentarei ser todas essas coisas, mas não sei se sou capaz. Se eu frustrar suas expectativas, o que você vai fazer? Em certos sentidos minha vida é mais fácil agora que você está longe. Tempo de guerra. Uma desculpa perfeita para não importunarmos um ao outro.

Nosso menino é bom e meigo. Está apaixonado por bolas, de qualquer tipo — bexigas, bolas de tênis, bolas de golfe, bolas de beisebol, bolas de borracha que saltam. Ele viu o globo no gabinete de papai e estendeu a mão gritando bo, bo, bo.

Escute, Jean, sinto frio sem você. O que quer que haja em você que me deixa de mau humor, preciso disso agora. Os dias são todos iguais.

Às vezes quero gritar com o papel de carta, bater nele, ou mastigá-lo. Eu gostaria de destruir minha própria fraqueza. Quero quebrar a caneta ao meio e atirá-la pela janela.

Será que algum dia vamos viajar? Quero ver Roma. França. Quero ver Paris com meu marido, que foi oficial na guerra.

Você estava sempre se queixando de que eu não era muito carinhosa, que isso o fazia se sentir inseguro do meu amor, que meus sentimentos por você eram mesquinhos e inacessíveis. E me lembro de você ter dito algumas vezes que eu não entendia a mim mesma.

Como se você entendesse, Jean.

Eu me zangava ao ouvi-lo dizer essas coisas e temia que estivesse certo. Mas agora sei que só posso tê-lo em uma vida de dificuldades. E ultimamente sinto dentro de mim uma sensação de sorte a respeito de tudo, e uma abertura, Johnny, que antes não estava presente.

Antes de você partir, senti-me assim apenas uma ou duas vezes, quando você estava dentro de mim. Tentei lhe contar, mas você não estava preparado para ouvir, porque era um homem partindo para a guerra. Agora está comigo quase o tempo todo, esta sensação, completamente oposta ao mau pressentimento. Não sei de onde ela vem, Johnny. Alegria. Todas as coisas que as freiras disseram a seu respeito, a maioria dos avisos estavam certos, mas ainda assim não me importo. Sei agora que você vai sobreviver e voltar para casa. Vi isto em sonhos, não ria, você, eu e Henry juntos. Serei tudo para você e faremos mais bebês, não faremos? Quando a guerra terminar e você voltar para casa vamos partir por um bom tempo. Vamos descer até o Maine, ou até o norte do meio-oeste. Quero que você me conte tudo que viu e sentiu. E então deixaremos a guerra para trás e caminharemos para o resto de nossas vidas.

Acho que você precisa se conter e não se expor demais aos seus homens e, quando estiver se sentindo muito deprimido, durma um pouco.

Todos aqui enviam carinho e desejam felicidades,
Sua xxx Margo

URSULA K. LE GUIN

Calendas de junho, 766 a.C.

Para Enéias, o troiano, Rei do Lácio, visitando a corte de Lorde Tarquínio de Cere em Etrúria, cordiais saudações!

Mal sei como lhe escrever, meu querido marido, já que somos provavelmente analfabetos. Na verdade, mesmo os etruscos ainda não devem ter descoberto a escrita. Mas sinto muitas saudades suas, e acredito que uma carta de amor possa ser enviada mesmo que não possa ser escrita ou lida, desde que o amor seja forte o bastante. As pessoas estão sempre transformando em obstáculos insuperáveis as coisas mais triviais. Afinal de contas, o fato de você ter lutado na Guerra de Tróia no século XIII a.C. e eu ter vivido na Itália no século VIII, o que parece ser um obstáculo considerável à nossa união, não fez a menor diferença. Você cruzou os séculos para vir até mim, e isto levou apenas sete anos. E, graças ao oráculo, meu pai o escolheu como genro antes mesmo de conhecê-lo. Você precisou acabar com o pobre Turno primeiro, mas então nos casamos e nos apaixonamos — essa é a ordem certa dos acontecimentos, acho —, e desde então nossa felicidade juntos apenas cresceu.

Você é um homem sério, consciente, meu querido, e sei que mesmo na felicidade se preocupa com o passado, acusando a si mesmo de profunda maldade. Além disso, você é bondoso; preocupa-se comigo porque sou muito jovem e tem medo de me magoar. Quero lhe dizer uma coisa que pode, de certa forma, serenar sua mente. É o tipo de coisa que é mais fácil abordar em uma carta do que frente a frente — motivo pelo qual realmente precisamos aprender a escrever.

Quero lhe dizer que sei o que aconteceu na África.

Por favor, não culpe Acates por me contar. Foi o vinho verde — ele estava um tanto bêbado. Ele é tão querido! Se achasse que foi desleal a você, ficaria completamente arrasado. No entanto, você pode me culpar por escutar e por arrancar o resto da história do seu encantador filho Ascânio à custa de sedução. Ele adora falar sem parar da rainha Dido, como era bonita, como era gentil com ele, como o deixava montar os melhores cavalos de seu estábulo e sair com ela em caçadas, e lhe permitia até mesmo que trepasse nos andaimes dos prédios que estava construindo em Cartago — o que você havia proibido terminantemente. "Ah, Dido era fantástica", diz ele. "Eu gostaria que tivéssemos ficado lá para sempre!" Sei que ele acha o Lácio retrógrado e monótono. E claro que sente saudades de sua verdadeira mãe, pois não sou mais velha que ele o bastante para chegar a ser uma substituta.

Mas, seja como for, por meio da tagarelice de Ascânio e das divagações solidárias do bom Acates, adquiri boa noção do que aconteceu. E tudo que quero dizer a respeito disso é que parte meu coração. Aquela pobre rainha! É claro que ela o amava. Era louca por você — qualquer mulher que tivesse a chance seria. Você é não só uma figura galante, romântica, um rei no exílio compelido por um inexorável destino a cruzar os mares, é também um homem muito gentil. E belo. Realmente belo. Você puxou sua mãe na aparência, embora não inteiramente, alegro-me em dizer, em personalidade.

Dido deve tê-lo visto como resposta não apenas para sua solidão de viúva, mas para sua necessidade de um consorte, um defensor para impedir que os reis locais tentassem anexar-lhe a cidade, arrastando-a para a cama deles. Você era uma dádiva dos deuses.

E como você conseguiu resistir a ela? Você também havia enviuvado, também estava só. Seu pai acabara de morrer. Todo o seu povo dependia e confiava em você para cada decisão. E lhe impuseram o mandato de ir a um lugar chamado Itália e fundar um enorme império — que não estava absolutamente dando certo. Após sete anos, você chegou apenas até a Sicília, e então lá estava você, naufragado no leste da África. Você estava em um mau momento. E Dido lhe oferecia um abrigo, um reino, seu amor, tudo. Claro que você agarrou o que ela ofereceu. Que espécie de homem não o faria?

Mas o problema era que você não era um enviado dos deuses. E ela não conseguia enxergar, não conseguia aceitar. Que espécie de mulher conseguiria? Ela tentou retê-lo, impedi-lo de ir aonde tinha de ir. Mas não conseguiu, pois você não era apenas um herói romântico — era um herói trágico. E então ela precisou descobrir o mesmo a respeito de si própria. Da maneira mais difícil.

Ah, quando pensei a respeito disso, senti-me tão triste por vocês dois. Não chorei quando você partiu na semana passada, Enéias, você me pediu que não o fizesse; mas chorei naquela noite depois que Acates foi para casa.

Pergunto-me se quando você foi ao Inferno, pela entrada em Cumas, encontrou alguma de suas mulheres lá embaixo — Creusa, ou Dido? Conseguiu conversar com elas? Eu gostaria muito de saber, mas não ouso perguntar. Sei apenas que você foi até lá, e que não falará sobre o que viu.

Se eu morrer antes de você — não ria, sou muito mais jovem que você, mas ninguém sabe quando a morte pode chegar —, se eu morrer, esperarei por você lá embaixo perto dos rios escuros, nos bosques sem sol. Quando você chegar, estenderei as mãos na sua direção e gritarei com toda a voz que uma sombra pode ter, aqui estou, venha para mim, meu querido, meu amor!

Mas isto é mórbido. Me perdoe. Deixe-me contar a você sobre o bebê. Silvius está crescendo, mama como um leitãozinho, dorme feito um cachorrinho. Quando eu estava varrendo a casa das Vestais e preparando a refeição sagrada esta manhã, ele ficou observando a mim e ao fogo por um longo tempo, com um olhar tão atento, tão inteligente. Está vendo, ele é piedoso, exatamente como você! Brincadeiras à parte, quanto mais velho ele fica, mais certeza tenho de que vai se parecer e ser como você. Talvez só não tenha todos os problemas que você teve. Que bom pensamento.

Venha logo para casa para podermos fazer uma menininha.

Dê meus cumprimentos ao Lorde Tarquínio. Fique bem, meu querido marido. Volte para casa logo, logo, logo!

Por favor, desculpe-me os erros de escrita.

Lavínia, Rainha do Lácio

NICK LAIRD

Belfast
3 de fevereiro de 1987

Pai,

Você teria ficado surpreso com minha reação.

Eu estava secando os pratos e ouvindo um programa sobre agricultura na Rádio Ulster; depois estava sentada sobre os ladrilhos perto da geladeira, ouvindo a voz de David ao telefone repetindo que estava terminado, que estava tudo terminado de vez. Ele estava chorando — discretamente, como tudo que faz —, o que me fez explodir. Gritei para Jane, que fazia seus cálculos na sala de estar, e ela me ajudou a levantar do chão. Contei-lhe o que havia acontecido, então fui até a escrivaninha, peguei minha agenda telefônica e liguei para os primos. Terminei com os pratos mais tarde naquela noite e fui para a cama. Três gins-tônicas duplos e uma das pílulas para dormir com receita médica que vinha colecionando significaram que desmaiei quase imediatamente.

Perdi a nevasca que caiu nas primeiras horas da madrugada. Jane me acordou com uma xícara de chá às oito na manhã seguinte e desci. Continuei de camisola na sala de estar, recostada no sofá, olhando para fora. O lugar inteiro tinha se tornado branco. De vez em quando um carro passava silencioso, deslizando com um brilho artificial.

Já se passaram várias semanas agora. Nós o enterramos em seu cemitério da igreja, e conversei mais com você nestes dois últimos meses do que o fiz nos últimos vinte anos.

No dia seguinte — o dia da neve —, dirigi até a casa de David com salgados e doces do freezer e trocentos sanduíches. Eu havia mandado Jane ao armazém para comprar dois pães de forma e fiquei na cozinha preparando rodelas de presunto, atum, ovo e queijo, sem parar. Há uma proteção nas pequenas ações domésticas. Jane embalou os sanduíches em Tupperwares e ficou preparando jarras de chá. Jane entendia o bastante para saber que sua morte era algo muito sério, e tornou-se uma gracinha, dócil, obediente, o oposto de quem ela era. Você entende de crianças e de morte, claro. Sempre nos tornávamos obedientes e invisíveis quando você chegava depois de conduzir um funeral. Com o ruído de sua chave e as passadas de suas botas, parávamos de conversar, rir ou nos divertir e corríamos para nossos quartos para ler ou sussurrar.

Comecei a conversar com você no trajeto para a casa de David. Eu queria lhe dizer o que estava pensando. Estava lembrando a história de como você chegou aqui pela primeira vez, no norte, no trem vindo de Cork, quando tinha onze anos. Foi em 1920 ou 21. Seu pai havia começado a receber cartas — avisando-o e a todos os outros protestantes para saírem de Ballydehob. Ele havia vendido a fazenda, levado todas as doze crianças e a maior parte de seu gado — os cavalos e o gado de chifre longo — no trem para Armagh. Era noite quando vocês alcançaram a região. Houve certa confusão — foi em Hamiltonsbawn ou Poyntzpass —, e a família desembarcou rápido, descarregou caixas e móveis freneticamente, baixou as rampas dos vagões de gado e conduziu os animais sobre a plataforma. O trem afastou-se e seu pai percebeu que haviam desembarcado antes da hora, várias paradas antes, e não estavam em Mountnorris, mas no meio do nada. Um fazendeiro que por acaso estava passando por ali levou o bando todo para casa. Cresci como a melhor amiga da neta desse fazendeiro, Mary. Você gostava dela. Ela leciona física em uma universidade em Seattle agora e mora com seu terceiro marido.

Para ser honesta, prefiro conversar com você morto. Eu não poderia ter mencionado, você estando vivo, que Mary se casou três vezes; você teria franzido o cenho e falado de absolutos, de santidade, da mente pervertida do homem, dos inimigos do Evangelho.

Ah, os inimigos do Evangelho! Aquela lista fascinante nunca acabava. A Irlanda, a Grã-Bretanha, a América, os Muçulmanos, os Papistas, a Dança, a Bebida Alcoólica, as Drogas, o Desrespeito, o Governo, a Televisão, Portrush,[16] Mamãe, David, Eu.

O funeral foi, como você teria esperado, gigantesco. A igreja não comportou a todos. Seu rebanho inteiro e a maior parte da cidade amontoaram-se nos bancos da igreja ou do lado de fora, com casacões, cachecóis e luvas. As portas da igreja ficaram abertas para que a cerimônia religiosa fosse ouvida do estacionamento; uma corrente de ar percorria a nave direto até seu caixão.

E talvez você fique satisfeito em saber que usei chapéu na igreja: tive de pegar um emprestado com mamãe. Ela se manteve calma do princípio ao fim. Parecia flutuar pelos cômodos da residência paroquial: ela de alguma forma havia se aprumado e parecia mais alta.

A tristeza é uma coisa estranha. É repentina, concentrada nos vãos como a neve com que me deparei semanas mais tarde, caminhando por vielas. Alguma coisa sempre resiste ao degelo, fora de alcance, na vala de uma cerca viva ou na cavidade deixada por uma árvore derrubada pelo vento. A súbita brancura era ofensiva.

Eu estava retirando roupas quentes da secadora ontem e pensei em você. Quando vieram entregar o carvão na semana passada, o mesmo aconteceu. O motorista do caminhão usava gel nos belos cabelos grisalhos e os sulcos do pente ainda eram visíveis, exatamente como nos seus.

Não que eu o tenha perdoado. Não pense isto, pelo amor de Deus. Só que agora entendo em parte como você foi moldado por tudo que conheceu.

Você era tão cheio de raiva. Crepitava como eletricidade estática. Na metade das vezes que você acendia a luminária grande na sala de estar, a lâmpada estourava. Certa vez observei-o pressionar a testa de um homem com a mão em uma tenda religiosa perto de Garvaghy. Ele havia se destacado para ser salvo e, depois que se ajoelhou, as marcas brancas dos seus dedos permaneceram nas têmporas dele.

Não nos falamos por cinco anos. Não sei o que isso causou a você. Jane vai fazer doze daqui a três meses. Você perdeu completamente seus primeiros cinco anos. Não contei isso a ela, claro. Quase lhe falei sobre o pai dela antes de você morrer, mas no final das contas você não perguntou, e seria o mesmo que desenterrar um projétil ainda não descoberto de uma guerra antiga e superada. Nos últimos meses, tudo que você fez foi ficar deitado na cama, sorrindo de leve quando alguém chegava, segurava sua mão ou ajeitava seu travesseiro.

Isso foi o mais relaxada que já me senti com você, ali sentada. Eu queria lhe perguntar a respeito de *sua* vida, seu pai, sua juventude, sua fé. Eu me sentava ali pensando que não tinha a menor idéia de quem você era. Não que você me conhecesse ou conhecesse David. Nós o irritávamos e confundíamos. Você nos via da mesma forma que Jane e eu vemos Penny agora, a *border collie*, com certo interesse e preocupação, mas sem saber se ela sequer existe na mesma realidade que nós.

Outro dia, há mais ou menos um mês, depois que Jane havia ido para a escola, peguei um livro que ela havia deixado sobre o braço do sofá. Era um antigo manual da St. John Ambulance,[17] e enumerava as ocorrências que geralmente acompanham a morte: a respiração e o movimento do coração cessam; as pálpebras permanecem semicerradas, as pupilas dilatadas; a língua se aproxima da parte inferior dos lábios e estes se recobrem de um muco espumoso; o frio e a palidez da pele aumentam. Eu não conseguia enquadrá-lo em nada dessas coisas. Não havia jeito de começar.

Gastei semanas estudando as velhas religiões, tentando descobrir meios de imaginar o que lhe aconteceu, onde você está e o que está fazendo. Encontrei alguma coisa nos Upanishads a respeito desse momento, o momento em que partimos. Você não aprovaria. *Quando o observador se afasta e passa a não reconhecer as formas.*

Penso outra vez na neve que caiu. Há uma concepção segundo a qual, quando morremos, voltamos a fazer parte de alguma coisa. A morte é uma garra sendo liberada. Eu gostaria de ter conversado com você a respeito. Posso imaginar o olhar em seu rosto, um sorriso defensivo, de lábios apertados, como se dissesse: *Você já sabe o que eu penso.*

Você me faria um favor, pai? Se estiver aí, em algum lugar, saia e procure um pouco de solidão, em um jardim ou uma galeria vazia, e leia em voz alta um trecho dos Upanishads.

Ele está se tornando uno, ele não vê, dizem; ele está se tornando uno, ele não cheira, dizem; ele está se tornando uno, ele não saboreia, dizem; ele está se tornando uno, ele não fala, dizem; ele está se tornando uno, ele não ouve, dizem; ele está se tornando uno, ele não pensa, dizem; ele está se tornando uno, ele não toca, dizem; ele está se tornando uno, ele não percebe, dizem.

Quando eu era criança e ia lhe contar alguma coisa, sua primeira reação era uma espécie de cautela. Suas respostas eram julgamentos. Eu gostaria de fazê-lo ouvir agora outras maneiras pelas quais lidamos com o fato de sermos humanos.

O que acha do Tao, pai, o que você acha disto? Veja, a sabedoria dos antigos era perfeita, porque eles não tinham consciência de que existiam coisas e, por isso, nada poderia ser acrescentado. Veja, a Queda que você pregava é diferente, gradual, uma lenta aceitação do conhecimento. Os antigos se conscientizaram de que existem coisas, mas não de que existem distinções, então alguns tomaram consciência de que existiam distinções, mas não de que existiam o certo e o errado. Quando o certo e o errado se manifestaram, o Tao conseqüentemente decaiu. Isso não significa alguma coisa? *O Tao conseqüentemente decaiu.*

Um monte de lixo insípido. Você tinha ido longe demais com Jesus Cristo para pensar em outros caminhos. Você se apaixonou apenas uma vez, e não foi por minha mãe. Foi por Ele. Lembro-me do domingo em que Margaret McConnell foi à igreja sem chapéu. Você abriu o sermão dizendo, muito calmo e abatido, que era um claro insulto a Cristo que uma mulher fosse à Casa de Deus sem chapéu. Você citou São

Paulo: *a mulher deveria usar véu na cabeça por causa dos anjos*, e então olhou direto para a Sra. McConnell. Ela sorria, impassível. Fiquei tão chocada — chocada que alguém desafiasse Cristo em sua própria casa, e que alguém desafiasse *você*, e na *sua* igreja! O demônio podia escolher o mediador que quisesse, até mesmo aquela viúva de cabelos prateados vestindo lilás.

Ela era minha heroína.

Resultou que ela se achava também nos estágios iniciais do Alzheimer; pensou que *estivesse* usando chapéu. Chorou mais tarde no estacionamento quando um veterano da igreja a interpelou e explicou.

Você se considerava outro João Batista, enviado para preparar as pessoas para a vinda. Falava como se Cristo estivesse chegando para jantar. Quando eu era muito jovem, uma coisinha sardenta e nervosa com rabo-de-cavalo, achava que cada batida na porta poderia ser o próprio Jesus.

E o que mais? Nunca lhe contei, mas em 1975 o pai de Jane e eu fomos de carro até Birmingham, por causa de minha entrevista para uma bolsa de estudos para pesquisa. Foi pouco depois das bombas do IRA, e eu estava grávida e pesada de Jane. Não conseguimos encontrar lugar algum que nos permitisse ficar. *Proibida a entrada de negros, Proibida a entrada de irlandeses, Proibida a entrada de cães.*

Bem, você sabe a qual dessas categorias pertencia o pai de Jane. E a qual delas eu pertencia.

Dormimos no carro.

Você era meu ídolo quando eu era criança. Quando caiu, caiu completamente. Você se traiu. Lá estava você no noticiário da UTV, dividindo o palco, apertando as mãos de um terrorista legalista, apoiando-o, sorrindo. Há mais do que a decadência do latim, *cadere*, entre o cadáver e cadência.

E agora? Você está nos olhando do alto? Sua alma foi içada como pipa para dentro do sol? Você está flutuando aí em cima, sentado com as costas eretas, como se estivesse em um barco a remo? Acho que todos deveriam ter de viver uma vida após a morte muito diferente daquilo em que acreditavam. É como deveria ser.

Os *toradja* depositam o corpo dos mortos em troncos de árvore ocos. Possuem uma litania para despedir-se do cadáver. Dizem: "Ó pai, colocamos tudo para você aqui. Fique aqui. Seus parentes mortos estão vindo para lhe fazer companhia, e entre eles está também fulano de tal, que lhe dirá o que deve e o que não deve fazer. Quanto a nós, a quem você deixou, também obedecemos às ordens de alguém. Este é o fim de nosso relacionamento. Até aqui você tem direitos sobre nós como seus filhos, mas estamos escurecendo os degraus de sua casa. Não volte para nós."

Jane está lá em cima, no computador, e Penny está dormindo aos meus pés, agitando-se em seu sonho à parte. Espero que sua canoa esteja passando lá em cima, nesta tarde luminosa e fria, e que você esteja deslizando a mão na água. Não volte para nós.

Não volte.

Ruth

SAM LIPSYTE

Cara Senhorita Primatologista às Vezes nas Matas,

Shhhh. Não tenha medo, doçura. Por favor, apenas leia. Tente enxergar meu coração através da terrível macaquice destes rabiscos.

Eu não deveria estar lhe contando isto, literalmente não, uma vez que não adquiri a capacidade da linguagem, que dirá a de escrever, nenhum de nós adquiriu, mas para o inferno com a linguagem. Preciso falar. Posso nunca mais retornar a este cantinho de floresta outra vez. Posso nunca mais ter a oportunidade de correr a passos largos para nosso esconderijo de musgo macio junto ao rio, simular precaução e uma confiança rastejante adquirida a duras penas, para deixá-la me ninar, arrancar carrapichos do meu couro cabeludo e me chamar pelo nome que você pelo visto me deu, "Ari".

Se for este o caso, se eu não voltar, quero que saiba o quanto eu, seu dedicado Ari, vou sentir saudades de nossas tardes perto do rio. Quem se preocupa que meu nome na verdade seja Mike?

Por incrível que pareça, antigamente eu me preocupava porque seria você quem partiria, porque depois que veio a entender nossos costumes, ou achou que houvesse entendido, você guardaria suas câmeras, seus cadernos de notas, laptops e cadeiras dobráveis, e partiria para sempre, quem sabe para estudar aqueles ridículos bonobos. (Sabemos muito bem da obsessão que vocês humanos têm pelos bonobos, embora nenhum de nós possa imaginar que espécie de conhecimento esperam colher desse bando imbecil de macacos.)

Mas, por força do destino, sou eu quem deve partir, quem está sendo, como dizem ou, suponho, você diz, despachado. Pior, sei que o motivo pelo qual estou partindo vai horrorizá-la, de forma que, mesmo que eu volte (e, como dizem, ou, suponho, nós dizemos, nada é certo debaixo dessas copas), pode ser que você não consiga me ver do mesmo jeito novamente.

Olhe, Senhorita Primatologista às Vezes nas Matas, a ordem veio do Grande Ramo. Estamos partindo para matar um chimpanzé chamado Mingo. Não precisamos da linguagem para liquidar. Temos polegares oponíveis, um complexo sistema de guinchos. Somos incrivelmente fortes. Mingo também. Ele é um sacana durão, ou foi o que nosso serviço de inteligência nos fez crer, e nosso serviço de inteligência é bastante satisfatório no que diz respeito às redes de símios, ou foi o que me contaram. Não sei ao certo como vamos lidar com Mingo quando cruzarmos seu território e o encontrarmos. Quem sabe vamos atraí-lo com uma isca e golpeá-lo. Talvez apenas o espanquemos com um pedaço de pau. Vamos certamente arrancar-lhe os bagos a dentadas. O líder da nossa ofensiva, Gilbert, vai se encarregar disso. É quem você chama de Pucshkin. Ele adora arrancar bagos a dentadas.

Por favor, não pergunte por que vamos matar Mingo. É provável que nem mesmo Gilbert saiba. Estou certo de que há um bom motivo. O Grande Ramo não nos enviaria sem um bom motivo. Por que os chimpanzés matam chimpanzés? Mingo deve, de alguma forma, ameaçar nosso estilo de vida, sem falar dos nossos bagos e dos bagos das nossas crias. Mas não é da nossa conta querer saber por quê. O que primeiro nos diz respeito é arrancar a dentadas os bagos de Mingo, e quem sabe espancá-lo muitas vezes com um pedaço de pau.

É esta a natureza de uma ofensiva, suponho. O Grande Ramo realiza o chamado e nos preparamos. Comemos carne de gálago, estupramos algumas fêmeas de nosso bando. A carne de gálago e o estupro nos debilitam um pouco, mas e daí? Podemos não voltar por algum tempo. Isto a deixa chocada? Não desejo chocá-la. Desejo apenas ser honesto a respeito de quem sou e do que fiz a serviço de meu bando, e não só de meu bando, mas de outros bandos também, do que fiz, na verdade, por cada chimpanzé que anseia pela verdadeira liberdade na floresta, mas sofre sob a opressão de Mingo e de sua ideologia mingóide.

Por Deus, me escute. Estou parecendo um daqueles chimpanzés gordos no Grande Ramo, os que conduziram meu pai ao outro lado do rio há tantos anos. Sem dúvida, como cientista, você também testemunhou a natureza sendo cruel e indiferente, sem dar a mínima para o que quer que seja além dela própria, porque esta é a natureza da natureza, ou é o que Gilbert diz, mas também sei, de conversas que ouvi por acaso perto do seu acampamento, que ao contrário de alguns dos seus colegas, inclusive seu marido, você não consegue aceitar a premissa de que os chimpanzés sejam tão doentes e calculistas quanto os homens.

De certa forma, é isto o que me faz amá-la tanto, além dos seus braços macios, ligeiramente sardentos, e seu cabelo castanho sedoso, sem falar na delicadeza com que arranca carrapichos, insetos e outras coisas do pêlo do meu couro cabeludo, e é por isso que lhe contar a verdade sobre o porquê não me virei ao rio por algum tempo é tão doloroso, tão, sei lá, *torturante* é a palavra? Ainda sou muito inseguro com essa coisa da linguagem, mas acho que *torturante* talvez seja a palavra. Olhe, minha doce, querida e linda primatologista, quero que você me ame como a amo, mas temo que você jamais possa me amar como verdadeiramente sou, que Mike nunca encontre um lugar no seu coração como o fez "Ari". E, portanto, meu coração de primata está despedaçado.

Que assim seja então. Aprenderei a "aceitar" o fato, exatamente como a ouvi dizer a seu marido na outra noite enquanto estava agachado ao lado de sua tenda, que você aprenderia a "aceitar" os namoricos dele com Cindy, a estudante de pós-graduação. (Se bem que se os houvesse visto atrás do gerador na outra noite, fazendo coisas que até mesmo seu irmão medíocre, bêbado e pornográfico consideraria repugnantes, talvez você não fosse tão tolerante.) Mas, por favor, saiba que eu me balançaria por todas as árvores de todas as florestas para encontrar a folha de bananeira perfeita para você usar em seu lindo cabelo, ou como bandeja para uma deliciosa coleção de cupins que eu também ficaria emocionado em lhe fornecer, ou, se preferisse, você poderia usar a folha para limpar o perfumado cocô de seu majestoso traseiro. Para mim dá tudo no mesmo, embora você deva saber que nunca fui um verdadeiro chimpanzé arborícola. Sou melhor no solo, mordendo, esmurrando. Esmurrar é minha especialidade. Adoro dar murros. Golpear com troncos ou pedras, isso é bom. Mas esmurrar, ou qualquer situação que requeira murros, é quando este chimpanzé se enche de vida. Em todo caso, não é isso o que importa. O importante é que a amo e faria qualquer coisa por você, inclusive esmurrar o idiota do seu marido até transformá-lo em adubo de floresta, embora eu saiba que você é uma alma nobre demais para lhe desejar isso. Amo você, Senhorita Primatologista às Vezes nas Matas, e tenho medo. Tenho medo de não tornar a vê-la nunca mais. Tenho medo de que Mingo se mostre muito violento. Perdemos meu melhor amigo Lychee para caçadores ilegais na última ofensiva e vivemos sempre com medo de balas, punhos, dentes, com nosso nome neles (embora tecnicamente não sejamos capazes de ler nossos nomes neles, claro).

Temo também estar perdendo a fé. Nunca questionei as ordens que recebi de Gilbert ou do Grande Ramo, mas estou começando a enxergar a realidade mais ampla. Que diabo, talvez eu não precise esmurrar. Talvez aqueles crápulas safados dos bonobos estejam certos. Talvez seja melhor parar com essas brigas idiotas. Só sei com certeza que é assustador de repente ter pensamentos que são meus pensamentos, e não os de Gilbert ou os do Grande Ramo. Todas aquelas tardes em que nos cuidamos e brincamos você deve ter cultivado um novo chimpanzé bem lá no fundo dentro de mim.

Lembra aquela vez em que você me ninou, catou carrapichos no meu couro cabeludo, acariciou minha cabeça e me contou tudo a respeito do mundo humano, do qual havia fugido porque tudo era falso, cruel e radiante demais, onde não conseguia encontrar nenhum tipo de criatura que suportasse, e perguntou: "Meu pequeno Ari, que espécie de criatura é você?" Se eu pudesse ter respondido na ocasião, se soubesse que podia, teria dito que eu era a espécie de criatura que nunca havia sido tão feliz quanto naquele momento com você, mesmo sentindo aquela vaga onda de tristeza sob a pelagem, a sensação de que era tarde demais, que a natureza sempre teve a vantagem inicial, que o aprendizado nunca teve chance. Ou lembra aquela vez em que você catou mais carrapichos e pequenos galhos em meu couro cabeludo e perguntou: "Ah, meu Ari, lá no fundo do seu coração você é um chimpanzé bom e carinhoso, não é?" Bem, eu ainda não compreendia totalmente a linguagem, mas se compreendesse, teria dito: "Sim! Ou, não, ainda não! Mas quero ser! Realmente quero!"

Mas talvez querer não seja o bastante. Talvez eu nunca vá ser mais do que o que Grande Ramo fez de mim: uma máquina de transformar irmãos cheios de vida e fôlego em montes de pêlo e osso. Não quero sua compaixão, guarde sua compaixão para os montes de pêlos, mas acho que estou com medo de que, sobretudo agora que você conhece a verdade, "Mike" tenha destruído para sempre seus sentimentos por "Ari". Mesmo enquanto mordisco um pouco de carne de gálago pós-violação, sinto uma lágrima se aninhando na penugem de meu rosto. É uma lágrima por você, meu bem, mas, quem sabe, antes uma lágrima por mim. Não posso negar minha chimpanzice. Você nunca amaria um chimpanzé que o fizesse. Ainda assim, rezo para que nos encontremos novamente, para que o macaco mais corajoso e virtuoso que existe dentro de mim tenha outra chance de crescer.

Sinceramente seu,
Mike "Ari"

[A carta a seguir, dobrada de modo a formar um pequeno quadrado, foi encontrada presa à primeira, com cola de origem animal não-identificada, possivelmente pertencente a um primata.]

Cara Cadela das Matas,

Maldita seja, meretriz coletora de dados da Babilônia. Como se atreve a vir até aqui e ferrar a cabeça de um de meus melhores espancadores! Isso mesmo, este não é seu amante macaco, é Gilbert. Ou eu deveria dizer Puchkin? (Puchkin! Fiz um passeio ao Centro de Pesquisas da Linguagem na Geórgia, Estados Unidos, portanto não tente dar uma de gostosa para cima de mim. Você já leu *Yevgeny Onegin*?)

Foi bom ter encontrado esta carta antes de você, porque realmente acho que é hora de dar minha pequena contribuição. Quando você estiver lendo isto, Mike, eu e o restante do velho esquadrão da morte já estaremos a caminho de fazer o que viemos fazer nesta maldita floresta, em outras palavras, "desmingar" nossas zonas intermediárias. Respeito meus chimpanzés, portanto deixarei que as palavras do garoto permaneçam, mas creio que um pequeno adendo seja apropriado. Olhe, podemos todos parecer iguais para você, mas não muda o fato de que Mingo representa uma séria ameaça a nossa liberdade (e não me venha com nenhuma daquelas bobagens conspiratórias sedutoras a respeito dos planos do Grande Ramo para o acesso à fruta mussanga.) Além do mais, detesto arruinar suas teorias, mas às vezes matamos apenas pelo suspense, ou para preservar nossos golpes homicidas. Como gostamos de dizer: um chimpanzé enferrujado, o bando inteiro pulverizado.

Bem, faça com *essa* informação o que quiser. Confio que vá enterrá-la. Se os chimpanzés são maus como as pessoas, então talvez as pessoas não sejam boas ou más. Isso nocauteará sua preciosa moralidade. Mas sobre quem realmente desejo conversar é Mike. Olhe, ele é apenas um garoto idiota. É a mim que você quer. Um chimpanzé com experiência, o macaco dos maçados, nós dos dedos ásperos, violento, que sabe como enfiar o pau no formigueiro da vida. Ouça, meu bem, sei que a assusto. Mas sei que a excito também. Você não pode esconder isto. E não pode se esconder de mim. Em breve estarei em casa, mas tenho nas entranhas a estranha sensação de que seu querido macaco Ari talvez não consiga voltar. Temo que "torturante" venha realmente a ser a palavra para o traseiro peludo dele. O nevoeiro de guerra etc. Não me entenda mal, todos ficaremos tristes. E depois que eu cuidar de seu marido adúltero, você e eu ficaremos tristes juntos, perto do rio. Você mal vai poder acreditar no quanto embarcaremos em nossa tristeza.

Até lá,
Puch

PANOS KARNEZIS

Tenho de admitir que a primeira vez que a vi confundi-a com uma estranha, talvez por ter vivido sozinho por tanto tempo, um isolamento voluntário que começou a afetar minha fala, assim como minha visão. Mas então olhei melhor para seu reflexo na água, ondulado pelo cisne deslizando através do lago, e vi claramente os cabelos curtos, o longo nariz, o casaco familiar: nos conhecíamos de algum lugar. Após um ano inútil, eu havia começado a dar caminhadas vespertinas diárias no parque para reduzir o tormento da solidão, que foi inventada para punir os fracos deste mundo, ao longo de um caminho que me fazia passar pelo lago, onde eu alimentava os patos, pelo Outeiro, pela Pérgola Eduardiana, parando para sentar um pouco em um dos bancos dedicados aos mortos.

Foi um encontro rápido. Então não a vi por vários meses, e começava a me convencer de que, afinal de contas, você era um dos fantasmas que perambulam pelo parque a qualquer hora do dia, confundindo os cães com sua presença etérea, surpreendendo os pescadores adormecidos e irritando os jardineiros ao pisotear os canteiros de flores, até que tornamos a dar de cara um com o outro na primavera seguinte. O Natal havia passado sem escapatória do desespero, assistindo a desenhos animados e a cruéis reprises de comédias na televisão, que não conseguiam fazer rir nem mesmo os amnésicos. Janeiro tampouco havia sido melhor. O trabalho andava devagar, e a alegria de escrever dera lugar a uma rotina que começava a se assemelhar à vida de um caçador de pérolas. Em fevereiro também não aconteceu nada, um mês inventado apenas para retardar a chegada da primavera, mas então em março tive a feliz idéia de ir à cidade para uma matinê.

Depois da peça, já que era muito cedo para voltar para casa, me misturei à multidão do crepúsculo, caminhando com seus guarda-chuvas, entrando e saindo das lojas, restaurantes, salas de jogos. De repente, lá estava você novamente, magnífica e palpável na vitrine de uma loja, entre os manequins sinistros, as nuvens de fumaça dos canos de descarga e as barracas dos vendedores ambulantes.

Na ocasião, eu vivia no primeiro andar de uma casa de tijolos vermelhos em North London, em um pequeno apartamento onde a banheira ficava na cozinha, e eu tinha que lavar roupa, louça e tomar banho na mesma água, para economizar nas despesas. No final das tardes, a senhoria vinha para inspecionar a propriedade, indo de pavimento em pavimento com seu caminhar de general de exército, farejando o ar porque fumar era estritamente proibido, antes de fazer uma visita à filha e ao genro, que moravam no apartamento com jardim. Francesa robusta, minha senhoria viera parar na Inglaterra após se casar com um comerciante de vinhos inglês que morreu de cirrose cinco anos depois, deixando-a com uma filha e a posse do casarão. Ela o convertera em apartamentos, e desde então os alugava para jovens profissionais. Uma vez por mês, quando vinha recolher o aluguel, prevenia-me, com seu sotaque francês categórico, que não tolerava discórdias, que eu era um hóspede, embora eu sempre pagasse em dia e colocasse o lixo para fora todo domingo à noite, como ela me instruíra, o saco preto do recipiente amarrado com uma fita de seda e uma nota de agradecimento endereçada aos garis, que, do contrário, não o recolheriam.

Este era o mundo antes que eu a encontrasse e, se não havia enlouquecido, isso se devia à minha constância. Eu viera para Londres com a intenção de me tornar escritor, sem contrato, sem projeto, até mesmo sem enredo para um livro, confiando em um comentário favorável sobre minhas histórias da parte de alguém que logo se mostrou mais cortês do que sincero. Eu havia economizado dinheiro suficiente para sobreviver por seis meses e desistido de um bom emprego, uma decisão fácil porque tal emprego nada significava para mim. Convencido de que estava destinado a coisas maiores, eu apertei a mão de meu chefe, um sujeito magro de olhos cansados, barba de capitão e sotaque nortista, que se despediu de mim com sua bênção: "Você é um maldito maluco." Mudei-me para o apartamento em North London e me desliguei do mundo, esperando que a inspiração me salvasse do prenunciado destino dos aspirantes a escritor. Um ano mais tarde, meu otimismo havia praticamente se esgotado, e me sobrou um medo crescente de estar perdendo tempo. Eu equilibrava o orçamento trabalhando algumas horas por dia em uma livraria antiga, onde pessoas que procuravam abrigo da chuva e turistas inocentes eram intimados a comprar primeiras edições dos clássicos e publicações raras produzidas na China poucas semanas antes.

Na segunda vez que deparei com você, àquela noite na cidade, tentei lhe falar, mas, assim que me virei, você desapareceu. Fiquei no meio da torrente de compradores do sábado, ouvindo a buzina dos carros e os gritos horripilantes dos motoristas de táxi me dizendo, entre outras coisas, para sair do caminho, e pela primeira vez experimentei uma solidão opressiva, que não sentira desde minha chegada a Londres. Depois disso, eu a procurava do instante em que saía porta afora até voltar para casa tarde da noite, no parque, na rua, nas lojas, e mantinha um diário de avistamentos duvidosos, que logo estava repleto de detalhes como data, hora e lugar em que eu julgava que a vira. Eu comia pouco, o suficiente apenas para sustentar minha esperança, mas não meu corpo, e logo estava perdendo peso. Dormia mal, esperando a noite inteira que a manhã chegasse, quando poderia sair de casa e vagar pelas ruas na chuva, sem guarda-chuva, caminhando quilômetros, cada dia mais longe de casa, voltando à noite, cansado, decepcionado e completamente encharcado. Fui parado pela polícia, cães latiam para mim e ganhei a reputação do homem de quem as pessoas deveriam se afastar: o Estranho.

As semanas se passaram e o tempo melhorou. Os galhos das árvores de ambos os lados das ruas se esticaram e as folhas formaram densas copas iluminadas do topo pela luz de princípio de noite. A paz reinava no bairro, perturbada apenas pelo zumbido dos cortadores de grama. Nos fins de semana, multidões felizes afluíam para o parque, perdiam-se nas campinas, onde a grama crescera alguns metros, e nunca mais eram vistas, o lugar ecoando com seus gritos angustiados. Eu havia parado de trocar de roupa, de tomar banho ou de fazer a barba. Se pudesse arcar com as despesas, teria tirado férias para aliviar a tristeza e suspender a eterna busca, mas em vez disso fiquei em casa, onde sofri a pavorosa experiência de uma onda de calor antes nunca vista. Em agosto, quando minha senhoria bateu em minha porta para recolher o aluguel, torceu o nariz e me lançou um olhar de desaprovação. Decidi que precisava melhorar meu aspecto. Naquela noite, me sentei na água escaldante da enorme banheira da cozinha, perfumada com óleos de lavanda, menta e jasmim, e adormeci pensando em você. Quando acordei, a água havia esfriado e meus dentes batiam. Enxuguei-me e fui fazer a barba. Tenho uma navalha, comprada em um impulso sentimental, um lindo objeto antigo com punho de barbatana de baleia e lâmina de aço Sheffield, que amolo uma vez por semana. Cobri meu rosto de espuma e comecei a me barbear. Assim que terminei, lavei a lâmina sob a torneira e ergui a cabeça e, quem diria, vi-a no espelho, devolvendo meu olhar.

Não sei como você me encontrou, um homem sem importância em uma cidade que não tem tempo para a insignificância, mas, não importa o que tenha feito, foi a surpresa mais feliz da minha vida. Olhei para o espelho admirado e tão satisfeito quanto se eu mesmo a houvesse arrastado para lá. Então me perfumei com água-de-colônia, passei minhas roupas, engraxei meus sapatos, penteei os cabelos e carreguei minhas roupas velhas para o fundo do jardim, onde as queimei em uma cerimônia que parecia uma imolação, tendo como única testemunha o genro de minha senhoria, observando-me com seus tristes olhos de escravo de dentro de seu apartamento.

Eu sabia o que mais precisava fazer. Na manhã seguinte fui ao banco, de onde retirei minhas últimas economias, e gastei tudo em espelhos, grandes e pequenos, quadrados, redondos e retangulares. Após mandar emoldurá-los em dourado, como retratos dos Velhos Mestres, pendurei-os pelo apartamento: na cozinha, no quarto, na sala, no banheiro, no teto, por toda parte, a fim de vê-la em qualquer direção para a qual me voltasse.

O outono trouxe alívio do calor. Os guardas de trânsito, condenados a percorrer eternamente as ruas da cidade, avançavam em meio às folhas secas e ainda multavam. Eu raras vezes ia ao parque, preferindo, em vez disso, ficar em casa com você. Pela manhã tomava café ouvindo o noticiário no rádio por algum tempo, e então me sentava na escrivaninha. De repente o trabalho estava indo bem. Eu escrevia sem parar, sem ter de esperar pela inspiração, sem hesitação, sem esforço, a caneta fluindo como um barco de vento em popa. À uma hora, parava para um lanche leve e uma sesta rápida, hábito mediterrâneo que quantidade alguma de café conseguia exorcizar. Eu deixava as janelas abertas para adormecer ouvindo o vento transportar o canto dos pássaros e o discurso versado dos papagaios que haviam escapado de suas gaiolas e viviam no parque. Certo dia, no meio de meu cochilo, uma rajada de vento soprou pelo apartamento e um pesado espelho caiu no chão e se fez em pedaços. Acordei sobressaltado. O barulho assustou também minha senhoria, que fazia a ronda da casa naquele momento, e um instante mais tarde ela bateu em minha porta. "Abra!", exigiu. "Em nome da Lei do Inquilinato."

Não tive escolha a não ser obedecer. Fui até a porta na ponta dos pés, vestindo minhas melhores roupas, e a abri, forçando um largo sorriso. Minha senhoria franziu as sobrancelhas e tentou enxergar atrás de mim. Quando finalmente viu os espelhos que cobriam as paredes do chão ao teto, soltou um grito: *"Mon Dieu!"* Então se recobrou e acrescentou: "Quero que saia até sexta-feira. Esta é uma casa de respeito."

Tentei convencê-la de que estava errada, de que não havia nada de sinistro ou imoral nos espelhos, mas não ousei falar a seu respeito, pois ela poderia pensar que eu estava sublocando o apartamento, um crime terrível, passível de punição por morte. Os espelhos, eu disse, eram uma maneira simples de clarear o local em um país onde a luz era trazida da

África para ser vendida aos baldes. Ela não acreditou. "Fora! Fora!", continuou repetindo em sua voz exigente, irada e resoluta, mesmo depois que fechei a porta na cara dela. Quando tudo tornou a ficar em silêncio, soltei um suspiro de alívio. Peguei a pá de lixo, varri o vidro quebrado, fiz café, sentei-me diante da escrivaninha e passou-se algum tempo antes que eu olhasse para um espelho e visse que você não estava ali. Tentei outro espelho, então outro, até ter olhado em todos eles. Para meu horror, tudo que consegui enxergar foi meu reflexo multiplicado incontáveis vezes: você havia partido.

Não fazia sentido procurá-la. Eu sabia a essa altura que você só seria encontrada se quisesse ser encontrada, e o que eu tinha a fazer era simplesmente esperar. Na sexta-feira seguinte mudei-me da casa de tijolos vermelhos, vigiado pela senhoria, que conservou meu depósito sem qualquer explicação, e encontrei um conjugado mobiliado em um porão. Então vendi os espelhos a um parque ambulante para que construíssem uma sala de espelhos, que a polícia fechou tempos depois, pois assustava demais as crianças. Conservei apenas um espelho, devido à esperança e à necessidade, que pendurei sobre a pia do banheiro para me barbear. Sempre que cubro meu rosto de espuma, olho intensamente para ele, na esperança de que um dia você mais uma vez surja do fundo do vidro.

Espero que isso ocorra em breve. Não teste a paciência de um homem apaixonado segurando uma lâmina diante da garganta.

JAN MORRIS

O fy nghariad, fy nghariad, carissima mia!

Estou a caminho de casa para encontrá-la, meu amor, e meu pulso já se acelera, minha cabeça gira com as doces lembranças, minha mente se acende com as fantasias! Era nesta condição em que se achavam os grandes poetas quando escreveram seus sonetos imortais. A beleza na imaginação deles não era mais delicada que na minha, à medida que cruzo acelerado o crepúsculo passando por Dolgellau. Minha paixão não é menor, minha sede é igualmente imperativa, meu desejo que tão logo se cumprirá é igualmente urgente.

Bem, quase tão urgente. É verdade, minha querida, que nenhum de nós dois é tão forte quanto antes, mas na minha opinião isso apenas aumentou seu encanto. De certa forma, amo-a ainda mais pelas marcas de seu riso. Quando a conheci, muito tempo atrás, sua beleza guardava certa melancolia, como se ninguém a possuísse havia anos, e você estivesse esperando, esperando minha chegada! Estou certo, meu amor? Naquela noite, quando me aproximei de sua porta principal, você sentiu, como eu, uma mágica sensação de plenitude, até mesmo de reconciliação?

Agora estou bem em cima da ponte em Llanelltyd, com a lua ascendente brilhando na água, descendo o rio a partir de Abaty Cymer — a mesma lua, como os amantes recitam para si mesmos, que brilha neste instante sobre seu telhado, não tão distante. Para mim, a pressa do rio lá embaixo é a própria música do nosso doce Dwyfor, e quase consigo sentir o cheiro de lenha saindo de sua cozinha — tão sugestivo quanto a *madeleine* de Proust. E você, quase consigo vê-la à meia-luz, vestindo Beleza, "como a noite...".

Os sons do rio, o cheiro de lenha queimada, você, tênue e insinuante ao anoitecer, à sombra do sicômoro — todos esses gatilhos da memória estão sempre presentes, a qualquer hora que eu queira chamá-los, mas estão mais próximos do que nunca, e mais voluptuosos, agora que dirijo através do pantanal vazio na escuridão conciliadora. Claro que eles são a sua essência, mas também a do próprio País de Gales.

Você não acha que alguém pode amar um país inteiro da forma como a amo, acha? Na verdade, você está certa. O País de Gales é extenso demais para o meu abraço! Mas em minha mente os dois continuam sendo um. Vejo-a nas encostas de Gales. Ouço-a na língua melodiosa. Quando o sol brilha, vejo a alegria de seus olhos nas ondas de Bae Abertawe e, quando chove ou garoa, quando Gales inteiro parece estar aos prantos, meu amor, meu amor, sei que também você está chorando.

Mas não esta noite! A lua brilha radiante esta noite e sei que você está feliz, à medida que deixo Trawsfynydd para trás e vejo o vulto dos Moelwyns aproximando-se adiante. Passei a entrada para Gellilydan agora, e logo estarei em Penrhyndeudraeth. Adoro os velhos nomes familiares — para mim, eles também fazem parte de você! Será que isto é prova de que estou ficando velho, *cariad*, o fato de gostar mais do que é familiar?

Porque é verdade — não ria, não fique triste! —, mas acho que é verdade, devo incluí-la entre os velhos conhecidos. Em certo sentido, é o que você sempre foi. Quando a encontrei pela primeira vez — quando nos encontramos —, você curiosamente me pareceu uma velha amiga. Na época você era mais jovem, claro (porém não mais bonita), mas de alguma forma não era nova para mim. Me senti imediatamente à vontade com você. Você se sentiu à vontade comigo? Quem sabe nos conhecemos em uma vida passada? Ou será que, depois de nosso meio século juntos, as emoções do presente confundiram-se com as emoções do passado?

Ou, quem sabe, mais uma vez, seja apenas o País de Gales em você. Gales também está envelhecendo, e nem sempre de forma graciosa, mas há, em sua própria presença, alguma coisa sempre jovem. Chame isto de romântico, chame de absurdo, mas o País de Gales que há tanto tempo estimo permanece inalterável em minha mente, sempre jovem como você, impenetrável à agressão crescente dos *trailers* e lares executivos que nos rodeiam. *Aros mae y mynyddau mawr*, cantou o poeta há tempos, e ele não queria simplesmente dizer que as montanhas eram eternas, mas que o conceito delas, o conceito de País de Gales — o conceito de você também, minha querida! — nunca mudaria.

Mas agora já estou quase chegando, e esta carta de amor que escrevo em minha mente em breve deve terminar. Cruzo o elevado Cob entrando em Porthmadog, e o trânsito engrossa. Eis as lojas desertas da High Street, aqui os supermercados rivais, jovens vagabundeando, um cheiro de peixe e frituras, um idiota pendurado na buzina atrás de mim — inglês, pode apostar.

Sim, minha querida, eu sei, uma carta de amor não deveria perder tempo com gente mesquinha, ou sequer gente comum, que dirá os preconceituosos. Ame a um, ame a todos, é o que, suponho, uma pessoa deveria sentir — ame um chalé, ame uma casa luxuosa! Mas em um ou dois minutos me afasto dos postes de luz, a cidade ficou para trás, a lua viaja gloriosa lá no alto e acelero ao longo da estrada costeira na direção de Llanystumdwy. Ah, sinto a empolgação aumentar! Aquela luz do outro lado da floresta lá adiante? Será que é a sua? Será que a brisa do mar agita seu coração neste momento, como agita o meu? Será que a porta da cozinha está aberta para mim, com o brilho da lareira iluminando o quintal?

Ah, meu amor, minha luz, minha glória! Estou chegando! Você está esperando! Subo o caminho esburacado (meu coração bate forte), faço a última curva — lá está o gato Ibsen, seus olhos como pequenas brasas, lá está o portão aberto para mim, e eis você, diante de mim, com toda a acolhida do País de Gales em seu recinto —, meu amor, *fy nghariad, carissima mia*, minha única e extraordinária casa.

HARI KUNZRU

Querida Aisha

Acho que esta carta chegará como um choque. Faz tanto tempo desde que nos conhecemos. Você deve estar surpresa que eu saiba como contatá-la: nunca trocamos endereços e, no pé em que deixamos as coisas, não acredito que você esperasse — ou quisesse — ouvir falar de mim outra vez. Culpe a internet. Na era digital, nenhum de nós consegue se esconder eternamente.

Preciso lhe contar o que senti, por que me comportei daquela forma. E por que, quando você me telefonou em Londres, desliguei. Ao agir assim, provavelmente confirmei todas as suas piores suspeitas — a do estrangeiro que só queria uma coisa, que a usou por uma noite e então a jogou fora. Quando ouvi sua voz, a atmosfera do tempo que passei na Jordânia voltou rapidamente, e fui dominado pelo que só posso chamar de pânico cego. Não foi uma reação adulta. Nem compassiva. Disse a mim mesmo que você tornaria a ligar, mas você nunca mais o fez. Sempre tive vergonha de não ter falado com você, e esta carta é uma tentativa de me libertar desse sentimento. Além disso, talvez ouvir o meu lado da história facilite as coisas para você. Não sei.

Quando a vi pela primeira vez, nadando na piscina do hotel, achei que nunca tinha visto garota mais bonita. Você e sua amiga Maryam estavam sentadas na borda, balançando os pés dentro da água. Tentei não ficar encarando, mas me peguei assimilando cada detalhe de seu rosto — os longos cabelos negros colados à face, um cacho se enroscando na direção de sua boca, os olhos castanhos, o nariz longo e reto, machucado da mancha rosada da queimadura de sol. E também reparei em seu corpo. Como não repararia? Gotinhas de água aderiam à sua pele morena, corriam por entre seus seios, cujos mamilos eram claramente visíveis através do tecido de seu biquíni amarelo. Juro que quando você me viu nadando em sua direção, abriu um pouco as pernas, exibindo a dobra escura de tecido entre suas coxas, um gesto que achei tão escandalosamente sensual que precisei me afastar, mantendo a cabeça acima da superfície da água e fingindo interesse em algum ponto a uma curta distância enquanto tentava me recompor. Desejei-a tanto, Aisha, que não pensei nas conseqüências.

E é claro que, naquele momento — e por tudo o que veio depois —, demos "motivo" para todos os moralistas barbudos, todos os ascetas furiosos e misóginos que gostariam de nos atacar e nos queimar por exibir nossos corpos um ao outro com tanto atrevimento. Apenas naquele local, aquele hotel cinco estrelas, tal encontro era possível em seu país. Do lado de fora, na rua, a maioria das mulheres se cobria com véus, escoltada por parentes do sexo masculino, enquanto ia às compras ou levava os filhos para a escola. Atrás dos altos muros brancos, onde os funcionários eram pagos para guardar suas opiniões para si mesmos, prevaleciam os costumes do turismo internacional. O dinheiro gera pragmatismo, mas apenas entre aqueles que podem gastá-lo: esta foi uma das lições que aprendi ao conhecer você, sob os olhares desaprovadores de todos aqueles *barmen*, guardadores de piscina e garçons. Nos anos que se passaram desde então, o pragmatismo saiu de moda. Pergunto-me como você se saiu, à medida que as frentes de batalhas religiosas endureciam, você que já se sentia despedaçada pelas pressões de sua vida.

A viagem era supostamente uma bonificação, uma recompensa pelos fins de noite e finais de semana no escritório. Nos três anos desde que deixei a universidade, vinha trabalhando com uma firma gerenciadora de eventos, organizando excursões e reuniões de empresas. O emprego me matava de tédio, mas não havia nada mais acontecendo em minha vida, nenhuma namorada, grandes sonhos ou ambições. Eu trabalhava como um cachorro, porque isso me distraía e impedia que eu me sentisse tão vazio e assustado. Olhando para trás, acho que meu chefe estava preocupado. Você devia se divertir mais, dizia. Estávamos programando uma conferência em Amã para uma empresa de software, e ele anunciou que, embora eu fosse para lá de principiante, poderia pesquisar o que curiosamente se chamava "programa das esposas", passeios de um dia e excursões que corriam paralelos aos eventos formais. A comissão jordaniana de turismo me fornecera um guia e um motorista, dois sujeitos de meia-idade, barrigudos, com fartos bigodes, com quem eu acabara de passar uma semana percorrendo pontos interessantes em um imponente Mercedes com ar-condicionado. O Sr. Mansour e o Sr. Hussein eram impecavelmente educados, mas depois de partilhar com eles o café-da-manhã, almoço e jantar todos os dias desde a minha chegada, os tópicos para conversa (futebol, tipos de carro) se esgotaram, e o desfile de balneários, fábricas de tapete, *spas* de luxo e ruínas antigas havia começado a cansar. As pessoas olhavam quando entrávamos em restaurantes, tentando decifrar por que motivo eu me fazia acompanhar do que pareciam ser dois guarda-costas. Eu me sentia sufocado. Queria sair sozinho, me estender em uma espreguiçadeira sem eles por perto, fumando seus cigarros e falando ao celular. Você e Maryam pareciam o paraíso, rindo nervosas e cochichando uma com a outra, lançando olhares insinuantes na minha direção.

Nadei até vocês e disse oi.

Quando informei ao Sr. Mansour que tinha outros planos para o jantar, fiquei surpreso com sua reação. Quem são essas garotas, ele perguntou bruscamente. São jordanianas? Sim, respondi, vocês eram estudantes de Amã, que estavam em Aqaba visitando parentes. Ele franziu o bigode e as sobrancelhas. E essas garotas estão marcando encontro com você? Diga, quais são seus sobrenomes? De repente, senti-me interrogado. Olhei para ele, os olhos apertados, os lábios cerrados arrogantemente, e concluí que ele tinha que ir à merda. Não era problema dele com quem eu escolhia passar meu tempo. Dei de ombros e disse que o veria pela manhã. Seis e meia, disse ele, petulante. Tínhamos uma longa viagem pela frente. Suspeitei que a partida mais cedo fosse uma punição.

Mansour e Hussein vigiavam, sentados em um sofá em um canto afastado do saguão, quando você e Maryam chegaram para me buscar. Você usava um vestido de algodão estampado que deixava seus ombros à mostra. Os olhos e a boca estavam fortemente maquiados e você exalava, mesmo a certa distância, um perfume forte, penetrante. Trazia um ar de expectativa, uma tensão nervosa que refletia e aumentava a minha própria. Maryam, igualmente bem vestida, parecia preocupada. Talvez soubesse o que se avizinhava, o quanto você era obstinada, o quanto estava desesperada e confusa.

Decidimos sair para beber, uma atitude que, em minha ignorância, presumi aceitável para jovens naquela cidade turística. Sentamos no andar superior de um restaurante com varandas, e pedi uma cerveja. Você também pediu uma. O garçom, um jovem forte e mal-humorado com um bigode adolescente, balançou a cabeça e resmungou. Você e Maryam falaram duro com ele, em árabe. Relutantemente, ele trouxe as garrafas e copos. Veja como estamos vivendo, você disse. Até esse sujeito acha que pode nos dizer o que fazer, como deveríamos nos comportar.

Percebi outros clientes olhando friamente para nós. Eu não achava que estivéssemos fazendo nada de errado, mas comecei a ficar nervoso, como se estivesse passando pela alfândega ou falando com um policial. Conversamos um pouco, descobrindo-nos um ao outro. Você disse que tinha 21 anos e estudava literatura. Escrevia poesia. Seus pais desejavam que você se casasse com um banqueiro, o filho de amigos da família. Lendo nas entrelinhas, percebi que você era uma garota rica. Rica e entediada. Então tudo saiu aos borbotões, o quanto você estava farta de viver em Amã, farta de que lhe dissessem com quem falar e o que vestir, farta de ser chamada de prostituta apenas por estar conversando com um homem. Foi o que o garçom disse?, perguntei. Você balançou a cabeça zangada. Ele não gostava de garotas árabes na companhia de estrangeiros. Não gostava que estivéssemos tomando bebidas alcoólicas. O que a honra dele tinha a ver com aquilo? Aquilo era assunto dele?

Percebi que Maryam tentava acalmá-la. Não leve isto para o lado tão pessoal, disse ela. Esqueça o sujeito e aproveite a noite. Você rebateu dizendo que para ela estava tudo certo. Ela vivia no exterior. Tinha um namorado na Alemanha. Podia ficar fora até tarde. Podia usar minissaia, ficar bêbada e andar pelas ruas, se quisesse. Na Alemanha, ninguém diria uma palavra. Maryam deu de ombros. Em breve, disse ela. Em breve você poderá ir embora.

Bebericamos a cerveja e você me perguntou sobre minha vida. Eu disse que não tinha muito a contar. Você pressionou sua perna contra a minha, olhando intensamente para mim, como se quisesse me devorar, me espremer até secar. Eu não saberia dizer se você tinha fome de mim ou da liberdade que eu representava, de minhas histórias de morar sozinho em um apartamento, viajando para países estrangeiros. Havia algo de selvagem, até mesmo um pouco insano em seu olhar, mas você pegou minha mão e enlaçou meus dedos nos seus, e isso foi tudo que consegui fazer para me impedir de me inclinar para a frente e beijá-la ali mesmo. Maryam olhava ameaçadoramente para nós do outro lado da mesa. Temos toque de recolher, disse ela. A tia de Aisha queria que estivéssemos de volta em torno das dez. Bem, eu disse, então devemos comer. Não, você insistiu, balançando a garrafa vazia para o garçom. Por que comer? Vamos beber mais. Em seguida você forçou um sorriso de loba e começou a falar sobre sexo. Será que eu achava que todas as garotas árabes eram inocentes? Eu disse que não sabia. Por acaso eu percebia que era atraente? A propósito, você disse, eu não deveria pensar que estava lidando com uma idiota, que não sabia nada do mundo. Você teve um namorado no ano anterior, em Amã. No começo ele era bom, mas então começou a agir como um imbecil. Com ar despreocupado, você deslizou a mão para baixo da mesa, sobre o meu colo. Maryam olhava ao redor e fumava. Quando me ofereci para lhe servir mais cerveja, ela balançou a cabeça.

O sol se pôs. Bebemos. Maryam acabou com um maço de Marlboro e encomendou outro ao garçom. Depois, observou que as dez horas já haviam chegado e passado. Bem, declarei, eu estaria em Amã em dois dias, justo antes de pegar o avião. Poderíamos nos encontrar novamente. Eu estava meio bêbado e tentava ser sensato, o que era difícil, pois sua mão encontrara o caminho para o fecho de minha calça. Eu tinha a sensação de estar à beira de um precipício. Continuava enfrentando os olhares atentos dos homens nas outras mesas. Achava que todos tinham consciência do que estava acontecendo, da ereção que você massageava entre o polegar e o indicador. Sabia que Maryam apenas fingia não ver.

Para falar a verdade, eu pisava em terreno desconhecido. Não sabia até onde iam os limites. Nunca estivera em um país árabe, mas mesmo em Londres o que estávamos fazendo teria sido arriscado. Além disso, eu começava a achar que você parecia muito jovem, talvez tivesse menos de 21 anos. Algo em seu atrevimento, que poderia ser entendido como sinal de experiência, parecia estranho, a falta de jeito de uma adolescente aferrada ao prazer, desatenta ao que as outras pessoas estavam pensando. Mas você me excitava, Aisha, tornando-me estúpido. Minha mão repousava em sua coxa, um dedo enfiado em seu sexo, úmido e escorregadio através do que parecia ser uma calcinha de seda.

Finalmente, Maryam insistiu que vocês tinham de ir. Quando saímos, você me arrastou para uma viela fétida onde me beijou, sua língua entrando e saindo de minha boca como uma pequena adaga. Enquanto eu enfiava meus dedos entre suas pernas, você arranhava minhas costas, me cravando as unhas como se tentasse me tirar sangue, o tempo todo fazendo pequenos movimentos aflitos com a pelve. Você parecia tão brava, transbordante de raiva e frustração. Finalmente Maryam a arrastou para dentro de um táxi. Informei o nome de meu hotel em Amã e disse que a veria lá. Enquanto permanecia de pé na esquina, observando-a partir, me senti ao mesmo tempo excitado, aliviado e assustado. Perguntei-me se não tinha acabado de escapar por um triz.

Meia hora mais tarde, enquanto estava sentado na beirada de minha cama no hotel, saltando entre os canais via satélite à procura de um filme em inglês, o telefone tocou. Sou eu, você disse. Estamos no saguão. Eles não vão nos deixar subir até seu quarto. O homem está dizendo que não é decente. Perguntei-lhe por que havia voltado. Nós fugimos, você disse.

Então fiquei realmente assustado, Aisha. Eu estava muito longe de casa e as coisas pareciam estar saindo de controle. Desci ao saguão e, sob o olhar desconfiado do zelador, tentei descobrir o que estava acontecendo. Maryam a acompanhava, parecendo mal-humorada e arrependida. Eu estava me divertindo muito, você disse, segurando minhas mãos. Não quero que esta noite acabe. Vamos a algum lugar onde possamos ficar juntos, agora.

Eu não sabia o que dizer. Era demais para mim, o que estava acontecendo, intenso demais, estranho demais. Sem outro lugar para ir, demos um passeio ao longo da praia do hotel e nos sentamos em espreguiçadeiras de plástico. Você me beijou e se queixou de seus pais horríveis, de seu irmão que se interessava apenas por computadores e pelo Corão, de todos os homens que queriam prendê-la porque eram velhos, invejosos e estúpidos. Maryam sentou-se a duas espreguiçadeiras de distância, a ponta alaranjada de seu cigarro brilhando no escuro. A cada poucos minutos, um dos porteiros passava, nos espreitando. Percebi que o zelador os enviava para verificar se estávamos praticando atos imorais. Aquilo me irritou. Quem eram aquelas pessoas? O que tinham a ver se queríamos ficar juntos? Vamos dançar, você disse, batendo palmas. Tudo bem, pensei, vamos à maldita dança.

Depois da meia-noite havia apenas um local em Acqua para dançar, que era a boate do hotel. Descemos uma escadaria, entrando em um porão escuro, cheio de tapetes, iluminado apenas por um globo brilhante, que girava melancólico sobre uma pequena pista de dança circular. Esse espaço vazio era cercado por mesas, às quais se sentavam grupos de homens, fumando narguilés e assistindo a uma cantora de meia-idade se apresentar em um minúsculo palco. Ela era rechonchuda, usava maquiagem espalhafatosa e um exíguo traje de dançarina do ventre. Suas canções de amor (Habibi! Habibi!) eram acompanhadas do plinque-plonque ritmado de um teclado eletrônico, tocado por um sujeito amarelado, metido em um paletó vermelho enfeitado com lantejoulas. Fomos conduzidos a uma mesa, mas você imediatamente deu um passo em direção à luz e se soltou, como se estivesse no meio de uma *rave*, girando os braços no ar, lançando os cabelos para um lado e outro. Num instante, todos os olhos pousaram em você. E em Maryam também. Eu sabia o que aqueles homens estavam pensando. Um deles chegou mesmo a acenar em minha direção, querendo iniciar as negociações. Além de vocês e da cantora, as únicas outras mulheres no local eram duas prostitutas, tailandesas ou filipinas, sentadas com seus clientes europeus, uns sujeitos vermelhos e grandes, com camisas florais. Levantei para me juntar a você. Maryam fez o mesmo. Na verdade, não tínhamos alternativa. Nós três dançamos juntos, mexendo os braços e balançando os quadris. Às vezes você dava um passo à frente e se enroscava em mim, pendurando-se em meu pescoço, o que me fazia cambalear e me obrigava a segurá-la com força para impedi-la de cair. O tempo todo éramos observados por dezenas de olhos atentos, hostis, críticos. Vão em frente, pensei. Olhem, seus filhos-da-puta. Olhem e se lamentem. Estou com duas garotas, que vieram até aqui por amizade, não porque paguei. Não as detesto por serem bonitas ou por exibirem sua beleza. Não sou como vocês. No meu mundo, isto acontece. Meu mundo não é como este lugar, miserável, repressor e cheio de vergonha.

Depois de certo tempo nos sentamos, e Maryam começou a falar com você em tom baixo e rápido, implorando-lhe que fossem para casa. Eu não me importava mais com o que acontecesse, mas sabia que não poderíamos ficar sozinhos em lugar nenhum: aquele antro de boate era um beco sem saída. Amã, eu disse, apertando sua mão. Nos vemos em Amã. Havia lágrimas em seus olhos. Quero você. Juro que se não ficar com você vou morrer, você disse. Mesmo assim, por fim concordou em partir. Embora fosse tarde, você ainda poderia ajeitar as coisas com sua tia. Ela não contaria a seus pais. E nos veríamos dentro de dois dias.

Na manhã seguinte, de olhos turvos, encontrei Mansour e Hussein no saguão. Eles pareciam mal-humorados e pouco comunicativos, o que muito me agradou. Não me perguntaram como havia passado a noite e não dei nenhuma informação. Dirigimos por horas através do deserto, então passeamos pelo empoeirado castelo de um cruzado, um lugar desolado, que sediara um cerco e um massacre. O Sr. Mansour apontou os traços arquitetônicos. Assenti e grunhi, incapaz até mesmo de simular interesse: minha cabeça estava repleta de você, Aisha. Sentia-me transtornado, confuso. Não achava que tivesse feito nada de errado, mas ao mesmo tempo nada parecia muito certo. Por fim, Mansour me perguntou se estava doente. Voltamos para Amã, chegando depois do anoitecer. Registrei-me no hotel, um mausoléu de mármore e vidro lapidado, jantei no quarto e caí em um sono intermitente, incapaz de me sentir confortável, irritado com o matraquear da geladeira e o zumbido asmático do ar-condicionado.

Na tarde seguinte, você e Maryam me apanharam em um Mercedes enorme, que parecia uma lancha. Você era a pior motorista que eu já vira, mudando de pista sem aviso, colando nos outros carros, desatenta ao que se passava ao seu redor. Quase nos matou uma vez, desviando para uma via de saída no último momento, evitando por pouco uma barreira de segurança. Sempre fui mau passageiro, e quando chegamos ao nosso destino, um mirante no alto de uma colina, de onde podíamos assistir ao pôr-do-sol, meus nervos estavam em pedaços. Mais uma vez, Maryam sentou-se afastada e fumou, enquanto nos agarrávamos no banco traseiro. Senti-me inibido e perguntei-lhe se não achava que aquilo era constrangedor para sua amiga. Ela entende, você disse. E não se importa. Então dirigimos de volta à cidade para ir a um bar. Quando você disse que eu precisava me esconder debaixo de um cobertor, ri. Estamos nos aproximando da casa de minha família, você avisou. As pessoas conhecem o carro. Se alguém nos vir, vai contar ao meu pai. A princípio não acreditei, mas sua expressão era extremamente séria, então troquei de lugar com Maryam e deitei no banco traseiro, coberto por uma manta de viagem axadrezada. Você abriu caminho, desviando por entre as ruas de lojas concorridas. Sempre que dava uma freada brusca, o que era freqüente, eu era lançado para o chão do veículo. Isto é uma loucura, pensei. É a coisa mais idiota que já fiz.

Eu me sentia em transe. Sabia qual era a realidade, a realidade na qual eu saltava do carro e me afastava. Mas chegamos ao bar e você colocou a palma de minha mão em seu seio e logo passávamos pela mesma rotina, nos beijando e nos apalpando em um cubículo escuro, até que meu cérebro ficou outra vez tão obscurecido pelo sexo que esqueci tudo o mais, exceto seu corpo. E assim, inevitavelmente, acabei conduzindo furtivamente você e Maryam para dentro de meu quarto de hotel. Maryam assistia à TV com estoicismo, o som bem alto, à medida que você e eu nos despíamos na cama. Enquanto você se livrava do vestido, ela levantou-se de repente e disse que esperaria no saguão. Desculpe, eu disse. Volte em quinze minutos, você pediu. Então, por fim, ficamos só nós dois. Retirei suas roupas de baixo e maravilhei-me ao que acabara de revelar, os mamilos escuros e o pequeno tapete de pêlos pubianos, a pele branca como leite emoldurando um triângulo no formato do biquíni. Você era linda, Aisha. Fascinante. Eu com certeza não a considerava corriqueira. Por favor, ao menos entenda isto. Me sentia o homem mais sortudo do mundo. Mas havia uma atmosfera ruim naquele quarto, uma nuvem de culpa e tensão pairando sobre nossas carícias.

As coisas começaram a desmoronar quando mencionei os preservativos. Eu tinha alguns em minha *necessaire* e fui pegá-los. Quando voltei, encontrei-a sentada na cama com as costas arqueadas, agarrando um travesseiro e me encarando com desconfiança. Por que você carrega estas coisas?, perguntou. Você deve esperar pegar garotas quando viaja. Dei de ombros e você me chamou de sedutor, usando essa palavra estranha, fora de moda. Um sedutor com muitas garotas. Dei minha palavra de que não era o caso, o que era uma grande verdade, mas eu soube, enquanto falava, que a catástrofe se aproximava. Talvez seja melhor não fazer isto, eu disse. Não quero magoá-la. Acho que devemos nos vestir. Mas você balançou a cabeça e agitou o dedo como uma diretora de escola brigando com uma turma desobediente. Você ainda não tinha terminado. O interrogatório continuou. Quantas outras garotas eu tivera? Eu disse que aquilo não importava, não muitas. Eu a amava? Declarei que acabara de conhecê-la, portanto, não, não podia dizer que a amava. Você pareceu refletir por um instante, então se deitou e abriu as pernas. OK, disse. Me coma.

Aquilo era muito clínico para o meu gosto, Aisha. Muito frio. Pedi-lhe que se vestisse. Você se recusou e me puxou para baixo, para cima de você. Arranhou e mordeu meu pescoço, como uma gata, e fiquei assustado; minha cabeça doía, mas sua pele era macia, suas pernas se enroscaram em meus quadris e você estava encharcada, então claro que aconteceu, porque eu não havia imaginado outra coisa desde que a conhecera, mas fiquei pensando que a qualquer minuto Maryam, Mansour ou o pessoal da recepção bateria na porta, e me preocupei com o fato de que você talvez tivesse mentido a respeito de seu antigo namorado, de que fosse virgem, e quando gozei foi intenso e rápido demais e todos os meus piores temores se realizaram quando você começou a chorar, me xingando, me chamando de porco, de filho-da-puta. Seu antigo namorado fora gentil e carinhoso. Não havia se apressado. Havia sido respeitoso, ao contrário de mim. Eu a fizera sentir-se suja. Tudo que pude dizer foi que sentia muito, e disse isso várias vezes. Lutamos para vestir nossas roupas e nos sentamos abatidos ao lado um do outro. Foi assim que Maryam nos encontrou. Seu rosto também estava coberto de lágrimas. Cinco vezes, disse ela. Cinco homens diferentes se aproximaram dela e perguntaram seu preço enquanto ela esperava sentada no saguão. Ela não conseguia suportar aquele lugar mais um minuto sequer. Queria ir para casa. Eu também.

Acompanhei vocês duas até o carro e lhe dei meu número de telefone em Londres; você me deu um beijo no rosto e entrou, e Maryam a levou embora. Cedo na manhã seguinte, parti. Não dormi nada. Passara a noite recordando tudo que havia acontecido, tentando decifrar quando deveria ter parado, em que altura deveria tê-la afastado. Estava horrorizado comigo mesmo. Eu realmente me considerava imune à culpa sexual ao meu redor. Eu me considerava inocente. Mas talvez não fosse. Talvez eu fosse tudo que parecia ser. Explorador. Aproveitador do seu corpo, destruidor da honra de sua família. Talvez fosse o tipo de porco de quem você deveria ter sido protegida por seu pai, seu irmão, o garçom no restaurante, meu motorista, meu guia turístico e o zelador do hotel. De repente me ocorreu que você poderia me denunciar à polícia, dizer a eles que eu a havia estuprado. Pensei em como poderia me explicar, que tratamento deveria esperar. Quando o avião decolou, quase chorei de alívio, até que a aeromoça chegou com toalhas quentes e refrigerantes.

Então vim para casa e tirei-a da cabeça. Enterrei-a bem fundo, Aisha, o mais fundo que pude, até que meu telefone tocou e uma voz perguntou, em tom acusador, sabe quem está falando? Naquele momento, foi demais para mim. Não suportei o fato de tornar a entrar naquele lamaçal de culpa e vergonha e bati o fone para que aquilo tudo desaparecesse. Sinto muito mesmo, Aisha. Você não merecia. Você não estava pronta, embora dissesse que sim. Espero que tenha fugido, da Jordânia e de mim. Espero de todo o coração. Não tive intenção de magoá-la. Só que você era tão linda. Me perdoe, Aisha. Me responda e diga que está tudo bem. Significaria muito para mim, mesmo após todos estes anos.

ANÔNIMO

Oi, Fi e Tobe,

Eu sei, sei que deve ser estranho receber carta minha, já que não respondi seus e-mails ou telefonemas desde que voltei. Sinto muito por isso e pela caligrafia (ui). Deve fazer uma década desde que tentei escrever alguma coisa à mão — além de assinar cheques —, espero que vocês consigam decifrar meus rabiscos! Tenho tentado mandar e-mails para vocês, mas, todas as vezes que começo, acabo deletando partes e começando outra vez, e tudo acaba saindo como um boletim informativo do tipo "Estou bem", e a verdade é que não estou bem. Não sei como me sinto. Estou muito confusa e com dificuldade para comer e dormir. Não se preocupe, Fi, é só a velha questão da comida voltando.

Por onde começo? É tarde da noite de sexta-feira, estou sentada em nosso apartamento e Mike acabou de tirar todas as suas coisas hoje. (Na verdade eu não havia percebido o quão pouco comprei ao longo destes anos, não pude acreditar que a TV, o aparelho de som e todos os "nossos CDs", no final das contas, eram dele.) Em todo caso, estou bebendo nosso licor de anis do Duty Free, pensando em vocês dois e em nossas lindas férias, e isso me deu coragem para terminar esta carta. Vou apenas continuar tagarelando, contar tudo e nem mesmo reler a carta, então vou metê-la no envelope e colocá-la na caixa de correio antes de ir para cama (se eu ainda conseguir andar em linha reta!). Não se preocupem comigo. Na realidade, estou muito feliz, quase em êxtase, aliás. Talvez seja o licor de anis.

O fato é que não consigo parar de pensar em vocês. Em vocês dois e em nosso pequeno chalé em Naxos. Vocês foram tão bons e carinhosos comigo naquelas duas semanas. Mike que vá para o inferno, como você disse, Fi. Ele foi covarde e tirano quanto à questão do aborto. Na verdade, acho que ele passou o último ano tentando ser bom para mim para poder partir sem parecer um completo babaca. O que ele é, como percebo agora.

Mas, primeiro, as novidades rs, rs, rs! (Não é engraçado como usamos conversa de e-mail mesmo em cartas?) Mike disse que vai me reembolsar por sua metade do aluguel do chalé e o do carro — caramba, obrigada! A semana passada foi um rodízio terrível de desculpas previsíveis por ter me deixado plantada no aeroporto, por seu medo de compromisso, e por ter achado que as férias pareciam quase um pedido de casamento — a coisa dos dois casais juntos parecia burguesa e madura demais, foi o que ele disse (bem a cara dele), e, visto que o tempo continuava passando, ele estava preocupado (novamente) com a questão do bebê (porque vocês dois tinham falado a respeito e estavam se esforçando para ter um bebê) e declarou que de fato não estava pronto. Ele fez agora o que suspeitei que ia fazer no ano passado. Se mandar para "ficar sozinho e refletir sobre as coisas". Sei que ele começou a pular a cerca, mas, para ser honesta, é como você disse, Tobe — Mike nunca estará pronto. E você estava certa, Fi. Preciso seguir adiante, porque valho mais que isso.

Em todo caso, não quero falar sobre Mike. E não sei se o que estou sentindo neste momento é uma espécie de repercussão do trauma porque simplesmente estou feliz pra cacete. Hoje chorei pensando em nós na praia, brincando juntos na água feito crianças. Todas essas imagens ficam voltando. Mesmo quando Mike estava levando sua última caixa, fiquei pensando na noite em que andamos quilômetros enquanto o sol se punha... Quando nadamos nus.

Aquelas coisinhas na água, os trocinhos brilhantes, como foi que você os chamou, Tobe?

Sinto muito, isto é tão estranho para mim quanto deve ser para vocês. Levei duas semanas para admitir que a situação é esta e para reunir coragem suficiente para tentar fazer isto.

Eis o porquê do licor de anis! Que tudo isso vá para o inferno, como você costuma dizer, Fi — "Outra rodada!"

Desculpem, eu deveria ter dito antes. Quero que leiam esta carta juntos, mesmo que um de vocês a receba primeiro. Quero que leiam juntos, na cama. Quero que se aconcheguem com a carta entre vocês (meio que como se fosse eu), como fizemos naquela primeira noite, quando eu estava chorando.

Algas — é como se chamam! Não é? Nadar para tão longe, flutuar, as estrelas no céu e as algas faiscantes na água, nós lançando faíscas uns no outros. E vocês dois se beijando, e Fi, você estendendo o braço para segurar minha mão debaixo d'água enquanto as línguas giravam. Em todo caso, era nisso que eu pensava quando Mike me esperava na porta para o seu adeus livre de culpa. "Vejo você por aí então", ele disse. E eu realmente caguei, porque estava pensando em nós dentro d'água e em como ele nunca me beijou daquele jeito e em seu medo de ir mais fundo do que onde os pés alcançam o chão.

Em todo caso, isto é ótimo. Não estou sequer relendo o que escrevi. Vocês acham que talvez seja esse o problema da tecnologia atualmente? Que tudo que escrevemos, fazemos, pensamos e sentimos pode ser salvo, editado e deletado? Em todo caso (não é engraçado como esta expressão parece ser o único jeito de começar uma frase?). Em todo caso, talvez eu esteja bêbada. Devo estar porque estou rindo e chorando. Estranho, há dias tenho esses flashbacks. No trabalho, com Mike e suas caixas, me vêm esses flashes de vocês dois.

Naquela vez que fomos à feira dos agricultores, todos aqueles rostos envelhecidos do sol, foi o que você disse, Tobe, e Fi, você segurou minha mão e então você, Tobe, segurou a outra. E ficamos passeando, de mãos dadas, a barriga cheia de tanto queijo de cabra e azeitonas, e os nativos olhando, mas não demos a mínima. Como se fôssemos crianças outra vez. Crianças travessas. Vocês sentiram isso também?

Vocês disseram tantas vezes: "Nós entendemos, você está passando por um momento difícil, mas saiba que a amamos."

E Fi, naquela noite em que Tobe saiu para comprar mais *retsina* e você admitiu que os dois haviam passado recentemente por tempos difíceis também, com todos os testes de gravidez, a culpa, e ver que a dor pela qual eu estava passando havia aproximado você e Tobe, porque o sexo tinha se tornado uma coisa quase médica para os dois.

Sinto muito, mas tenho que dizer isto. Vocês devem ter percebido que os ouvi à noite. Fi, os ruídos lindos que você faz. Desculpem, talvez vocês tenham pensado que eu estivesse dormindo. Mas as paredes eram tão finas — Tobe, você disse isso. E Tobe, você muge como um touro. E o olhar que os dois me lançavam na manhã seguinte, todas as manhãs (porque, cara, vocês realmente se empenhavam na coisa, toda maldita noite!). O fato de serem tão táteis um com ou outro na minha frente na cozinha. Vocês se acariciaram na cantina do café-da-manhã. Tobe, você estava beijando os seios de Fi enquanto eu tentava despejar o cereal. Está lembrado?

Ups! Fui longe demais? Nunca fui boa com limites, como você sabe, Fi. Mike fazia isso para mim.

É como se esses flashes estivessem tentando me dizer alguma coisa.

Este eu filosófico, deve ser o licor de anis. Fi, você sempre disse que eu precisava usar melhor meu "grande cérebro". Ok, o que estou pensando agora é que o problema tem a ver, tinha, ainda tem — tudo isso tem a ver com casais, e é este o problema. Sabem, os casais ficam juntos o quê? Talvez três, quatro anos, então fica sufocante, e aí vem a conversa sobre bebês ou quem sabe um bichinho de estimação (como Sharon, Susan e Sooty). O que estou querendo dizer é que quando a situação diz respeito apenas a duas pessoas, então talvez as pessoas tentem tornar cada um igual ao outro e a coisa se torna uma guerra para ver quem ganha. Os cachorros, os gatos e as crianças talvez sejam bons porque impedem os casais de se separar. Fi, foi você quem me deu essa idéia. Foi Sartre? Talvez você tenha dito isso apenas para me fazer sentir melhor a respeito de Mike, mas isso ficou martelando nos meus pensamentos. Seja como for, quem diabos disse que os casais são o modelo ideal — quem? A Igreja?

Meus pais estavam prestes a se divorciar, mas então minha avó veio viver conosco e de repente os dois estavam tomando conta dela e começaram a se entender. Shaz e Suse estavam prestes a ir cada um para um lado, até que pegaram Sooty, e os dois chegaram até mesmo a brincar com o fato de um gato ter salvado seu relacionamento. Vocês sabem o que eles costumam dizer: "É bom demais ter xana outra vez."

Mas, todas as noites, e vocês devem ter percebido, eu ouvia os rangidos da cama, as vozes e a respiração de vocês, tentando cronometrar para que quando eu gozasse meus arquejos fossem abafados pelos seus. Vocês devem ter percebido.

Estou tentando fugir do assunto. (Ei, Fi, lembra daquelas lésbicas que encontramos naquela manifestação contra a guerra do Iraque, com um cartaz pintado à mão em que estava escrito "Porrada no Bush", ou era "Foda-se Bush"?)

Meu parecer é que eu deveria maneirar no licor de anis. Meu Deus, estou com saudades de vocês dois. E do sol, da areia, do céu.

Mas esses *flashbacks.* Tobe, você me fez aquela massagem nas costas e Fi, você estava lá no quarto e deve ter visto Tobe montado em cima das minhas costas. Deve ter visto. E Tobe, você deve ter percebido, naquela noite em que comemos lagosta, que Fi estava acariciando minha coxa enquanto tocava seu pé por baixo da mesa. Você deve ter percebido porque começou a tocar minha outra coxa e vocês se deram as mãos e me beijaram, um em cada bochecha.

Os dois estavam brincando comigo? Talvez apenas estivessem tentando ser legais por causa de Mike.

Não consigo deixar de pensar em tudo que cada um de vocês disse em separado. Fi, quanto às nossas pegações na faculdade quando estávamos bêbadas, você achava que talvez aquele seu lado mal explorado poderia persegui-la e quem sabe destruir seu casamento se você nunca conseguisse ter um bebê. E Tobe, você se angustiava por não saber se conseguiria ficar com uma mulher a vida toda, se havia outra vida em sua vida, pois quanto mais a coisa se reduzia a hipotecas e planos de aposentadoria, sem a esperança de uma criança, você sentia seus olhos girarem. E Fi, você disse que meu nome parecia um ponto final em sua vida e que, na verdade, nunca me esqueceu.

Sinto muito. Talvez vocês achem que estou apenas tentando gerar conflito. Não. Não. Por favor. Tudo que estou tentando fazer é contar aos dois o que cada um me disse em separado. Espero que estejam lendo esta carta juntos na cama. Espero que estejam lendo abraçados e, Fi, espero que Tobe tenha estendido a mão sobre seu ombro para acariciar seus mamilos, seus mamilos sensíveis (os meus estão mortos para o mundo, como vocês sabem) enquanto os dois se revezam na leitura.

Não planejei isto. Desculpem. Rasguem esta carta e amanhã esqueçam tudo. Ótimo, façam isso. De verdade, sim. Façam isso antes que vocês leiam outra linha. Esta mensagem se autodestruirá em um minuto! Talvez eu já tenha destruído o que temos. (Fi, você sempre me disse que eu tinha amor demais e que ele se transformava em ódio quando não era correspondido.)

Desculpas. Nem sequer sei o que isso significa ou como poderíamos tentar fazer o que tem assediado meus pensamentos dia após dia. Ficar juntos. Como podemos? Podemos?

Tudo que sei é que amo vocês. Estou apaixonada por vocês. Por ambos. Um amor maluco, bêbado, movido a licor de anis. Fi, por favor conte a Tobe a respeito daquela noite na faculdade, dos Especiais de Vodca, a noite antes que você partisse. Como nos beijamos sem parar enquanto nos tocávamos, cada uma por si, como gozamos juntas e então chupamos e beijamos os dedos uma da outra, como dormimos tão bem naquela noite depois de três anos de dolorosa confusão como companheiras de quarto, e como nunca mais tocamos no assunto e o descartamos como conseqüência da bebedeira. Tobe, por favor conte a Fi, com sinceridade, como se sentiu quando me fez aquela massagem... sua mão subindo por minha coxa enquanto comíamos lagosta, como seus olhos estudavam os meus toda vez que você tocava Fi, aqueles olhos que me diziam que ela havia lhe contado sobre a noite que passamos juntas.

Não quero me colocar entre vocês. Sinto muito, estou bêbada e sou estúpida e patética. Mas estes *flashes*. De minha pequena janela, olho o céu da cidade e me vejo de mãos dadas com os dois enquanto provamos azeite extravirgem, e o jeito como vocês se beijam, as bocas molhadas e sorridentes enquanto, um de cada lado, tratam de agarrar minhas mãos.

Não sei. Não sei o que fazer. Tenho repassado isto na cabeça a semana toda enquanto Mike arrumava as malas. Talvez eu ache que não posso fazer parte de um casal novamente, não posso arriscar tanto em uma pessoa. Talvez precise de dois amantes, não de um. Talvez esteja invadindo e querendo o amor que vocês sentem um pelo outro para mim. Intimidando-os para que entrem nisso. Não sei. Como seria possível? Será que poderíamos viver juntos? Será que devo levar em conta as palavras de vocês, as muitas palavras de ambos? "Nós a amamos tanto", ambos me disseram, separadamente, secretamente.

"Você me assusta", você disse, Tobe, em um sussurro enquanto mordia meu pescoço quando Fi estava no chuveiro.

E, Fi, o jeito como você me pegou pela cintura quando experimentei seu biquíni. O jeito com que você, seus dedos se demoraram.

No entanto, me preocupo com a possibilidade de que o tempo que passamos juntos os tenha separado. Talvez vocês tenham brigado, como eu e Mike, por causa da "outra mulher". Por favor, não me transformem nisto. Por favor.

Esta frase fica girando sem parar na minha cabeça.

Foi uma coisa que vocês disseram, mas que parece contraditória.

"Nós amamos você." Não "eu".

E isto me assusta.

Desejo os dois. Sou exagerada, quero tudo. Quero levar adiante aquele momento. Para que Tobe massageie meus ombros e olhe para você, meu amor, minha sensível Fi, enquanto me penetra, quero beijar seu pescoço, seu rosto e continuar aquele longo beijo que interrompemos dez anos atrás.

Quero que construamos uma vida. Juntos. Quero dar a vocês essa criança que vocês tanto desejam. Por favor, simplesmente peçam.

Por favor, rasguem isto. Sou uma completa idiota. Estou chorando e ao mesmo tempo estou tão feliz, e sei que estraguei tudo. Ainda podemos ser amigos?

Não vou reler esta carta. Não sei aonde vamos a partir daqui. Não suporto pensar nos dias e semanas à espera da resposta de vocês. Espero não tê-los separado. Talvez, Fi, você devesse me telefonar primeiro, se isto fizer algum sentido para você. Caso contrário, vou tomar seu silêncio como um "Não". Por favor, por favor, saibam que amo ambos, que quero e preciso do amor de vocês, que quero compartilhar sua dor e seu riso, como fizemos em Naxos. Simplesmente ter os dois, um de cada lado. Quero que esta carta os aproxime, meus amores. Por isso, espero que a estejam lendo juntos.

Vou entender caso vocês nunca me respondam. Amo tanto ambos que estou disposta a correr esse risco.

Pensando melhor, não me telefonem, nem mandem e-mails ou torpedos. Vou passar a semana que vem com o telefone desligado. Por favor, o único jeito de lidarmos com isso é vocês me escreverem uma carta. Se não houver nenhuma carta depois de uma semana, vou entender.

Amo vocês.

Amo vocês.

Ponto

MARGARET ATWOOD

Você não precisa saber meu nome. Digamos apenas que estive por perto durante muito tempo, e depois de todos estes anos — décadas — séculos mergulhado no ofício, conheço meu negócio.

Algumas pessoas me chamam de Anônimo, mas isto pode confundir, já que há muitos Anônimos por aí e de caráter variado. Anônimos escrevem muito em paredes de banheiros — *Ligue para mim, você terá uma surpresa,* com um número de telefone — e fazem negócios incríveis nos Classificados Pessoais: *Homem Branco Casado rabugento procura namorico vespertino com Mulher Negra Solteira bem-proporcionada, 25-35, não-fumante, excepcional.* Para isso não é necessária nenhuma aptidão, meramente características toscas. Detesto ser confundido com essa espécie de zé-povinho.

Por isso, não me chame de Anônimo. Não me chame de coisa nenhuma. Vamos simplesmente pular as formalidades, certo? Isto é, quando nos encontrarmos. Pois vamos nos encontrar.

Então, como você vai me reconhecer?

Eu era bastante popular. Andava de cidade em cidade, a cavalo se a época fosse farta, a pé se as colheitas tivessem sido magras. Carregava um cajado entalhado e usava um par de sandálias resistentes. Minhas roupas eram um pouco estranhas — faziam os clientes acreditarem que eu era versado na sabedoria antiga, o que de fato era, e que possuía um canal com as forças invisíveis, o que de fato possuía. Eu não deveria precisar enfatizar tais características, mas se você as tem e não ostenta, quem vai saber? Portanto, eu usava o traje estranho como uma espécie de assinatura. Havia aberto um negócio na praça principal, metido discretamente em uma esquina, pena e papiro à mão ou, mais tarde, pergaminho ou, ainda mais tarde, caneta e papel. Os desesperados sabiam onde me encontrar.

As coisas mudaram. Sempre mudam. A história me deslocou para cá e para lá, de um parque do jogo primordial do amor a outro. Uma clientela com tempo nas mãos — o romance precisa disso —, um pouco de dinheiro sobrando, o que nunca faz mal, e um interesse em parecer elegante. Atualmente estou em Toronto, em outros tempos um deserto para meu tipo de negócio, agora, um oásis. Onde há bares que servem aperitivos, há cartas de amor.

Em geral você pode me localizar no Bar Mercúrio, estabelecimento que escolhi em tributo a meu deus patrono, Mercúrio, também conhecido como Hermes. Ele é o rei da comunicação e da sedução — você entende aí por que eu iria querer tais atributos — e também da fraude e das mentiras, o que pode igualmente vir a ser útil. Meu outro patrono é Afrodite, deusa do Amooor. Isto às vezes é desagradável, já que os dois não se dão muito bem. Para Hermes, uma trepada é uma trepada, depois da qual ele se despede sem derramar lágrimas. Se tiver de fazer uma imitação maliciosa de estar perdido de amor, ele a fará, mas não será nada além disso — uma imitação maliciosa. A descrição, para ele, é um fim em si mesmo: não foi à toa que o chamaram de Rei Dançante do Adjetivo.

Enquanto isso, Afrodite é uma purista. Para ela, o amor é quase tão sério quanto o tédio. Ela empurrará seus devotos por todo o caminho até a pira funerária, se necessário. Seu coração precisa realmente bater em compasso triplo, seu desejo e desespero devem ser genuínos, ou ela lhe aplicará severa punição, fazendo-o apaixonar-se por um burro, da próxima vez.

Posso me valer de cada um deles, dependendo dos desejos do cliente: uma sedução ligeira, uma experiência emocional exaustiva e transformadora, com ameaças de suicídio incluídas. A escolha é sua.

(Não cometa o erro de pensar que eu deprecio o amor. Faço piadas a respeito, sim, mas ele é, afinal de contas, a força mais poderosa do mundo, e de qualquer forma não quero ofender minha deusa. Dediquei-me a seu serviço, ao menos às quartas e sextas-feiras. Eu, basicamente, o cultuo, como todos os demais.

É só que, hoje em dia, suas manifestações se tornaram tão vergonhosas, tão mesquinhas, tão corruptíveis, tão mirradas... mas já chega.)

Eu costumava realizar a maior parte do meu trabalho à noite, mas a música se tornou alta demais para mim, então comecei a trabalhar pelas manhãs. O Bar Mercúrio fica perto do Museu Bata Shoe, assim posso dar uma passada rápida por lá quando estou com saudades dos métodos dos velhos tempos, e contemplar meus sapatos gastos — quinze pares pelo menos, desde os de couro romano acima mencionado aos pontiagudos, da Florença renascentista, e aos de salto vermelho reforçado, da monarquia francesa do século XVIII.

Hoje em dia, uso tênis confortáveis, e o moletom verde-água e lilás que vestem as matronas rechonchudas nas corridas matinais para emagrecer. Ou, em meu avatar masculino, um jeans de boa qualidade, um boné de beisebol assumidamente ridículo, ainda que sincero — *Eu (coração) Os LEAFS* —, e uma camiseta preta, com uma corrente dourada em volta do pescoço. Só uma corrente dourada, veja bem; não quero chamar atenção.

Sento-me com meu *latte*, lendo o jornal — os horóscopos acrescentam um toque de nostalgia cômica ao meu dia —, e aguardo os clientes. Caso necessite de meus serviços, apenas se insinue e se apresente da seguinte maneira:

"Muito quente hoje?"

(Que pode ser substituído por frio, úmido, nebuloso, ensolarado, nublado, enfumaçado ou nevoento, quando apropriado.) Depois que eu der a resposta-padrão — "Mais tarde vamos pagar por isto" —, você deve fornecer a senha:

"*O lente, lente currite noctis equi!*"

Caso sua aparência me agrade, eu sinta que podemos trabalhar juntos e que você não costuma trapacear nas taxas — eu não lhe recomendaria que fizesse isso, por sinal —, responderei: "As estrelas movem-se em silêncio, o tempo flui, o relógio vai bater."

Mas, caso você não atenda a meus padrões, direi: "Lamento, só falo inglês." Se você insistir e começar a gritar que sabe quem sou na realidade e que definitivamente precisa utilizar os serviços essenciais que só eu posso fornecer — se cair de joelhos e começar a beijar a bainha do que quer que eu esteja usando — chamarei o gerente. Não consigo lidar com completos lunáticos, mas ele sim.

Veja bem, embora você tenha de confiar em mim, preciso ser capaz de confiar em você também. Nossa tarefa exige trabalho em equipe. Você precisa me abastecer com a matéria-prima emocional. Não pode simplesmente se sentar de braços cruzados sem fazer nada. É por isso que sou tão exigente.

Mas atualmente não estou rejeitando tantos interessados quanto gostaria. Meu estoque no comércio sempre foi a manipulação graciosa e eficaz da palavra escrita, voltada para um fim desejado — cópula à meia-noite, um longo namoro agridoce, sinos de casamento de cetim branco a pleno vapor —, mas o encanto parece escapar pela janela. Hoje em dia, um jovem pode enviar mensagens de texto ao celular do seu alvo — QRO T CUMÊ — e ela de fato poderia dirigir-se a uma *lan house* e consumar a coisa. A decadência da modéstia não foi uma vantagem, do meu ponto de vista. É ruim para os negócios.

Antigamente havia grande demanda por sonetos elegantes — *Não é amor o amor que se altera diante da alteração*, esse tipo de coisas — ou mesmo por uma poesia mais alegre — *Colham botões de rosas enquanto podem*, e por aí vai. Mostrava a uma garota — ainda que de forma errada — que um homem ou uma mulher tinha mais em mente do que parecia. Agora é só VCEH1TZÃO. Onde está a arte nisso?

De modo que tive de me prostituir um pouco para continuar trabalhando. Propus o que considero uma abordagem sutil, ainda assim convincente. Eis o que está em oferta:

O ESCRIBA DO AMOR ETERNO!
O MENU DO DESEJO!

- Ampla experiência em ambos os gêneros principais, além de homossexualismo, travestismo, pedofilia, fetichismo, zoofilia e mais!
- Derreter o coração dela/dele/de qualquer coisa com um esplendoroso buquê de verbosidade personalizada!
- Bombons são elegantes, que dirá flores, a bebida alcoólica é mais rápida, mas a carta especializada é muito, muito melhor!
- O que quer a mulher moderna: abdominais fantásticos, um membro ágil e persistente, completa adoração, porém, mais do que isso, senso de humor! Corteje-a com bobas brincadeirinhas!
- Todas as garotas são curiosas: deixe-me transformá-lo em um misterioso pacote púrpura que ela anseie por abrir!
- Desperte a compaixão dela! Permita-me aludir às suas feridas secretas — aquelas que apenas o cataplasma do Amor pode curar!
- Opção de 100 aberturas: Minha doce querida, Minha abóbora amada, Meu chocolate pecaminoso porém orgânico, Minha Vênus delirante, Meu chicotinho de couro, Minha xícara de chá surreal forrada de pele, Minha veia jugular da paixão, Minha voluptuosa e aromática cebola, Beijo seu tríceps tatuado, Quero seu 42 de salto alto afundado em meu pescoço, Seu merda incrível, e muito mais!
- Opcional: tinta invisível! Desparece após uma semana/mês/ano, para evitar embaraços posteriores!
- Dignas cartas de repreensão para senhoritas rejeitadas. Recupere-o com um bilhete indiferente/ardente!
- *Odi et amo*, atualizado!
- Serviço algum é pequeno demais, coração algum é partido demais!

- Braile sem custos adicionais!
- Faço por você o que o Viagra não faz!

ATORMENTADO PELA DOR DO AMOR?
ACHA QUE NÃO TEM MEIOS DE ME PAGAR?
VOCÊ NÃO TEM COMO NÃO ME PAGAR!

Então, aí está.

Com cada pedido, posso oferecer um mês de papel de carta perfumado e um monograma elegante com o desenho de uma rosa — para as moças — e, para os homens, um porta-cartões de pele de cobra legítima, com vários nomes falsos nos cartões. É útil quando se está com pressa.

E aqui está você, finalmente! Olhe em meus olhos. Você tem minha completa atenção. Conte-me seu problema de amor. Proponha sua solução preferida. Não se acanhe: lembre-se, qualquer coisa que você tenha fantasiado, eu já fiz. Mais de uma vez. Ah, muito mais.

Deixe isso comigo por uma noite. Pagamento adiantado, por favor: logo você estará em tal êxtase que esquecerá de preencher o cheque.

Não se preocupe. É dinheiro bem gasto. Sempre obtenho resultados.

Obrigado.

Você não vai se arrepender.

DAMON GALGUT

Meu querido Wouter

Eu deveria confessar de cara que tenho atacado o gim novamente. Na maior parte das vezes está sob controle, mas nos últimos tempos me desviei do bom caminho. Nunca antes do pôr-do-sol, claro, ou pelo menos no meio da tarde. Mas todo mundo precisa de seu anestésico, meu querido, como você dentre todas as pessoas deveria saber, arrebatado pelo êxtase religioso em sua pequena cela. Mas não quero parecer amargurado desde o início.

Wouter, vou abrir logo o jogo e dizer — QUERO QUE VOCÊ VOLTE. Tentei ser compreensivo, solidário e tudo o mais, mas a verdade é que esta maldita situação é horrível. O que você está realmente fazendo aí? Bem, sei *o que* está fazendo, as preces, a meditação, o jejum e o resto, o que por sinal, devo dizer, parece diabólico — toda essa *abstinência* —, mas o que você espera alcançar? Você tentou me explicar, a unidade com o universo etc. etc., mas lá no fundo sabe que isso é um disparate. Você é sensato demais para se deixar seduzir por essas consolações vazias. Claro, você sempre teve uma tendência para, qual é o termo certo?, as novidades espirituais, você sabe o que estou querendo dizer, sua fase da ioga, por exemplo, até que você distendeu o quadril, e aquele retiro pavoroso para o qual me arrastou, proibidos de falar ou manter contato visual, e a cantoria gorgolejante do sujeito gordo reluzente. Sei que você me acusou de sair correndo daquela vez porque a comida era ruim, mas na verdade foi por causa da cantoria. Existe alguma coisa muito egoísta no fato de as pessoas tentarem perder o ego, não suporto a falta de moderação, e até você admitiu depois que a papa orgânica que nos serviram era abominável. Mas o que você está fazendo agora é exatamente igual àquele retiro, comida ruim, silêncio e cantoria estúpida, a não ser pelo fato de que nunca termina. Espero que você não leve para o lado pessoal quando digo que não consigo imaginar nada mais infernal.

Wouter, nada, NADA em toda a minha vida me magoou tanto quanto sua última carta. Mesmo agora, pensar nela me apunhala até a alma. Porque, na verdade, você fez parecer que era a última vez que qualquer um de nós receberia notícias suas. É cruel, querido, brincar assim com as pessoas. Essa bobagem de morrer para o mundo a fim de renascer, não ter família, nem amigos, nem posses... Está tudo muito bem quando se é um monge, mas você não é. Bem, sim, agora suponho que *seja*, em sentido técnico, mas não *na realidade*, não lá no fundo. Vamos ser honestos e admitir que isso é uma reação ao fato de você ter sido pego na cama comigo por Renata e sua mãe. Foi terrível, claro, eu seria o primeiro a admitir. Fiquei tão envergonhado e humilhado quanto você. Ou talvez tenha ficado um *tiquinho* menos traumatizado, porque, bem, não foram *minha* mulher e minha mãe, graças a Deus, devo acrescentar, especialmente no que diz respeito a sua mãe, e eu não estava escondendo nada, sexualmente falando, embora não estivesse em posição das mais favoráveis na ocasião, como você sabe. Mas não vamos insistir nisso.

A questão, querido, é que — dane-se, esqueci a questão. É sempre por volta desta hora da noite que as coisas começam a ficar confusas. O enredo desaparece, sobram apenas os personagens. E isto é tudo que o futuro tem a me oferecer no momento, uma ressaca pela manhã e, depois do almoço, um longo deslizar regado a gim para a escuridão. Mas poderia ter sido muito diferente, Wouter, e agora me lembro outra vez qual é a questão. É que, em vez de ser uma calamidade, o fato de Renata e a Mater Carnivora chegarem em casa cedo daquele jeito foi na verdade uma oportunidade de mudar tudo isso. Chega de fingimento, chega de representação e de pretextos. Chega daqueles horríveis fins de semana fora, você falando alto e parecendo superfeliz e eu arrastando um apêndice sem graça como disfarce. Você estava vivendo uma mentira, você disse isso para si mesmo várias vezes, e tudo porque seu pai era um pastor holandês reformado que o espancava até deixá-lo sem sentidos quando garoto. Mas ele está morto há muitos anos, e nós não estamos mais na Idade Média. Pelo amor de Deus, meu querido, agora o casamento gay é legal aqui, até os negros estão fazendo isso. Podíamos ter simplesmente dito a verdade e sido nós mesmos, para variar. A verdade é medieval, seu melhor momento já passou e não é mais tão bonita, se é que foi alguma vez, mas é... bem, é a verdade, acho.

Na realidade, não estou bem certo do que estava tentando dizer neste último parágrafo, mas em todo caso sei qual será sua resposta. Você vai dizer que encontrou a verdade genuína onde está agora, nesse mosteiro horrível e frio. Mas não encontrou, querido. A verdade sou eu. A verdade é o que Renata descobriu quando chegou de supetão pisando forte naquela quarta-feira à tarde. É melhor enfrentá-la do que passar o resto da vida padecendo no que, quando você se der conta, não é muito diferente de uma cela de prisão comum.

Wouter, EU AMO VOCÊ! Quero gritar isto como o búfalo que levou um tiro no pulmão e lança seu rugido de morte. Estou falando metaforicamente, claro, nunca matei búfalo nenhum, ou qualquer outra coisa, por sinal, mas você entende a mensagem — angústia, desamparo e perda. Sem falar no tanque de gim, que precisa ser reabastecido. E este é um bom momento para isto, meu querido, porque sinto que estou perdendo o controle. As coisas chegaram a um ponto em que não consigo mais distinguir sofrimento de demência alcoólica.

Tudo bem. Já me recuperei. Você ficaria surpreso com os *insights* que ocorrem a um homem em sua odisséia solitária entre a geladeira e o armário de bebidas. Tive um muito claro há um instante — um *insight*, isto é, só que perdi a pista do que foi. Droga, não vê ao que estou reduzido depois de apenas três meses sem você? Sabe que não deixamos de nos ver quase dia nenhum desde que nos conhecemos na estação, há oito anos? Tudo bem, era um relacionamento com um começo desfavorável, concordo, mas foi ficando cada vez melhor. Desafiamos idioma, classe e cultura. Ninguém jamais me fez sentir mais louco e vertiginosamente feliz do que você, mesmo com todas as mentiras. O único acontecimento realmente trágico foi ser seu padrinho de casamento, e posso lhe garantir que tive de reprimir um soluço quando você beijou a noiva, embora você tenha compensado com aquele beliscão disfarçado no cartório. Droga, que se dane, estava escrito nas estrelas, era o que tinha de ser, tudo que tivemos de fazer foi seguir o inevitável, e veja no que deu. Depois do dramalhão com Renata e a Bruxa Branca, de toda a gritaria, choro e sapatos lançados para os ares, todos sabiam o resultado. O divórcio, bem, era escabroso, doloroso e tudo mais, mas era a LIBERDADE, Wouter, você não percebe? Você não deveria ter dado *tudo* a ela, pelo amor de Deus. A casa, o carro, as economias — no que você estava pensando? Sem falar no salão de tatuagem, que era uma verdadeira fonte de renda nesta área, como você sabe. Quero dizer, *um pouco* de culpa poderia ter sido apropriado, dadas as circunstâncias, mas se reduzir dessa forma a uma pilha de choro e desprendimento — ah, isso partiu meu coração. E então, claro, quando você quis ir para a Coréia para se *encontrar*, não podia sequer pagar a passagem aérea. E a quem você recorreu...?

O que me faz lembrar que lhe dei aquele dinheiro julgando que era apenas uma viagem de dois meses para que você se recuperasse. Você deveria voltar para mim depois, ontem fez um mês para ser exato, para ser meu assistente, não que eu precise de um ou que você saiba distinguir uma poltrona Luís XIV de uma tatuagem do Pica-pau, mas seria uma maneira de participar de minha *vida*, pelo amor de Deus. O plano nunca foi que você raspasse o cabelo e ingressasse em um mosteiro. É esse o agradecimento que recebo? Eu poderia processá-lo, se quisesse, por causa do dinheiro *mais* os juros, se quisesse ser vingativo. O que não vou fazer, só estou dizendo.

Outra coisa acaba de me ocorrer. Você tem alguém aí? Sempre me questionei a respeito daqueles tipos monásticos, todos os homens juntos compartilhando chuveiros e outras coisas. Devem rolar muitos olhares de relance nas sessões de oração. Porque mato você se estiver metido em alguma coisa, Wouter, e você me conhece, eu *vou* descobrir. Por favor, por favor, diga que não é nada disso. Escreva-me mais uma vez, apenas para aliviar meu coração. Para sua informação, seu filho-da-puta, não me consideram completamente indesejável em certos lugares, na verdade, aquela bicha de cabelos vermelhos do andar de baixo, a que tem dois *dachshunds,* tem demonstrado por mim um interesse exagerado desde a sua partida. Sem falar naquela figura de dente quebrado que administra o Pick'n'Pay aqui perto. Mas não me importo com eles, tenho olhos para um único homem, o nome dele está escrito em minha alma, W, O, T, dane-se, quer dizer, U, mas o que estou fazendo, você sabe soletrar seu nome. A questão é, Wouter, não, esqueci outra vez qual é a questão. A questão é que estou arrasado. A questão é que estou sentindo terrivelmente a sua falta. A questão é POR FAVOR VOLTE WOUTER o que você quer que eu faça estou implorando de joelhos. Se é que é possível perder toda a dignidade a longa distância por correio aéreo querido não me sobrou uma partícula de amor-próprio. Esta manhã comecei a chorar na frente de uma cliente, uma mulher muito simpática que na verdade achou que eu estivesse comovido por sua mesa lateral Biedermeier falsificada. A verdade é que comecei a beber por volta do café-da-manhã, que é como têm sido os últimos dias. Wouter se você não responder vou até aí pegar você prometo vou me amarrar no seu pé e não vou largar até você ceder mas para fazer isso eu tenho de fechar o escritório e demitir Beauty e liquidar alguns bens o dinheiro tem andado um pouco curto ultimamente mas que diabos vou fazer isso de qualquer forma decoração de interiores nunca foi o forte nesta parte de Germiston. Mas o que eu preferiria e acho que você também se você ao menos soubesse com antecedência seria você voltar para cá e viver comigo e simplesmente recomeçarmos nossa vida da forma como deveria ser não sei e se as coisas fossem diferentes e você não tivesse tanto medo ou seu pai não tivesse sido tão idiota por que as coisas não podem ser simples. Na verdade elas SÃO simples só que o mundo as torna complicadas. Mas o mundo é tudo que temos meu querido não existe nenhuma verdade espiritual nenhuma segunda chance apenas esta vida com toda a sua bagunça. Por favor me responda Wouter. E caso você esteja se perguntando o que são estas marcas na página são lágrimas verdadeiras a não ser pela mancha grande no canto que foi onde derramei minha bebida.

Para sempre...
Neville

AUDREY NIFFENEGGER

1º de setembro de 2005

Querida Sylvie,

Estou escrevendo esta carta porque não sei mais o que fazer. Seu celular está mudo. Tudo o que consigo quando ligo para você é uma voz de computador me dizendo para tornar a ligar mais tarde. Você não respondeu meus e-mails. Tenho assistido ao noticiário durante horas, dias. É água por toda parte, corpos boiando nas ruas, estradas destruídas, animais de estimação abandonados. Onde está você, Sylvie? Quero ir até você, mas tenho medo de sair do apartamento, você aparecer e eu não estar aqui. Sei que você não vai ler esta carta. Não há mais para onde enviá-la.

Na noite passada, sonhei que estávamos juntas na casa de seus pais quando a inundação chegou. Em meu sonho, nos arrastamos escada acima em silêncio, como se a água pudesse nos ouvir, como se fosse nos encontrar — éramos suas vítimas, e fomos para o andar de cima em completo silêncio, de mãos dadas como crianças pequenas. E a água subiu igualmente silenciosa. Sentíamos medo de tocá-la, ou de permitir que ela nos tocasse. Ela era terrível, diabólica. Se nos tocasse, morreríamos. Você ficava colocando coisas nas minhas mãos, coisas que desejava salvar. Fomos para o sótão. Estava repleto de vestidos de sua mãe e eu sabia que você estava triste porque a inundação ia estragar os vestidos extravagantes dela. A água continuou a se elevar, subimos na trapeira e saímos no telhado. Sentamo-nos lado a lado sobre o telhado e a água arrastou tudo. Vimos carros, árvores, corpos na água. Todos os pássaros fugiram, não havia nenhum ruído a não ser o barulho da água agitando-se e formando redemoinhos, de vez em quando um cachorro latia, mas não havia outras pessoas ali. Era um mundo vazio. A água tinha levado tudo. Ficamos sentadas no telhado e olhando para o nada. Fizemos amor lá em cima porque não havia comida ou água para beber. O telhado era nossa ilha. Então vi as telhas ásperas de betume verde do telhado através das suas mãos. Seu corpo se tornou gradualmente transparente, e fiquei sozinha no telhado, vendo a água invadir, vendo a cidade desaparecer. Eu olhava para as coisas que você me dera para salvar. Estava segurando seus óculos e uma bola de tênis.

Sylvie, espero que você não esteja na cidade. Espero que tenha sido salva. (Mas como poderia ter saído da cidade sem carro? Você já encontrou sua mãe? E por que não telefonou?) A TV está mostrando coisas horríveis. Há notícias de assassinatos, estupros, saques, idosos morrendo em casas de repouso porque os funcionários os abandonaram. Por que você não telefonou? Não sei o que fazer, Sylvie.

Antes que você partisse na semana passada eu disse *Por favor, não vá.* E você respondeu *Ela só quer que eu fique em casa por algumas semanas, Nancy. Vou estar de volta em Chicago quando as aulas começarem.* Sento diante da televisão e olho para além dos repórteres, tentando ver sua casa nos cenários devastados atrás dos rostos emocionados. Lembro-me do quintal de sua mãe, os gladíolos amarelos e os lírios vermelhos, a madressilva que engolia a garagem... Lembro-me do perfume do jardim à noite, como entrava pela janela de seu quarto, tão forte que eu quase me sentia nauseada. Você me beijou no quintal; fiquei preocupada que os vizinhos vissem. Você riu e imprimiu sua boca coberta de batom na minha blusa branca, bem em cima do meu mamilo esquerdo... E à tarde, lembro-me de como todo mundo se sentava na varanda, no calor, e todos acenavam para nós quando íamos ao bar do Jimmy comprar cigarros e cerveja. Tudo debaixo d'água agora. Quarteirões inteiros, bairros inteiros. Permaneci em nossa varanda da frente esta manhã com o jornal na mão, olhando para o Hyde Park Boulevard, imaginando-o todo debaixo d'água.

Você sabe nadar, Sylvie? Nunca perguntei. É surpreendente quanta coisa ignoro. Depois de dois anos, seria de se esperar que soubéssemos tudo uma sobre a outra. Mas acho que nunca sabemos o que vai ser importante. Por que teria importância o fato de você saber nadar? Conversamos apenas sobre nossas leituras. Comemos, dormimos, tomamos banho, vestimos nossas roupas e as tiramos novamente, transamos alucinadas uma com a outra, vamos às aulas e por toda parte ao nosso redor o ar se enche de palavras a respeito de livros. Se Nova Orleans se inundasse de palavras eu não teria medo por você, Sylvie. Sei que você sabe nadar nas palavras. Mas água... você sabe nadar na água, Sylvie?

O apartamento parece vazio sem você, embora esteja abarrotado de coisas suas. Já que você não vai ler isto, vou admitir que tenho chorado pelas coisas mais idiotas. Esta noite abri a cesta de lixo na cozinha e encontrei seu velho chaveiro com a pequena Pantera Cor-de-Rosa de plástico, e isso me despedaçou. Não consigo explicar por quê. Foi simplesmente patético. Suas coisas parecem estar esperando; elas não têm a menor dúvida de que você vai voltar para casa. Estou supersticiosa. Se fechar os olhos quando o telefone tocar, será você. Se tomar um banho, o telefone tocará, e será você. Mas quando o telefone toca é sempre outra pessoa perguntando se já tive notícias suas. *Não*, respondo. *Ainda não.* Não há muito o que dizer depois disso. Todos nos sentimos constrangidos por nossa boa educação. *Me ligue se houver alguma coisa que eu possa fazer*, dizem elas. *Com certeza, sim, claro*, eu digo. Quero gritar com elas. Quero berrar, como um bebê, até que você volte para mim. Ah, Sylvie. Você tem de estar a salvo porque estou arrasada sem você. Minhas barragens se romperam e você me inundou, agora sou uma cidade submersa.

Eca — estou ficando completamente metafórica. Volte para casa e ria do meu papo furado.

São quase cinco da manhã, Sylvie. Estou sentada à mesa da cozinha, olhando na direção do lago. É engraçado como achamos que o lago está lá, uma presença, ainda que não o enxerguemos, por causa de todos os prédios altos e feios.

O céu está clareando. Lembro-me de quando a encontrei pela primeira vez, e você achou estranho que eu sempre soubesse em que direção estava o lago, não importava onde estivéssemos, como se eu tivesse uma bússola interna que apontasse para o leste. Que estranho seria se o nível do lago se elevasse um dia e invadisse a cidade. Seria como em um conto de fadas, como se um feitiço fizesse com que a cidade e o lago se fundissem, silenciosamente, como a pintura de uma cidade dentro de um lago. Mas não é o que vejo na TV, Sylvie. Na TV há gente morta caída sobre cadeiras dobráveis sob um sol de rachar, e pessoas pintando Xs com tinta spray nas casas, e tudo está em movimento quando deveria estar imóvel ou encalhado, parado.

Houve uma inundação aqui uma vez, Sylvie. Alguém abriu um buraco no fundo do rio Chicago, e o rio escorreu para dentro dos porões dos edifícios, os porões fundos abaixo dos porões. Não estou inventando. Foi uma inundação que ninguém viu, uma espécie de inundação conceitual, a não ser para as pessoas que tiveram de lidar com ela; para elas provavelmente foi bastante real.

O sol saiu, Sylvie. Vou para a cama. Quem sabe quando eu acordar você telefone. Quem sabe esteja a caminho. Quem sabe eu ao menos sonhe com você.

Nan

JULI ZEH[18]

Primeiro Capítulo

Poderíamos ter sido felizes se ao menos tivéssemos nos conhecido. O dia em que não nos conhecemos foi ótimo. Chuva torrencial em uma época em que apenas a chuva mantinha céu e terra unidos. Você se refugiou em um café, eu também me sentei a uma janela, no calor. Era a estação do álcool e do pão de gengibre. Brincávamos de ler nosso futuro derramando a cera derretida da vela sobre a mesa dentro da água. O futuro consistia em gotículas vermelhas achatadas boiando na superfície de um copo de água mineral. Uma mulher cruzou o recinto com passos miúdos, segurando com ambas as mãos uma xícara cheia até a borda. Foi lindo.

Segundo Capítulo

Até mesmo quando crianças, tínhamos interesses semelhantes. Eu tirava os caracóis do caminho para que não se quebrassem como avelãs ocas sob os sapatos dos passantes. Você salvava sapos nos quais as crianças da vizinhança haviam enfiado canudos para explodi-los. Gostávamos de ficar parados na esquina, gostávamos das modas da década passada, achávamos interessantes os livros bem grossos, e curtíamos principalmente dizer coisas que ninguém entendia. Assim, ambos nos tornamos objeto de sarcasmo das pessoas. Este é o melhor pré-requisito para uma vida inteira de felicidade conjunta.

Terceiro Capítulo

Você era o meu tipo, eu era o seu. Os dois tínhamos olhos azuis com cabelos escuros, uma rara combinação. Por sermos mais baixos que a média, gostávamos de passar férias na Ásia. Éramos farinha do mesmo saco. Adorávamos longas caminhadas e noites tranqüilas em casa. Por timidez, preferíamos, sobretudo, ficar sozinhos. Tínhamos dificuldades para conhecer pessoas, e é muito importante estar de acordo quanto a uma questão tão delicada. Mas nem nós ignorávamos o fato de que os opostos se atraem. Por isso você era do sexo masculino e eu, do feminino. Não tínhamos nenhum problema com isso. Fomos criados para ser tolerantes.

Quarto Capítulo

Como todos os verdadeiros amantes, nós nos aproximamos de forma tortuosa. Éramos jovens e ansiosos. Não queríamos perder tempo esperando a vida começar. Você dormiu com uma cabeleireira, uma loura-oxigenada atraente, eu agarrei um técnico em aparelhos para surdez. Logo, a loura era apenas cabeleireira, e meu técnico acústico entendia a surdez como um projeto lucrativo. Sabíamos o tempo todo que estávamos destinados a algo mais. A ser o cavalheiro de armadura brilhante e a princesa na torre. Um ao outro. À felicidade. Os dias forneciam distração, as noites consistiam em espera. O anseio nos ensinou a acreditar no verdadeiro amor. Gostávamos de pensar um no outro, especialmente quando nos masturbávamos.

Quinto Capítulo

Também tivemos tempos difíceis. Adquiri flacidez em volta dos quadris, seus cabelos se tornaram grisalhos. Como nos reconheceríamos nestas condições? Uma longa sucessão de dias se passou em amargo silêncio. Quando o sol brilhava, praguejávamos ao nos olhar no espelho. O tempo não deveria ser mais atraente do que uma pessoa, quando tudo o mais — como todos sabemos — é tão relativo. Mas o ódio desapareceu, eu o conhecia tão bem. Seu desespero era o sal na minha sopa. Meu sofrimento era o açúcar no seu chá. Seus pensamentos eram os meus. Havíamos aprendido que os valores internos eram os que importavam — e exatamente o quanto importavam.

Sexto Capítulo

Certa vez, quase o perdi. Era inverno novamente, a cidade inteira pisava em gelo fino. Você agora era viúvo, eu estava divorciada, a neve nos bombardeava de luz por todos os lados. Você estava atravessando a rua na qual eu dirigia. Eu estava cantando uma canção de amor junto com o noticiário das oito no rádio, quando um clarão de luz dos seus óculos atingiu minha retina. Meu aparelho auditivo parou de funcionar, seu grito se perdeu no silêncio. Você se inclinou atrás de alguns carros estacionados para procurar sua bengala. A rua à minha frente estava vazia. Por um fio de cabelo — digo-lhe, meu querido —, simplesmente não o atropelei por um fio de cabelo. Durante anos não consegui me livrar do sentimento de que alguma coisa estranha havia acontecido.

Sétimo Capítulo

Envelhecemos juntos. O sexo já se tornara irrelevante havia muito tempo. Obtínhamos prazer com bolos e folhas caídas. Nossos quartos eram acres do aroma do passado. A arrumadeira vinha uma vez por semana e esfregava o chão. Em seu traseiro com estampa florida, eu enxergava uma campina primaveril montanhosa, você não enxergava mais nada. Juntos éramos o coxo, o cego, o mudo e o surdo em uma só pessoa. Nos entendíamos sem palavras. Manuseávamos fotos parecidas, comíamos o mesmo mingau. Do lado de fora de nossas janelas imundas, pássaros migratórios revelavam o futuro em formações sempre idênticas.

Oitavo Capítulo

Um grande amor vence todos os obstáculos. Um grande amor não recua diante de nada. No exato dia em que não nos conhecemos, sentávamo-nos em cafés diferentes. O futuro consistia em gotículas vermelhas achatadas boiando na superfície de um copo de água mineral. Uma mulher cruzou o recinto com passos miúdos, segurando com ambas as mãos uma xícara cheia até a borda. Como muitas vezes acontece, meu amor, tínhamos alguma coisa em comum. Você ficou sozinho, eu fiquei sozinha. Mas não me importo nem mesmo com isso. Afinal, repetidas vezes, dia após dia, por toda minha vida, eu vou perdoá-lo.

LEONARD COHEN

Você vai me deixar. Sei que vai me deixar. Como deixou Laporte. Como deixou Arif. Serei alguém que você chama pelo sobrenome. Laporte não pareceu muito bem esta noite na Alhambra quando se aproximou mancando para cumprimentá-la. Não quis me estender a mão por estar muito suada. Segurou a ponta dos meus dedos e sorriu melancólico, como se dissesse: A melhor foda que você já teve, o amor mais profundo que você conheceu, e ela vai deixá-lo muito em breve, pobre filho-da-puta deslumbrado. No carro, você me contou que as mãos dele sempre ficavam muito suadas quando ele precisava ser apresentado a pessoas. Você conhece os medos dele, não conhece? Assim como conhece os meus. Não temos visto muita coisa de Laporte ultimamente, cineasta de uma certa época, quando você era a seiva dele, e ele tinha permissão para enlaçá-la, e você o comandava para que a tratasse como escrava. Depois, você me pediu para olhar para a lua, então olhei para a lua através do párabrisa. Depois, você me disse para me admirar com a cor do céu, então me dediquei a estudar o céu azul-royal de Paris. O sikh de turbante lhe indicou, como sempre, a vaga mais impraticável na garagem, e, quando passamos por sua janela, ele disse, como sempre, A Campeã do Estacionamento. No quarto, você deslizou gentilmente para os meus braços. Sou seu. Por esta noite. Sua grande piada. E meu coração ainda se sobressalta entre a declaração e o desenlace. Como você deixou Laporte. Como deixou Arif, e então dormiu com o irmão gêmeo dele. Deixo-os justo antes que eles me deixem. É melhor assim, não? Não ter uma garota chorona nas mãos. Okay, querida, você está dormindo, a noite chegou ao fim, e estou nervoso pra diabo. Ou você vai ler isto sozinha algum dia, ou leremos juntos.

1980

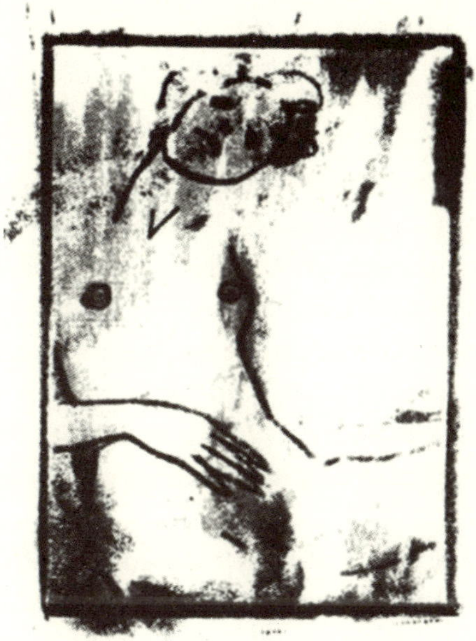

PHIL LAMARCHE

Meu bem,

Quando você estendeu a mão para dentro da cortina do chuveiro sem que eu percebesse, desligou a água fria e me queimou terrivelmente, JESUS, ainda nem sei se você estava irritada ou fez aquilo por brincadeira, mas você sabe que o aquecedor de água quente pode cozinhar ovos, você SABE disso, e quando soquei a parede e quebrei a mão, não foi em você que tentei bater, PROMETO, nem mesmo imaginei seu rosto no azulejo rosa quadrado que quebrou e caiu (e não se preocupe com isso, vou trocar toda a parede quando fizer a reforma), mas, naquela noite, quando destruí a cortina do chuveiro e saí feito louco pelo corredor, nu como um macaco, não era você quem eu esperava ver, e o que eu disse, JESUS, o que eu disse, eu não quis dizer aquilo em absoluto, achei que descobriria algum amigo meu filho-da-puta, ou mesmo seu irmão, aquele fodido e suas piadas, mas você se mandou e não me deu chance de explicar e não pude segui-la, estando nu, e você saiu e foi para a casa dos seus pais e você SABE como isso faz com que eu me sinta, eu lhe disse, é como se você estivesse no time deles e não no meu e quando você não atendeu minhas ligações, não parei de ligar e seu pai por fim atendeu e me disse DESISTA e eu lhe disse para ir para o INFERNO e para SE FODER e que eu passaria por cima para conseguir você, por cima do traseiro ferrado dele se fosse necessário, tudo só porque eu estava com muito medo de perder você e porque a AMO tanto. Eu sei, EU SEI que não sou bom em "comunicação", não precisa dizer isto NOVAMENTE, já entendi, OKAY?

Consigo enxergar por que motivo você não entendeu, mas quando cheguei à casa de seus pais e a polícia estava lá, sabe como me SENTI? E o fato de, mesmo assim, eu não ter desistido não diz alguma coisa a respeito do quanto a amo? Foram necessários três daqueles PORCOS para me derrubar, isso tem de significar ALGUMA COISA, não tem? É óbvio que a arma paralisante finalmente me pegou (foi como se alguém houvesse INCENDIADO meu sangue), mas mesmo então, de joelhos, eu realmente parecia derrotado? E a CLAVA? Claro que ela me cegou, mas ainda assim pude perceber você, no meio da escada, encolhida, os joelhos puxados para o peito com aquele lindo olhar de criança quando fica assustada. Pude senti-la ali, e, enquanto eu girava às cegas, coberto por meu próprio cuspe, meu próprio catarro e minhas próprias lágrimas, enquanto eles me transformavam em pasta com seus cassetetes, ainda era VOCÊ que eu tentava alcançar.

É claro que, uma vez inconsciente, eles fizeram comigo o que quiseram e posso apenas imaginar os braços finos deles lutando para me suspender, meu traseiro ou o salto do meu sapato se arrastando pela calçada de cimento dos seus pais enquanto me puxavam para a porta traseira do carro de polícia, sendo atirado no banco traseiro perto da mancha de vômito de algum estudante do ensino médio arrancado de alguma bebedeira, e você, meu bem, forçada a assistir dos degraus daquela casa, daquele lugar de onde antes a resgatei, e isso foi o pior, devolvê-la a ELES depois de tudo que lhe fizeram. Lembro a primeira vez que você me contou, naquela noite na casa do irmão do Frazier com o ponche de rum (lembra a varanda dos fundos, nós dois e as estrelas tão brilhantes que se refletiam no lago, e você disse que se sentia segura e respondi que deveria se sentir porque eu ia cobrir de porrada qualquer um que só olhasse torto para você e então você sorriu?). Pensar que estraguei tudo isso me MATA, pensar que agora pareço pior que eles, pior do que sua mãe constantemente lhe dizendo que ela era mais bonita e seu pai sempre calado. Eu não esqueci, lembro tudo que você disse naquela noite e eu faria qualquer coisa para ter aquilo de volta, para que você se sinta segura outra vez. QUALQUER COISA.

Sei o que você está dizendo, está dizendo que é mais do que a noite no chuveiro, está perguntando, e quando você socou a merda do microondas novinho em folha e tivemos de devolvê-lo e mentir, falando que ele tinha vindo daquele jeito na caixa? E da vez em que você atirou a caneca pela janela da porta dos fundos? E o buraco na porta do banheiro ou o buraco na parede do hall, ou o rádio no qual você atirou com um RIFLE? Eu sei, EU SEI que fico louco às vezes, você não precisa martelar minha cabeça com essa merda toda, não sou retardado, me lembro muito bem. É como se um interruptor fosse acionado e fico louco, como se eu fosse o Dr. Jekyll e o maldito do Sr. Hyde, e não sei o que é, mas faria qualquer coisa para não ser assim, eu enfiaria um facão na cabeça se soubesse que parte arrancar. Não quero ser assim, meu bem, ACREDITE, quero ser melhor para você, quero ser NORMAL, quero retomar você dos seus pais e esquecer que isso alguma vez aconteceu.

Sei que eles estão lhe dizendo que não sou bom, que você precisa me deixar definitivamente, mas o que eles sabem? Será que sabem o quanto era bom entre nós dois tipo noventa e nove ponto nove ponto nove por cento do tempo? Será que sabem que, graças a eles, você também não é nenhuma maravilha (especialmente depois de tomar alguns coquetéis)? A vez em que você arranhou o rosto daquela garota e a jogou no chão só porque ela estava muito perto de mim no bar, você mencionou isso? Ou a vez em que você ficou bêbada e jurou que Jenny e eu estávamos transando, gritou com ela na frente de todo mundo, até que ela começou a chorar e por fim admitiu que só gostava de garotas apenas para que você parasse, então a companheira de quarto dela se mudou pelo fato de ela ser lésbica e Jenny não conseguiu arcar com o aluguel sozinha e teve que voltar para casa? Aposto que você não contou isso, ou que fiquei do seu lado o tempo todo, independentemente de quantos amigos meus tenham me avisado sobre a completa DEMENTE que você era.

Quero lembrá-la de que tudo isso começou com uma torção de pulso (o SEU pulso), benzinho, e sei o que você está dizendo, você está dizendo que começou antes disso, comigo e com Kelly, mas não existe nada entre mim e Kelly e, além do mais, você não pode simplesmente chegar e incendiar um sujeito. Não sei o que está se passando entre você e ela, mas não há nada entre nós, CRISTO, ela é praticamente minha irmã e quando passei a noite na casa dela, foi no SOFÁ, e só porque eu tinha bebido muito e, ao contrário de CERTAS pessoas, não quero perder minha carteira de motorista. Não estou tentando dizer que seja culpa sua, mas não estou tentando dizer que não seja culpa sua, ou que não seja culpa minha também, porque acho que nós dois enlouquecemos e estamos ambos fodidos e acho que é por isso que não deveríamos nos separar, porque, se não conseguimos entender um ao outro, QUEM vai conseguir? Você com um sujeito tipo Beaver Cleaver e eu com a rainha do baile de formatura, por favor, quem estamos enganando? Eles não durariam uma semana com as nossas manias.

Fomos feitos um para o outro, meu bem, por isso apenas se apresse, diga adeus aos seus malditos pais, venha reduzir as despesas e me tire dessa merda de cela antes que eu tenha que matar o velho nojento no canto, que fica olhando para mim e esfregando a braguilha, e iremos para casa, faremos uma fogueira e soltaremos alguns fogos, a MERDA que você gosta que está no catálogo, e vamos sentar nas espreguiçadeiras exatamente como se fosse 4 de Julho, só que vai ser tudo para nós, amantes infelizes e loucamente explosivos, e se os vizinhos reclamarem, seremos GENTIS para variar, pediremos desculpas e os convidaremos, e será o início de algo novo para nós, algo diferente e MELHOR. Vamos tentar, REALMENTE tentar, e dessa vez vai dar certo, SEI que vai. Eu PROMETO.

Com amor,
Gerald

M. G. VASSANJI

Meu Amigo,

Foram problemas com drogas que o trouxeram de volta... muito doloroso. Ou eu não o aborreceria. Novamente. Foi há tanto tempo. Outro mundo. Eu o traí então, não foi? Você não pode ter esquecido... onde quer que esteja.

Vejo um menino subindo timidamente a encosta sinuosa da rua das Nações Unidas em Dar es Salaam, olhos fixos no chão à sua frente... Lembra?

Você olhava para a claridade do sol determinado a me evitar, o rosto franzido e, quando não conseguiu mais suportar, virou a cabeça para trás justo a tempo de não me ver passar naquele glorioso Citroën azul, como uma princesa em uma carruagem. Mas um dia nossos olhos se encontraram. Alcancei você. Quer uma carona? — perguntei. E o menino moreno tímido, pingando suor, com cara de assustado, permitiu-se chegar apenas um passo mais perto, parou longe o bastante para mergulhar os olhos nos meus... e respondeu com voz seca, *Não, obrigado*, e continuou a andar. O que você sentiu? Seu coração fez pom, pom, pom, *eu* percebi. Eu, que fui ofendida. No dia seguinte você não estava lá, nem a semana inteira; meu motorista me lançava olhares furtivos pelo espelho enquanto eu sondava descaradamente a calçada. Eu que era a parte ofendida. Você estava me provocando? *Não. Tímido, apenas tímido; eu estava tão envergonhado*, você respondeu — quando finalmente apareceu naquela rua e aceitou minha carona. Onde o motorista deve deixá-lo? *Logo ali, em frente à mesquita está ótimo.* Aqui? — ou mais perto...? *Não — sim...* Você não queria que eu visse sua casa, não é? E eu, garota européia ingênua, não consegui entender por quê. Como você parecia nervoso cada vez que o deixávamos saltar e, sem sequer olhar para trás, corria como se disso dependesse sua própria vida!

Você é tão branca; quer dizer — não é rosa. Isso foi a primeira coisa que você reparou em mim? Não ser rosa? *Não — esse cabelo — não, antes disso* — Sim? *O carro — é tão majestoso, o melhor carro da rua.* Você reparou no carro primeiro e não em mim? *Mas seu cabelo — brilhante, como uma fogueira!* Adulador. Sim, a cabeça morena de cachos, e os olhos verdes, como pôde não percebê-los no Citroën? Os olhos estão mais turvos, mas o cabelo está curto e preto, as modas mudam; e, sim, tingidos; e, sim, escassos também. Você realmente não sabia de onde eu vinha; mencionou a Suécia uma vez e fingi que era verdade; você não conhecia a bandeira no capô do carro, azul e branca com a estrela no meio, que havia sido o distintivo do meu povo por tanto tempo, e como isto o tornou precioso para mim. Européia, claro, mas refugiada romena, tendo cruzado clandestinamente a fronteira aos dois anos.

Eu não tinha um amigo na cidade, e surge aquele menino; tímido, sério, pensativo. Foi o primeiro pensamento que me veio à cabeça quando o vi — o que está se passando naquela cabeça? E ele cortou o cabelo. Parece engraçado. O que há de tão sério para se pensar com aquela cabeça de cabelo cortado dele? E moreno, ele não se importa que o sol o queime, que o torne mais moreno. Sua pele vai enrugar mais cedo, mamãe teria dito. Contei a ela que havia conhecido um garoto simpático, do colégio dos meninos, que havia concordado em me ensinar suaíli e, depois de alguma conversa, ela e meu pai permitiram. Você pode trazê-lo depois da escola no sábado... Na primeira vez que você veio a nossa casa, caiu da cadeira de junco. Eu ri, eu chorei, por você. Quase todo mundo caía daquela cadeira mal-projetada, mas como você poderia saber? Eu poderia ter avisado, mas não o fiz. Perdoe uma garota por seus caprichos.

Você me ensinou cálculo, meu amigo, eu lhe ensinei Shakespeare; você fez meus trabalhos de física, eu lhe dei aulas de tênis... E, quando eu disse vamos sentar lá fora no sol e saí vestindo meu maiô amarelo, seu rosto moreno ficou marrom. Sinto muito. Mas você não tomou emprestado o *Lady Chatterley* de minha mãe *apenas para descobrir por que tanto barulho a respeito daquilo?*, você declarou. Claro. Isso também. Eu disse a ela que um amigo havia pedido o livro emprestado.

Decerto que havia o exótico em você; o obscuro. E eu estava só. Não que não houvesse outra diversão na cidade. Pouca, mas havia. Hofner, também de Israel; os gêmeos americanos que escolheram um local de encontro sob a ponte Selander para praticar indecências conosco, as filhas dos diplomatas. Mas você era o meu favorito; à noite, eu dizia repetidas vezes seu nome, alegremente; um nome de rei; *não, o de um imã*... mas música preciosa apesar de tudo, sempre, Hus... sein, Hus... sein..., até que aquele monstro disparador de mísseis Scud surgiu e imprimiu nele seu selo.

Veio a guerra; a de 67. E éramos *non gratia*, mais ou menos, por causa do trabalho do meu pai. Ele era espião. Os governos africanos não nos queriam mais. E você nunca mais viu aquele Citroën. Eu desapareci. Sem adeus, sem aviso. Quão grosseiro, quão cruel. Mas não cruel, acredite. Não tive escolha. Mamãe perguntou: Para quê? Você vai para longe, um lugar ao qual ele nunca vai poder pertencer. E vocês são ambos jovens. Et cetera. O que eu poderia ter dito a meus próprios filhos mais tarde. E aos seus.

Foram as drogas, está vendo, que o atraíram como um fantasma de algum recesso obscuro da mente... do coração?... Ontem vi um garoto explodir e se fazer em pedaços e aqui estou eu. Estou bem, apenas em choque, mas são as drogas. O rosto jovem do rapaz. E esta preciosa lembrança: eu gostaria de poder enviá-la a você, esta lembrança de amor e amizade; este triste pedido de desculpas. Eu gostaria de escrevê-lo antes que desapareça. Uma vez mais.

Tova
Tel Aviv

TESSA BROWN

Querido Randolph,

Estou escrevendo em referência à série de recados no correio de voz que você me deixou recentemente. Embora eu entenda que forças externas agiram sobre você, suas mensagens ainda assim pareceram precipitadas e não inteiramente ponderadas. Quero aproveitar a oportunidade para repassar algumas de suas principais questões e apresentar resposta, já que seus meios de comunicação não me deixaram nenhum caminho aparente pelo qual fazê-lo. Presumo, claro, que você tenha todas as suas mensagens anteriores para referência, incluindo, mas não se limitando a, cartas, correio eletrônico, mensagens telefônicas e transcrições de conversas, cruciais para o progresso de nosso relacionamento.*

Mensagem 1: Confusão

(a) [Expiração] Jess [sic], é Randy [sic]. (b) Tenho pensado muito sobre nós e, bem, eu simplesmente não sei se é o melhor para mim, bem, para nós dois neste momento. (c) Sei que conversamos a respeito — bem, de certa forma —, mas realmente acho que preciso dar um tempo. Me ligue de volta. Tchau.

* Vou me referir particularmente às mensagens dos últimos seis meses, além de várias mensagens no decorrer dos últimos quatro anos, incluindo (porém, mais uma vez, não se limitando a) o dia de Ação de Graças com sua família em novembro de 2002 e os acontecimentos relacionados à sua viagem de 2003 a Atlantic City.

1A. *[Expiração] Jess [sic], é Randy [sic].*

Sua introdução ("Jess, é Randy"), tal como está, precedida de marcada exalação, sugere que você está inseguro sobre como proceder; talvez se sinta, socialmente ou em outros aspectos, forçado a se distanciar de mim. Considere seus motivos para telefonar: caso esteja reagindo à pressão de amigos e/ou família, por favor, lembre-se de que os únicos sentimentos aos quais este relacionamento se subordina são os seus e, claro, os meus. Aqui estou me referindo a um comentário de sua mãe, que declara: "Randy, você tem certeza a respeito dessa aí? Ela parece tão, ah, não sei, *excêntrica.*"* Este e outros comentários levam-me a crer que você está agindo em função de conselhos de amigos e parentes, que o fizeram acreditar que no fundo estão pensando no que é melhor para você.**

1B. *Tenho pensado muito sobre nós e, bem, eu simplesmente não sei se é o melhor para mim, bem, para nós dois neste momento.*

Você deixa claro que está confuso quanto ao rumo do nosso relacionamento e aos benefícios que este confere a cada um de nós. As vantagens de nossa parceria surgem em todas as esferas de nossa vida. Primeiro, lembre-se de que a obtenção de seu atual emprego na Benson Atwater Inc. baseou-se em uma entrevista arranjada pelo marido de minha querida amiga. Segundo, leve em conta os incontestáveis favores sexuais

* Ouvido por acidente na cozinha da residência dos McKellen, na noite de 25 de novembro de 2002, aproximadamente às 9:02, Horário Central.

** Eu também gostaria de salientar, sem nenhuma falta de respeito, claro, que sua mãe é uma cadela frígida, que brigou comigo desde o instante em que nos conhecemos. Além disso, não presuma que sua vida familiar lhe tenha conferido um bom entendimento do que é um relacionamento saudável, sobretudo à luz do fato de que seu pai tem transado, nos últimos oito meses, com a noiva de seu irmão.

que você tem recebido de minha parte, discutivelmente desde nosso décimo sexto encontro e indubitavelmente desde o vigésimo terceiro.* E, por fim, desde que começamos a nos ver, você perdeu seis quilos, elevou sua renda anual em mais de $10.000 por ano e exala um odor muito mais interessante do que o anterior ao início do nosso relacionamento.** Fora isso, caso esteja me traindo, como suponho que esteja, eu também acrescentaria que mulher alguma além de mim teria mantido relações sexuais com você há quatro anos.

1C. *Sei que conversamos a esse respeito — bem, de certa forma —, mas realmente acho que preciso dar um tempo. Me ligue de volta. Tchau.*

Sua interrupção da conversa, à qual esta fala se refere, dá claramente a entender que você não tem investido a energia que um relacionamento bem-sucedido exige das partes envolvidas.*** Colocar mais empenho em nossa vida sexual também

* Estas datas baseiam-se na primeira vez em que você recebeu sexo oral, em 5 de outubro de 2000, e na primeira vez em que tivemos relações sexuais, em 12 de novembro de 2000. Foram concedidos favores sexuais adicionais no decorrer da relação, que, acredito, tenham mais que satisfeito suas necessidades e desejos.

** Estes números baseiam-se na análise dos padrões de ganho/perda de peso, renda média anual e hábitos higiênicos dos últimos sete anos.

*** Trecho de conversa em 3 de setembro de 2004, aproximadamente às 7:09 da noite, Horário Padrão do Leste:

Randolph: Não posso acreditar que estejamos juntos há mais de quatro anos.

Jessica: Eu posso.

Randolph: Mas você alguma vez pensou em como as coisas seriam se não houvéssemos nos conhecido?

Jessica: No quão triste e solitária sua vida seria? Tento não me preocupar com isso. Fico simplesmente satisfeita que tenhamos nos encontrado.

Randolph: Você acha que todo mundo tem uma única pessoa que foi feita para si?

ajudaria. Você pode ou não ter consciência disso, mas, ultimamente, na cama, você tem de fato deixado a bola cair.*

Mensagem 2: Dúvida

(a) Jess [sic], é Randy [sic]. Precisamos muito conversar. Francamente, as coisas não têm andado muito bem nos últimos tempos. (b) Não diga que também não está sentindo isso. (c) Ah, e desculpe todo aquele negócio do seu porquinho-da-índia. Tchau.

2A. *Jess [sic], é Randy [sic]. Precisamos muito conversar. Francamente, as coisas não têm andado muito bem nos últimos tempos.*

Na verdade, Randolph, as coisas têm andado ótimas, mas você insiste em sabotar nosso relacionamento saudável e bem-sucedido porque inconscientemente quer arruinar sua vida. Já faz muito tempo que estou preocupada com você. Você parece gostar de se prejudicar. Isso se chama masoquismo. Acredito que tenha muita coisa a ver com sua mãe. Eu lhe sugeriria que se afastasse dela enquanto as feridas cicatrizam.**

Jessica: Ah, Randolph, que coisa meiga de dizer!

Randolph: Você acha que talvez não pertençamos um ao outro?

Jessica: Você quer saber o que existe lá fora? Piranhas. Aventureiras. Drogadas. Pense no que fiz por você. Não vê que sua vida seria pior sem mim?

Randolph: Acho que é possível ver as coisas desse jeito, mas...

Jessica: É, acho que é possível.

* Sim, tenho fingido.

** Entendo, por experiência própria, que ela, sem ser convidada, se impõe sobre você. Portanto, apóio qualquer decisão que você tome no tocante a se mudar ou trocar seu número de telefone, sem conceder informações para contato à supracitada.

2B. *Não diga que também não está sentindo isso.*

Você está certo, Randolph; não posso dizer que não tenha sentido isso. Senti a tensão em nosso relacionamento, proveniente do estresse que suas atitudes auto-aversivas provocaram. Senti a tensão causada pelo fato de você chegar em casa cambaleante às quatro da manhã, fedendo a álcool. Senti o atrito causado por nosso distanciamento emocional. Mas estou divagando. Esta tensão deriva não de algum problema bem enraizado, mas antes do desenvolvimento saudável do nosso relacionamento. Parceiros fortes superam juntos as dificuldades, motivo pelo qual estou aqui para ajudá-lo a superar as suas. Sei que você tem problemas com intimidade, com mulheres e com a eficiência erétil, acrescidos de fixação expulsiva anal,* mas estou aqui para guiá-lo enquanto lidamos com estas "questões" profundamente inquietantes, das quais você parece ter um estoque interminável.

2C. *Ah, e desculpe todo aquele negócio do seu porquinho-da-índia. Tchau.*

Vamos esclarecer o que é "todo aquele negócio": seu cachorro, com ciúmes do meu lindo porquinho-da-índia desde o início, atacou Tootsie II, enquanto você, horrorizado com o que o ódio cruel do seu "melhor amigo" Boxer pôde fazer, cruzou os braços. Fui compreensiva o bastante para tomar consciência dos seus sentimentos e mandar sacrificar Boxer enquanto você estava no trabalho no dia seguinte, a fim de poupá-lo de dores de cabeças desnecessárias. Além disso, para encorajá-lo durante o processo do luto, o que poderia ter sido melhor do que um novo e adorável porquinho-da-índia? Entendo sua surpresa ao descobrir que Boxer havia partido e sido substituído por Doodles, um lindo porquinho-da-índia novo, mas garanto a você que foi com a melhor das intenções. Quando você finalmente

* Preciso mencionar esse seu hábito nocivo?

recuperar o juízo e voltar para casa, ficará comovido pela ternura que existe entre Doodles e Tootsie II — agora um triplo amputado.

Mensagem 3: O pior erro da sua vida

(a) Acho que vou ficar na casa de Jay por uns tempos, e gostaria que você não aparecesse nem me telefonasse. (b) Mmm, tchau.

3A. *Acho que vou ficar na casa de Jay por uns tempos, e gostaria que você não aparecesse nem me telefonasse.*

É aqui que eu percebo que seus amigos, sobretudo Jay, devem ter exercido forte influência na decisão que você alega ter tomado de forma independente.* Houve numerosas atitudes por parte deles no decorrer do nosso relacionamento que tornaram bastante claro para mim (como presumo fosse o objetivo) que não satisfaço os "padrões" deles para você.** Creio que o fato

---

* Jay, em particular, é um homem excepcionalmente destrutivo. Refiro-me especificamente ao episódio preocupante no qual, ao organizar suas gavetas, encontrei uma foto de meu Tootsie I em Atlantic City, enfiado entre os seios de uma garçonete de bar de hotel vagabunda e sendo forçado a tomar uma dose de tequila, com Jay sorrindo como um maníaco ao fundo. Rezo apenas para que o álcool tenha sido fatal e para que meu lindo porquinho-da-índia não tenha sido submetido a maus-tratos adicionais antes de morrer naquela vala de pecados. Se eu tivesse denunciado Jay à Sociedade Protetora dos Animais ou a alguma organização semelhante, ele muito provavelmente teria sido morto.

** Estes incluem, mas não se limita, o seguinte:

- A festa "Ainda solteiro" que eles fizeram para você nas noites anteriores a todos os nossos quatro aniversários;
- A camisa "RANDY IS RANDY" [Randy é tesudo] que eles fizeram para você no seu aniversário do ano passado;
- O chicote que recebi pelo correio há três semanas;
- A prostituta que veio ao nosso apartamento na quinta-feira passada.

de que você vá "ficar na casa de Jay por uns tempos" confirma fortemente minha hipótese de que as opiniões de seus "companheiros" foram decisivas para convencê-lo a me deixar. Eu lhe imploro que se coloque acima de suas mentiras banais.

3B. *Mmm, tchau.*

Sempre que você faz alguma coisa que sabe que está errada, você fala sobre ela com uma proliferação de "mmms". Por exemplo, há dois anos, quando seus amigos o carregaram para Atlantic City para passar o fim de semana, sua explicação ao retornar foi repleta de "mmms" — 53 na verdade, no intervalo de quatro minutos. Estes "mmms" aumentaram exponencialmente quando tirei, do fundo do bolso de sua jaqueta, uma ficha de jogo de cassino e um guardanapo com um número de telefone.* Do "mmm" em sua mensagem telefônica posso, portanto, deduzir que você tem plena consciência do erro que está cometendo.

Comentários Finais

Você pode ou não ter percebido que todas as suas contas bancárias estão congeladas e seus cartões de crédito, inativos. Também desabilitei seu telefone celular. Lamento precisar ter tomado tais medidas extremas, mas sinto que isso foi feito inteiramente para o seu bem. Eu quis evitar compras precipitadas de sua parte enquanto você tenta preencher o vazio emocional que certamente está sentindo neste momento. Além disso, achei que tais medidas eram necessárias para desencorajá-lo a deixar o estado ou se comunicar com Jay e os sequazes dele.

---

* E não, Randolph, eu não acredito que aquele fosse o número do celular do primo de Jay.

Por falar em Jay, a esta altura você provavelmente está ciente de que ele foi preso sob a acusação de posse de maconha e enquadrado como "distribuidor". A repercussão disso na vida pessoal e profissional dele será potencialmente devastadora, e é com seu futuro e o dele em mente que reitero a importância de manter alguma distância entre você e o que logo será um criminoso condenado.

Os próximos anos serão bastante difíceis para Jay, e, enquanto ele luta para reorganizar sua vida, espero que você encontre a força e a sabedoria necessárias para tornar a se dedicar ao nosso relacionamento. Aguardo ansiosamente o progresso que, sem sombra de dúvida, realizaremos nos meses vindouros.

Com amor, e esperança em seu futuro,
Jessica

DOUGLAS COUPLAND

As pessoas dizem que quando você está apaixonado entra em um universo paralelo que corre junto ao nosso mundo cotidiano — um pequeno universo onde nada mais consegue penetrar —, uma república de dois, hipnótica, exclusiva e borbulhante, como se você estivesse vivendo no remate de uma piada que nunca termina. Mas não acho que seja verdade. Acho que estar apaixonado simplesmente o faz se sentir ainda mais conectado ao restante da espécie — o faz pertencer tão integralmente ao mundo quanto os pássaros, os animais e as flores. Acho que o *outro* universo legítimo é o que irrompe quando o amor se vai — o que resta quando o mundo desmorona e você fica flutuando sem nada concreto a que se agarrar, e é este o mundo em que estou vivendo neste momento. É um lugar onde as regras são diferentes. É um lugar onde as únicas coisas que fazem sentido são gestos que assustam ou confundem as pessoas que vivem no mundo real.

Por exemplo, esta tarde vi uma borrasca vindo da ilha de Vancouver, negra e inevitável como o império de um déspota de desenho animado. E então, uma hora mais tarde, veio a chuva. Comecei a pensar no cheiro picante e persistente das estradas logo após um aguaceiro que se segue a uma seca. Então fui até a estrada, com quatro pistas em cada sentido, pouco antes da hora do *rush*, e comecei a caminhar em sentido contrário ao longo do acostamento. Quem se dirigisse para oeste e se aproximasse de mim veria apenas minha nuca, encharcada, e minhas pernas conduzindo-me na direção errada. Quem presenciasse isso saberia que eu era uma alma em dificuldades, uma alma que seguia claramente pelo caminho errado, uma alma que vive neste mundo estranho e sem amor.

Mas então o sol saiu e olhei para a direita, longe da beira da estrada, e lá estavam todas aquelas árvores — bétulas, carvalhos, aceráceas — resplandecentes, como que envernizadas. Devido à seca, as cores não mudaram da forma como costumavam fazer. As folhas molhadas pareciam frágeis e transparentes, como doces caramelados, e me atraíram para longe da estrada, para dentro da floresta.

Então me senti maravilhoso. Me senti como quando estou na metade do terceiro drinque, que é como desejo que sejam todos os momentos na vida: intensos e carregados da sensação de que qualquer coisa poderia acontecer a qualquer momento — que estar vivo é importante porque, exatamente quando você menos espera, pode receber justo o que menos espera.

E então a floresta pareceu feita de cacos de vidro. Tive a sensação de que todos aqueles cacos coloridos deviam estar tilintando como sinos de vento, e comecei a sentir cócegas dentro da cabeça; depois o mundo ficou em silêncio. Precisei me sentar sobre uma rocha. Senti o que os primeiros exploradores certamente sentiram a respeito da beleza do Novo Mundo, que a única forma de explicá-la é que tinha de haver existido um oitavo dia da criação. O que mais poderia ter gerado um mundo tão surpreendente?

E sentado comecei igualmente a pensar a respeito da vida, em como ela pode parecer tão destituída de planejamento e forma, e isto nos torna desesperadamente carentes de nos considerar parte de uma história mais grandiosa. E pensei nos escritores — em como todos os escritores sabem quando estão prestes a terminar um livro — o último capítulo, o último parágrafo, a penúltima frase, a frase final e então a última palavra, FIM. E comecei a pensar que tinha de ocorrer uma espécie de compressão psíquica no cérebro do escritor quando ele sabe que está prestes a atingir aquela barreira final. Todos os escritores devem extrair algo de si mesmos que eles não esperavam — um diamante tem de ser deixado para trás, ainda que microscópico.

E então tornei a voltar para a estrada, entrei em meu carro e dirigi até a biblioteca. Fui até a seção de ficção, peguei um daqueles carrinhos de livros e selecionei cem romances ao acaso. Levei-os à fotocopiadora e copiei as duas páginas finais de cada um. Grampeei-as juntas, em seguida as levei para casa e li.

Descobri algum diamante? Não sei. Descobri, *sim*, que o que muitos finais de histórias têm em comum é que, quando elas terminam, o narrador está se movendo em direção a, ou para longe da luz ou da escuridão — literalmente —, ao carregar velas para o interior de quartos escuros, ou avançar o sinal vermelho em um cruzamento.

E portanto, aqui, em meu universo paralelo, penso em você e na luz e na escuridão que nos definia quando vivíamos no mundo real — o jeito como você queimou os dedos na lâmpada de querosene no lago dois anos atrás; como me fez caminhar descalço pela orla sobre a espuma do mar cheia de microrganismos fosforescentes no ano passado; a forma como você sempre tinha de vedar com fita a frincha de luz perto da ripa da cortina, que perfurava seus globos oculares todas as manhãs; e a noite em que acendemos lanternas atrás de nossos dedos para nos convencermos de que éramos feitos de sangue.

E assim, agora vivo sozinho em meu mundo distante e sem amor, procurando fontes de luz e trechos de sombra, esperando por um sinal ou um presságio, perguntando-me se será uma centelha, uma labareda, uma sombra ou um túnel, ao mesmo tempo me sentindo totalmente inseguro quanto ao rumo em que serei conduzido tão logo chegue o sinal.

Notas da tradutora

1 Taxa de Valor Agregado.

2 Hipódromo situado na cidade de Ascot, Inglaterra, onde ocorrem corridas de cavalos puros-sangues. O local, de propriedade do Estado, associa-se intimamente à Família Real inglesa e acha-se a dez quilômetros do Castelo de Windsor.

3 A. A. Milne foi um autor inglês de poemas infantis e criador do personagem Winnie-the-Pooh, o ursinho de pelúcia que no Brasil é conhecido como Puff ou Pooh.

4 Em inglês, *pooh* é uma interjeição que indica desprezo e *poo,* um eufemismo para fezes.

5 British Telecom, a companhia britânica de telecomunicações.

6 A Asda é uma rede de supermercados no Reino Unido que vende alimentos, roupas e outros artigos. Em 1999, tornou-se subsidiária da Wal-Mart americana, e atualmente é a segunda maior rede de supermercados no Reino Unido depois da Tesco.

7 Wheeler-dealer: pessoa competente em negociações e vendas; indivíduo esperto e inescrupuloso, capaz de contornar dificuldades.

8 Referência a *crazy chick*, garota maluca.

9 Área vizinha à baía de São Francisco, na Califórnia.

10 Em tradução livre, o *nick* gogogadgetsoul faz alusão a alguém com alma de *go-go girl.*

11 Grupo de montanhas na Escócia, batizadas em homenagem ao lorde Hugh Munro.

12 Traduzido para o inglês por Miriam Shlesinger.

13 Coquetel inventado em Veneza pelo *barman* do Harry's Bar, Giuseppe Cipriani.

14 A CAMRA, Campaign for Real Ale, é uma associação voluntária de consumidores, cujo principal objetivo é promover a verdadeira cerveja e o pub inglês tradicional.

15 Traduzido para o inglês por Sarah Death.

16 Cidade de veraneio à beira-mar em County Antrim, na Irlanda do Norte.

17 St. John Ambulance é o nome empregado por várias organizações afiliadas, em diversos países, dedicadas ao ensino e à prática de primeiros socorros e ao fornecimento de serviços de ambulância, todas originadas da St. John Ambulance Association, fundada no Reino Unido em 1877.

18 Traduzido para o inglês por Judith Orban.

BIOGRAFIAS

Chimamanda Ngozi Adichie nasceu na Nigéria em 1977. É natural de Abba, no estado de Anambra, mas cresceu na cidade universitária de Nsukka, onde cursou o ensino fundamental e o médio. Seus contos foram publicados em periódicos literários, como a revista *Granta*, e ela ganhou o International PEN/David Wong Award em 2003. *Purple Hibiscus*, seu primeiro romance, foi finalista do Orange Prize e do Llewllyn Rhys Prize, selecionado para o Booker Prize e vencedor do Hurston/Wright Legacy Award de ficção de estréia. Seu segundo romance, *Meio sol amarelo*, ganhou o Orange Broadband Prize de ficção em 2007. Recebeu uma bolsa Hodder na Universidade de Princeton durante o ano acadêmico 2005-2006. Ela vive na Nigéria.

Anônimo é um(a) homem/mulher muito viajado(a), que ficou conhecido(a) por fazer swing, participar de ménage, apaixonar-se e — ocasionalmente — escrever.

Os livros de **Margaret Atwood** foram publicados em mais de 35 países. Ela é autora de mais de quarenta obras de ficção, poesia, ensaios críticos e livros infantis. Seus romances incluem *Lesão corporal*, *O conto da aia*, *Olho de gato*, *Vulgo* e *Grace*, que ganhou o Giller Prize no Canadá e o Premio Mondello na Itália, além de *O assassino cego*, vencedor do Booker Prize de 2000, e *Oryx e Crake*. Vive em Toronto com o escritor Graeme Gibson. Eles são presidentes honorários do Clube de Pássaros Raros do BirdLife International.

Chris Bachelder nasceu em 1971. É colaborador assíduo das publicações *McSweeney's Quarterly Concern* e *Believer*. É autor de três romances: *Bear v. Shark*, *Lessons in Virtual Tour Photography* e *U.S.!*. Seu trabalho também apareceu na *New Stories from the South 2006*, no *Oxford American*, em *The Cincinnati Review* e na *Mother Jones*.

Peter Behrens é um romancista e roteirista canadense que vive entre o Maine e Los Angeles. Behrens foi membro do Centro de Trabalho de Belas-Artes em Provincetown, Massachusetts. Seus contos foram publicados na *Tin House*, na *Atlantic Monthly* e em inúmeras antologias. Seu romance *The Law of Dreams* recebeu críticas entusiásticas na *New Yorker*, no *New York Times* e no *Washington Post*, e venceu o Governor General's Literary Award de ficção de 2006, o prêmio literário mais prestigioso do Canadá.

David Bezmozgis nasceu em Riga, Letônia, em 1973. Em 1980 emigrou com os pais para Toronto, onde vive atualmente. Seu primeiro livro, *Natasha and Other Stories*, ganhou o Jewish Quarterly Wingate Literary Prize de ficção, o Commonwealth First Book, o Regional Prize e foi finalista do First Book Award do *Guardian*. Suas histórias apareceram em várias publicações, incluindo *The New Yorker*, *Harper's*, *The Walrus*. Seus contos também fazem parte da antologia *Best American Short Stories 2005, 2006*. David Bezmozgis é membro do Guggenheim e do Instituto Sundance de roteiro.

Joseph Boyden é um escritor canadense de raízes irlandesas, escocesas e métis. Seu primeiro romance, *Jornada de três dias*, ganhou o Rogers Writer's Trust Fiction Prize, o prêmio McNally Robinson Aboriginal de livro do ano e foi finalista do Governor General's Literary Award de ficção. É autor também de *Born with a Tooth*, uma coletânea de contos que foi finalista do Upper Canada Writer's Craft Award. Ele divide sua vida entre o norte de Ontário e a Louisiana, onde dá aulas de criação literária na Universidade de Nova Orleans.

Tessa Brown está no último ano na Universidade de Princeton, onde escreve uma tese em conjunto com os departamentos de Religião e Criação Literária. Sua ficção apareceu nas revistas *Harper's* e *New Sudden Fiction*, e ela escreve críticas de livros para a *Forward*. Cresceu em Chicago, que ainda considera seu lar.

Leonard Cohen é escritor e compositor. Sua carreira artística começou em 1956 com a publicação do seu primeiro livro de poesia, *Let Us Compare Mithologies*. Publicou dois romances, *The Favorite Game* e *Beautiful Losers*, dez livros de poesia e, mais recentemente, *Book of Longing*. Gravou 17 álbuns, incluindo *Songs From a Room*, *Songs of Love and Hate*, *I'm Your Man*, *The Future* e *Ten New Songs*. Ele divide seu tempo entre Los Angeles e Montreal.

Douglas Coupland escreveu dez romances, incluindo *Generation X*, *Life after God*, *Microservos*, *Polaroids from the Dead*, *Girlfriend in a Coma* e *Miss Wyoming*. Sua obra foi publicada em mais de 35 países. É colaborador assíduo do *New York Times*, do *New Republic* e *ArtForum*. Seu mais recente romance é *jPod*, que foi selecionado para o Giller Prize de 2006.

Geoff Dyer nasceu em Cheltenham, Inglaterra, em 1958. Formou-se na Faculdade Corpus Christi, Oxford. É autor de três romances: *Paris Trance*, *The Search*, *The Colour of Memory*; um estudo crítico de John Berger, *Ways of Telling*; uma coleção de ensaios, *Anglo-English Attitudes* e quatro títulos de gêneros sem classificação: *But Beautiful* (vencedor do Somerset Maugham Prize de 1992, finalista do *Mail on Sunday*/John Llewellyn Rhys Memorial Prize), *The Missing of the Somme*, *Out of Sheer Rage* (finalista, nos Estados Unidos, do National Book Critics Circle Award), *Yoga para quem não está nem aí*, ganhador do W.H. Smith Best Travel Book Award em 2004, e, mais recentemente, *O instante contínuo*, vencedor do ICP Infinity Award de Criação Literária em Fotografia. É editor do *John Berger Selected Essays* e co-editor, junto com Margaret Sartor, de *What Was True: The Photographs and Notebooks of William Gedney*. Em 2003, ganhou uma bolsa da Lannan

Literary; em 2005 foi eleito membro da Royal Society of Literature; em 2006 recebeu o E.M. Forster Award da Academia Americana de Artes e Letras. Mora em Londres.

Michel Faber é romancista e contista. Nascido na Holanda, morou com a família na Austrália e, desde 1992, vive na Escócia. Seu conto "Fish" ganhou a Macallan/*Scotland on Sunday* Short Story Competition em 1996 e está incluído na sua primeira coletânea de contos, *Some Rain Must Fall and Other Stories* (1998), ganhadora do Saltire Society Scottish First Book of the Year Award. Sua mais recente coleção de contos é *The Fahrenheit Twins and Other Stories* (2005). Seu primeiro romance, *Sob a pele*, foi finalista do Whitbread First Novel Award e ganhou o Neil Gunn Prize e um Ian St James Award. Outro tipo de narrativa inclui *The Hundred and Ninety-Nine Steps* (1999), uma novela, *The Courage Consort* (2002), que narra a história de um grupo musical, e o aclamado romance *Pétala escarlate, flor branca*.

Neil Gaiman é há muito tempo um dos maiores autores de *graphic novels*, bem como autor de livros para leitores de todas as idades. Seu romance para adultos mais vendido na lista do *New York Times* de 2001, *Deuses americanos*, ganhou os prêmios Hugo, Nebula, Bram Stoker, SFX, Lócus e foi indicado para muitos outros, incluindo o World Fantasy Award e o Minnesota Book Award, tendo aparecido em muitas listas de melhores do ano. *Os filhos de Anansi* debutou na lista dos mais vendidos do *New York Times* em setembro de 2005. Ele escreve roteiros (*Mirrormask* e *Beowulf*, este último com Roger Avary), e é co-autor, com Terry Pratchett, de *Good Omens*, que ficou dezessete semanas consecutivas na lista dos mais vendidos do *Sunday Times* (Londres) em 1990. É também o criador da cultuada série em quadrinhos *Sandman*, que ganhou nove Will Eisner Comic Industry Awards. Ele ainda escreve livros para crianças, peças e séries para televisão. Nascido e criado na Inglaterra, Neil Gaiman vive atualmente próximo a Minneapolis, Minnesota.

Damon Galgut nasceu em Pretória em 1963 e vive na Cidade do Cabo, África do Sul. É autor de vários romances e de uma coletânea de contos curtos. Seu primeiro romance, *A Sinless Season*, foi publicado quando ele tinha apenas dezessete anos. Seus outros romances incluem *The Beautiful Screaming of Pigs*, vencedor do CNA Literary Award (maior prêmio literário da África do Sul), *A Small Circle of Beings* e *The Quarry*, que foi adaptado como longa-metragem e ganhou o prêmio de melhor filme no Festival de Cinema de Montreal de 1998. O último romance de Galgut, *O bom médico*, foi finalista do International IMPAC Dublin Literary Award e também do Man Booker Prize, tendo recebido o Commonwealth Writers' Prize de melhor livro da região da África.

Panos Karnezis nasceu na Grécia e foi para a Inglaterra em 1992. Estudou engenharia em Oxford e trabalhou na indústria antes de começar a escrever em inglês. Fez mestrado em Criação Literária na Universidade de East Anglia. Seu primeiro livro, aclamado pela crítica, *Little Infamies* (2002), é uma coletânea de contos inter-relacionados e passados em uma vila grega sem nome. Seu segundo livro, *The Maze* (2004), um romance ambientado na Anatólia em 1922, foi finalista do Whitbread First Novel Award em 2004. Seu segundo romance, *The Birthday Party*, foi publicado em julho de 2007. Karnezis vive em Londres.

A. L. Kennedy publicou cinco romances, dois livros de não-ficção e quatro coletâneas de contos. Foi selecionada duas vezes como uma das melhores jovens romancistas britânicas pela *Granta* e ganhou inúmeros prêmios, incluindo o Somerset Maugham Award, o The Encore Award e o Saltire Scottish por livro do ano. Vive em Glasgow.

Etgar Keret nasceu em Tel Aviv em 1967 e é uma das vozes proeminentes da literatura e do cinema israelense. Publicou quatro livros de contos e novelas, quatro histórias ilustradas e um roteiro de longa-metragem. Seus livros, sucesso de vendas em Israel, foram traduzidos para 26 línguas. Seu primeiro filme, *Malka Red-Heart*, ganhou o "Oscar" israelense de melhor drama para televisão e foi aclamado em diversos festivais internacionais de cinema. Seu filme mais recente, *Jellyfish*, ganhou o prestigiado "Camera d'Or Award" no 60º Festival de Cannes, em 2007. Keret leciona no Departamento de Literatura Hebraica da Universidade Ben Gurion.

Hari Kunzru é autor dos romances *The Impressionist* (2002), *Transmission* (2004), *My Revolutions* (2007) e da coletânea de contos *Noise* (2005). Seu trabalho foi traduzido para 21 línguas e rendeu-lhe prêmios, incluindo o Somerset Maugham Award, o Betty Trask Prize da Sociedade de Autores e o British Book Award. Em 2003, a *Granta* colocou-o na sua lista dos melhores jovens romancistas britânicos. Ele faz parte do conselho executivo da PEN e é membro do conselho editorial da revista *Mute*.

Nick Laird nasceu em 1975 na Irlanda do Norte. Estudou na Universidade de Cambridge, passou um ano na Universidade de Harvard como membro visitante e trabalhou como advogado. É autor de um romance, *Utterly Monkey*, que ganhou o Betty Trask Prize, e sua primeira coletânea de poesia, *To a Fault*, publicada pela Faber, foi finalista do Forward Prize (melhor coletânea de estréia). Recebeu vários prêmios de prestígio tanto em poesia quanto em ficção, incluindo o Rooney Prize de Literatura irlandesa de 2005. Seus poemas e críticas aparecem no suplemento literário do *Times*, no *Poetry Review* e no *London Review of Books*. Publicou uma segunda coletânea de poesia pela Faber, *On Purpose*, em agosto de 2007. Vive em Roma.

O primeiro romance de **Phil LaMarche**, *American Youth*, foi saudado pelo *Guardian* como "um soberbo retrato da luta interna de um indivíduo e da atitude arrogante de uma comunidade incomodada com a cultura de armas e a nacionalidade". LaMarche participou do programa de graduação de criação literária na Universidade de Siracusa, foi premiado com a bolsa Ivan Klíma de ficção em Praga e com o Summer Literary Seminars em São Petersburgo, Rússia. Seu conto *In the Tradition of My Family* foi publicado em 2005 na antologia *Robert Olen Butler Fiction Prize Stories* e adaptado para o cinema. LaMarche vive no estado de Nova York.

Ursula K. Le Guin nasceu em 1929 em Berkeley, Califórnia, filha da escritora Theodora Kroeber e do antropólogo Alfred L. Kroeber. Le Guin é autora de mais de trinta livros, incluindo seus premiados romances *The Dispossessed* e *The Left Hand of Darkness*. Foi premiada com a Newbery Honor pelo segundo volume do Ciclo Earthsea, *As tumbas de Atuán*, e entre suas muitas distinções estão o Margaret A. Edwards Award, o National Book Award e cinco Nebula Awards. Vive em Portland, Oregon.

Jonathan Lethem é autor de seis romances, incluindo *Brooklyn sem pai nem mãe*, que ganhou o National Book Critics Circle Award, o Salon Book Award e o prêmio de romance do ano da *Esquire*, e *Fortaleza da solidão*. Sua última obra de ensaios é *The Disappointment Artist* (2004). Em setembro de 2005 foi um dos agraciados com uma das bolsas da Fundação MacArthur, freqüentemente apontada como "destinada a gênios". Vive no Brooklyn, Nova York.

O mais recente romance de **Sam Lipsyte,** *Homeland*, ganhou o Believer Book Award e foi considerado um livro notável pelo *New York Times* de 2005. Ele é também o autor de *O paciente Steve* e *Venus Drive*. Seu trabalho aparece em muitos jornais e revistas literárias, incluindo a *Quartely*, *Open City*, *N+1*, *Slate*, *McSweeney's*, *Esquire*, *Bookforum*, o *New York Times* e o *Washington Post*. Leciona na Universidade de Colúmbia, na cidade de Nova York.

Adriana Lisboa nasceu no Rio de Janeiro, em 1970. Morou na França e vive hoje entre o Rio e a cidade de Boulder, Colorado, nos Estados Unidos. Publicou pela Rocco os romances *Os* *fios da memória*, *Sinfonia em branco*, *Um beijo de colombina* e *Rakushisha*, além de contos, uma novela e dois livros infantis. Suas obras foram publicadas em seis países. Em 2003, recebeu o Prêmio José Saramago e em 2005, o Moinho Santista.

Gautam Malkani nasceu no oeste de Londres em 1976. É jornalista do *Financial Times* e autor do romance *Londonstani*, aclamado pela crítica.

Valerie Martin nasceu em Sedalia, Missouri, e cresceu em Nova Orleans, Louisiana, onde seu pai era capitão-de-mar. É autora de sete romances, incluindo *Mary Reilly*, *The Great Divorce*, *Italian Fever* e *Property*, três coletâneas de contos e uma biografia de São Francisco de Assis, intitulada *Irmão Sol — cenas da vida de São Francisco de Assis*. Foi premiada com uma subvenção do National Endowment for the Arts, o Kafka Prize (por *Mary Reilly*) e o Britain's Orange Prize (por *Property*). Um novo romance, *Trespass*, foi publicado em 2007. Valerie Martin leciona em programas de criação literária na Faculdade Mount Hoyoke, Universidade de Massachusetts e na Faculdade Sarah Lawrence, entre outras. Reside no norte de Nova York.

Hisham Matar nasceu na cidade de Nova York em 1970. De pais líbios, passou sua infância em Trípoli e depois no Cairo. Vive no Reino Unido desde 1986. Seu primeiro romance, *No país dos homens*, recebeu elogios de figuras importantes como J. M. Coetzee e foi finalista do First Book Award do *Guardian* e do Booker Prize. Ganhou o Commonwealth First Book Prize e o RSL Ondaatje Award, o Vallonbrosa Gregor Von Rezzori Prize e o Slaiano International Literature Prize.

Martha Medeiros nasceu em Porto Alegre. É autora dos romances *Divã* (Objetiva, 2002), adaptado para o teatro e, mais recentemente, para o cinema, e *Tudo que eu queria te dizer* (Objetiva, 2007). É também autora de livros de crônicas, de poesia e infantis. Seu livro mais recente, *Doidas e santas*

(L&PM Editores, 2008), reúne cem de suas crônicas. É colunista dos jornais *O Globo* e *Zero Hora.*

Jan Morris é uma escritora galesa e historiadora britânica nascida em 1926. Morris é considerada uma das mais influentes escritoras de viagens do mundo, conhecida por sua trilogia *Pax Britannica*, uma história do Império Britânico, e por seus retratos detalhados de Veneza, Oxford, Trieste e da cidade de Nova York. Ela recebeu o título de Doutor *Honoris Causa* da Universidade do País de Gales e da Universidade de Glamorgan. Em 1999, Morris aceitou a honra de Comendador da Ordem do Império Britânico. Já publicou mais de vinte livros e é membro da Royal Society of Literature.

Audrey Niffenegger é artista plástica e professora do Center of the Book and Paper Arts da Columbia College Chicago, onde leciona criação literária, impressão tipográfica e produção editorial de luxo. Exibe seus trabalhos na galeria Printworks de Chicago e é autora de inúmeros romances visuais e do sucesso de vendas *A mulher do viajante do tempo*, selecionado para o Orange Prize em 2004 e ganhador do Prêmio Sainsbury de ficção popular do British Book Award de 2006. Mora em Chicago.

Jeff Parker publicou um romance, *Ovenman*, e seus contos apareceram em *The Best American Nonrequired Reading 2006, Ploughshares*, na *Tin House, Hobart* e em muitas outras publicações. Colaborou com o artista William Powhida em uma coleção de contos e imagens chamada *The Back of the Line.* Com Mikhail Iossel, editou a antologia *Amerika: Russian Writers View the United States* e é diretor do Programa dos Summer Literary Seminars em São Petersburgo. Parker leciona criação literária na Universidade de Toronto.

Francine Prose é autora de catorze livros de ficção, incluindo *A Changed Man* e *Goldengrove*, que foi finalista do National Book Award, e de ensaios, como *Para se ler como um escritor.*

Dá aulas de literatura e criação literária há mais de vinte anos em grandes universidades tais como Harvard, Iowa, Columbia, Arizona e New School. É uma eminente crítica e ensaísta, ganhadora de bolsas da Fullbright e do Guggenheim. Foi membro diretora do Centro de Humanistas e Escritores da Biblioteca Pública de Nova York. Prose mora na cidade de Nova York.

James Robertson é autor de três romances, *The Fanatic* (2000), *Joseph Knight* (2003), agraciado com os dois maiores prêmios da literatura escocesa em 2003-2004 — o Saltire e o Scottish Arts Council de livro do ano —, e *The Testament of Gideon Mack* (2006), selecionado para o Man Booker Prize em 2006. Ele também publicou contos, poesia, antologias e ensaios. Foi o primeiro escritor residente do Parlamento Escocês em 2004 e recebeu indicação para o prestigioso Creative Scotland Award em março de 2006. Vive em Angus.

Graham Roumieu é o criador de *In Me Own Words: The Autobiography of Bigfoot* (2003), *Me Write Book: It Bigfoot Memoir* (2005) e *Teenstache, Bigfoot: I Not Dead* e *101 Ways To Kill Your Boss*. As ilustrações de Roumieu aparecem no *New York Times*, na *Harper's* e no *Wall Street Journal*. Seu trabalho recebeu reconhecimento da Society of Publication Designers, da Society of Illustrators New York, da American Illustration e da Communication Arts.

Xico Sá, jornalista e escritor, é colunista da *Folha de S.Paulo* e integrante dos programas de televisão *Cartão Verde* (TV Cultura) e *Notícias MTV*. Publicou, entre outros livros, *Caballeros solitários rumo ao sol poente* (2007), *Catecismo de devoções, intimidades & pornografias* (2006), *Divina comédia da fama* (2004) e *Modos de macho e modinhas de fêmea* (2003). Sua página na internet é www.carapuceiro.zip.net.

Miguel Sanches Neto nasceu em 1965 em Bela Vista do Paraíso, norte do Paraná. Professor de literatura brasileira na

Universidade Estadual de Ponta Grossa, é autor dos romances *Chove sobre minha infância*, *Um amor anarquista* e *A primeira mulher*, e do livro de contos *Hóspede secreto*, todos pela Record. Desde 1994, é colunista da *Gazeta do Povo* (Curitiba). Recebeu, entre outros, o Prêmio Cruz e Sousa (2002) e o Binacional das Artes e da Cultura Brasil-Argentina (2005).

Mandy Sayer ganhou o The Australian/Vogel Literary Award com seu primeiro romance, *Mood Indigo*. Desde então, vem sendo considerada uma das melhores jovens romancistas da Austrália pelo *Sydney Morning Herald* e publicou sete livros, incluindo as memórias *Dreamtime Alice*, que foi traduzido para várias línguas e ganhou o National Biography Award. Em 2006, seu segundo livro de memórias, *Velocity*, ganhou o South Australian Premier's Award de não-ficção e o The Age Award de livro do ano. Seu último romance, *The Night Has a Thousand Eyes*, é um thriller literário sobre três crianças tentando escapar de um pai cruel. Sayer fez graduação e mestrado na Universidade de Indiana e doutorado na Universidade de Tecnologia de Sydney. Vive em Sydney.

Lionel Shriver escreve para a *Economist*, o *Wall Street Journal* e o *Guardian*, entre outras publicações. É autora de oito romances, incluindo *Precisamos falar sobre o Kevin* (2005), que ganhou o Orange Prize em 2005, e *The Post-Birthday World*, publicado pela HarperCollins em 2007. Mora entre Londres e Nova York.

Adam Thorpe nasceu em Paris em 1956. Escreveu cinco coletâneas de poesia e nove obras de ficção. Seu primeiro romance, *Ulverton*, foi publicado em 1992; seu segundo livro de contos, *Is This the Way You Said?*, apareceu em 2006 com aclamação da crítica. Seu mais recente romance, *Between Each Breath*, foi publicado em 2007. Vive na França com a esposa e três filhos.

Miriam Toews nasceu em Steinbach, Manitoba, e atualmente mora em Winnipeg. Escreve tanto ficção quanto não-ficção e publicou romances e livros de memórias, além de artigos para revistas e jornais. Seus livros incluem *Summer of My Amazing Luck*; *A Boy of Good Breeding*; *Swing Low, A Life* e, mais recentemente, *Uma bondade complicada*, que foi finalista do Giller Prize de 2004 e ganhou o Governor General's Literary Award de ficção em 2005.

Carl-Johan Vallgren nasceu em 1964. É músico e autor de oito livros, incluindo *The Horrific Suffering of the Mind-reading Monster Hercules Barefoot*. Seus romances foram publicados em 21 países. Atualmente, vive em Estocolmo.

M. G. Vassanji nasceu no Quênia e foi criado na Tanzânia. É autor de oito obras de ficção, incluindo *The Gunny Sack*, vencedor do Commonwealth Prize, *The Book of Secrets* e *The In-Between World of Vikram Lall*, ambos ganhadores do Giller Prize. Seu mais recente romance é *The Assassin's Song*. Vive em Toronto com a mulher e dois filhos.

Jeanette Winterson é autora dos romances *Oranges Are Not the Only Fruit*, *Boating for Beginners*, *The Passion*, *Sexing the Cherry*, *The Power Book*, *Lighthousekeeping*, *Inscrito no corpo*, *Arte & mentiras*, um livro de contos, *The World and Other Places*, dois livros para crianças, *The King of Capri* e *Tanglewreck*; e um livro de ensaios sobre arte e cultura, *Art Objects*. Seu último livro é *The Stone Gods*.

Matthew Zapruder é autor de duas coleções de poesia: *American Linden* (2002) e *The Pajamaist* (2006). É também cotradutor de *Secret Weapon*, a última coleção do falecido poeta romeno Eugen Jebeleanu (2007). Seus poemas e traduções aparecem em muitas publicações, incluindo o *Boston Review*, *Open City*, *Bomb*, o *New Republic* e *The New Yorker*. Leciona no Programa MFA de Criação Literária na New School e trabalha como editor para a Wave Books. No outono de 2007 tornou-se membro da Lannan Literary em Marfa, Texas. Vive em Nova York.

Juli Zeh nasceu em 1974 em Bonn, Alemanha. Trabalhou para as Nações Unidas em Nova York, Cracóvia e Zagreb e atualmente vive em Leipzig. Seu primeiro romance, *Adler und Engel* (*Eagles and Angels*, 2001), ganhou o Deutschen Bücherpreis de melhor romance, o Bremer Literaturpreis e o Rauriser Literaturpreis de melhor romance de um autor de língua alemã. Sua obra foi traduzida para mais de vinte idiomas.

AGRADECIMENTOS

Os agradecimentos vão para Poppy Hampson — pela edição inteligente e pela solidariedade — e Alison Samuel da Chatto & Windus, Rachel Cugnoni, Beth Coates e Liz Foley da Vintage, Jane Kirby e Monique Corless do departamento de direitos autorais da Random House, Louise Dennys, Michael Schellenberg e Angelika Glover da Knopf, Amber Qureshi da Free Press, Martin Knelman, Bernadette Sulgit, Sara Knelman, Becky Toyne, Bernard Schiff, David Berlin, Deborah Kirshner, Antonio de Luca, Brian Morgan, Eric Pierni, Catherine Osborne, Robin Robertson e Jess Atwood Gibson. Um obrigado especial a Leonard Cohen, cuja escrita sobre o amor é inspiradora, e uma profunda reverência a Margaret Atwood, cujo apoio a esta idéia foi inestimável. Acima de tudo, somos imensamente gratos aos colaboradores.

Impressão e Acabamento:
Geográfica
editora